«Ho adorato i personaggi
e la storia ambientata
in una biblioteca.
Una lettura imperdibile
per dipendenti da amore
romantico.»

«Un libro intelligente, esilarante
e davvero HOT: insomma, ha tutto
ciò che si può chiedere a una
storia romantica. Se amate
i protagonisti avventurosi,
dolci e divertenti, be'
questo romanzo
fa proprio per
voi!»

anagramma

454

Titolo originale: *My Reckless Valentine*

Italian language rights handled by
Agenzia Letteraria Internazionale, Milano

Traduzione dall'inglese di Valentina Cabras
Prima edizione: giugno 2016

Roma, Casella postale 6214

ISBN 978-88-541-9096-2

www.newtoncompton.com

Realizzazione a cura di Librofficina, Roma
Stampato nel giugno 2016 presso Puntoweb s.r.l., Ariccia (Roma)
su carta prodotta con cellulose senza cloro gas provenienti
da foreste controllate, nel rispetto delle normative ambientali vigenti

Olivia Dade

Il ragazzo del libro accanto

Amori in biblioteca

Newton Compton editori

Dedico questo libro a Mia Sosa,
carissima amica e compagna di critiche.
Ti ringrazio perché adori Angie tanto quanto l'adoro io.
Ti voglio bene, donna.

Capitolo 1

«Un'altra lamentela e la biblioteca dovrà licenziarti», disse Tina. «E non vogliamo che succeda. *Io* non voglio che succeda. Ma sarò costretta a farlo». Angie incrociò lo sguardo serio della vicedirettrice senza battere ciglio.

«Nessuna delle lamentele arriva dagli utenti o dal mio personale. Nessuna. Sono tutte dell'amministrazione, e neanche una riguarda la mia condotta, la mia etica lavorativa, il modo in cui gestisco i dipendenti, le statistiche sui prestiti, le questioni finanziarie né niente di importante».

Quello che però non disse, nonostante le parole le rimbombassero nella testa, fu: "Per favore, non togliermi questo lavoro. Lo adoro. E adoro la biblioteca. È questo il posto in cui voglio stare".

Tina si portò una ciocca di capelli grigi dietro l'orecchio e prese la lettera di richiamo più recente. Girò il foglio sulla scrivania in modo che Angie potesse leggerlo, poi indicò il primo reclamo. «Hai creato una sezione di romanzi erotici e l'hai chiamata *Nuovi libri per farsi sculacciare*. Sul poster hai messo un'enorme copertina finta color carne che sembrava proprio rappresentare un fondoschiena. C'era anche l'impronta rosa di una mano».

«Non erano chiappe», fece notare Angie.

«Ma lo sembravano, ed era evidentemente voluto», rispose Tina. «Poi hai suddiviso la sezione in diverse categorie. Una sul bondage…».

«*Come fare bei nodi*».

«Un'altra sulle cose a tre...».

«*Ménage à trois e più*. Non volevo escludere i gruppi con più di tre persone».

«E ce n'era un'altra ancora su creature mutaforma che fanno sesso...».

«*Allupati come licantropi*».

Nonostante Angie sapesse che la situazione era seria, non riuscì a trattenere un sorriso. Il nome di quella particolare categoria era stato motivo di divertimento per tutta la settimana in cui la sezione era rimasta aperta. E comunque, i prestiti dei romanzi con i mutaforma erano aumentati notevolmente, anche dopo la sua chiusura.

Tina alzò le mani. «Senti, non sto mettendo in discussione la tua brillante capacità di inventare nomi per le varie categorie di romanzi erotici, ma l'aver creato la sezione. E se un bambino avesse visto la copertina di...». Diede un'occhiata alla lettera. «*Montala, cowboy*? O, peggio ancora, *Due uomini entrano... nella barista*? Ti sembrano titoli appropriati per dei minorenni?».

A quella constatazione, Angie iniziò ad agitarsi sulla sedia. «Ho messo quei libri in fondo alla sezione per adulti, dove nessun bambino li avrebbe potuti vedere neanche per sbaglio. E quando ho visto ragazzini gironzolare in quell'area li ho sempre mandati via, a meno che non avessero il permesso dei genitori di stare lì».

«Quindi mi stai dicendo che hai controllato tutti quelli che sono andati là dietro, ogni minuto di ogni giorno, per tutto il tempo in cui la sezione è rimasta aperta?»

«Be', no», ammise Angie. «Ogni tanto sono andata in ufficio a prendere delle cose, oppure sono andata in pausa pranzo. E naturalmente non lavoro tutti i giorni».

«Quindi non sai quanti bambini hanno visto quella sezione».

«Direi di no». Angie abbassò lo sguardo sul tappeto ruvido,

ricacciando indietro le lacrime. Quando riprese a parlare, la voce le tremava. «Ma comunque nessuno si è lamentato, e le statistiche dei prestiti di quella sezione sono state pazzesche. Sono passati due mesi e gli utenti mi chiedono ancora la lista dei titoli».

Lo sguardo di Tina si spostò sulla porta che separava l'ufficio dal resto della biblioteca. Una piccola mano si era posata sulla spalla di Angie. La mano di Penny. Evidentemente la sua migliore amica nonché collega aveva sentito parte della discussione dal banco prestiti.

Penny spostò indietro la sedia di Angie e si mise tra lei e la scrivania. In realtà la sua figura minuta lasciava l'amica quasi del tutto esposta allo sguardo di Tina, ma Angie apprezzò comunque la premura.

«Quello che c'è in questa biblioteca è sotto la responsabilità di *tutto* il personale», dichiarò Penny. «Non prendertela solo con Angie. E poi tutti abbiamo controllato la sezione e ci siamo assicurati che nessun bambino ci si avvicinasse senza il permesso dei genitori».

Angie le toccò il braccio. «Penny, torna pure al banco».

«Ma dovrei restare qui a...».

«No, tesoro, è un mio problema. Ho creato io la sezione e ne sono responsabile».

«Preferirei rimanere e...».

«Lo apprezzo molto, ma ora ti chiedo di tornare al banco. E non lo faccio come amica, ma come supervisore. Non devi partecipare a questa riunione».

Dopo averle lanciato un ultimo sguardo preoccupato, Penny tornò nell'area pubblica della biblioteca. Angie sapeva, senza bisogno di guardare, che la sua amica era rimasta vicino alla porta, appena fuori dal loro campo visivo, ed era pronta a intervenire di nuovo, se necessario.

Allungò una mano e chiuse la porta. Non voleva che fosse coinvolta in quella discussione. Nonostante il coraggioso tentativo di proteggerla, Penny di solito evitava qualsiasi conflitto, perché la turbava. E non meritava neanche un minuto di disagio a causa di quella maledetta sezione, anche perché aveva provato ad avvertirla diverse volte.

«Angie, non voglio che ti licenzino», le aveva detto con prudenza il giorno in cui era stata inaugurata la sezione.

«Angie, non credo che un libro che tratta di masturbazione e che si intitola *Sbattiti* sia appropriato per la vetrina della biblioteca», le aveva fatto notare il giorno dopo.

«Angie, la tua sezione è fantastica: è divertente e attira l'attenzione. Ma finirà per metterti nei guai. Possiamo smontarla, prima di aprire?», l'aveva pregata cinque giorni dopo. Più tardi, quella stessa mattina, il direttore del sistema bibliotecario pubblico della contea di Nice si era presentato all'improvviso alla biblioteca Antietam, e Angie si era ritrovata improvvisamente a rischio licenziamento.

Aveva ignorato i continui avvertimenti dell'amica, quindi doveva essere l'unica a farsi carico delle conseguenze.

«E poi c'è l'evento per single che hai organizzato a Capodanno», disse Tina indicando il secondo reclamo. «Devo dedurre che hai usato i soldi della biblioteca per comprare pantaloni da cowboy e briglie? Senza contare il costume da cameriera sexy?»

«Erano oggetti di scena che servivano alle coppie per riprodurre le copertine dei libri, un'attività che l'amministrazione aveva approvato», si difese Angie. «Inoltre ho usato i fondi discrezionali ricavati dalla vendita dei libri donati. Non mi avevi detto che avrei potuto usare quei soldi per qualsiasi cosa riguardasse la biblioteca?»

«Tecnicamente sì, è vero. Ma credevo fosse sottinteso che non avresti dovuto usarli per comprare una frusta».

«La biblioteca ha ottenuto delle entrate da quell'evento»,

ricordò a Tina. «E siamo anche riusciti a formare delle coppiette felici. Come Penny, per esempio».

«Non è questo il punto del...».

Angie alzò un dito. «Aspetta un attimo: non ho chiesto rimborsi per quella serata, e nessuno si è lamentato. Come hai fatto a scoprirlo?».

Tina sospirò è tirò fuori un altro foglio dalla sua borsa di pelle. «È arrivata una richiesta per organizzare un evento simile alla Downtown, ma con più oggetti e... attività in stile piratesco. Da un certo Clarence, stando alla firma dell'e-mail». Raddrizzò gli occhiali sottili e lesse con tono rassegnato: «"Sto ancora cercando un bel bottino, quindi grazie in anticipo. Clarence"».

Angie chinò il capo e sospirò a sua volta. Finto pirata Clarence, il suo preferito tra gli utenti fissati con i corsari (e anche l'unico, se per questo).

«Angie».

Diede un'occhiata all'ufficio, facendo mentalmente la lista di tutti i cambiamenti che aveva apportato da quand'era diventata responsabile di sede sette anni prima. Quand'era arrivata, l'area riservata al personale era piena di fogli, libri e oggetti vari. A causa di quel disordine l'impresa di pulizie non era stata in grado di fare il suo lavoro. Ogni superficie della stanza era coperta da uno strato di polvere e sporco. Alla fine della sua prima settimana, Angie aveva comprato di tasca propria scaffali e cestini, aveva riordinato e aveva disinfettato tutta la cavolo di stanza.

Negli ultimi sette anni, gli utenti della biblioteca Antietam erano schizzati alle stelle e il numero dei prestiti era cresciuto in modo esponenziale. Grazie a eventi speciali come quello di Capodanno, l'Antietam aveva addirittura portato qualche soldo extra nelle casse della Downtown. Gli eventi che organizzavano potevano vantare il maggior numero di presenze di tutta la zona, e Angie e i suoi dipendenti ricevevano biglietti di ringraziamento, prodotti da forno e abbracci dai loro ospiti.

Ma, a quanto pareva, non era abbastanza. Il fatto che conoscesse gli utenti e i loro gusti era irrilevante di fronte alle lamentele dei membri dell'amministrazione, che raramente mettevano piede in biblioteca. Quindi eccola lì, seduta, a chiedersi quanto fosse davvero cambiata la sua vita dopo tutto quel tempo.

Una sensazione sgradevole e familiare le strinse lo stomaco, risalendo fino alla gola. Aveva di nuovo deluso una persona per cui nutriva profondo rispetto, era di nuovo stata rimproverata come una bambina cattiva. E senza sottintesi erotici, purtroppo.

«Angie, guardami», ripeté Tina.

Angie obbedì. La vicedirettrice si chinò in avanti e le posò una mano sul braccio.

«Sono stata io ad assumerti. Lo sai che mi piaci e ti rispetto. Dopo il disastro della sezione dei romanzi erotici ho lottato per farti ottenere un periodo di prova invece di licenziarti direttamente, ma non posso più proteggerti. Devi essere furba e proteggerti da sola», le disse dandole una leggera pacca sul braccio, poi si alzò.

Lo stesso fece Angie. Nonostante fosse più alta di Tina di quasi quindici centimetri, si sentiva piccolissima, come quand'era bambina.

«Va bene, ti ringrazio per l'avvertimento».

«C'è qualcosa qui in biblioteca che dev'essere riparato? Posso dare un'occhiata e chiamare la manutenzione quando torno alla Downtown».

«No», rispose Angie, «No, niente da aggiustare. Niente di niente».

«Gli scaffali sono troppo pieni? Ti serve aiuto per sfoltire i volumi?»

«No». Angie era in piedi, davanti alla porta che dava sulla biblioteca, con le mani appoggiate sugli stipiti. «Grazie, comunque».

«D'accordo, allora vado. Non fare tardi alla riunione di domani mattina».

«Non sono mai in ritardo, lo sai».

Tina le sorrise. «Lo so, sei una gran lavoratrice. Intendevo dire che devi essere puntuale perché verrà fatto un annuncio che ti riguarda. Spero che questo cambiamento ti aiuti a tenere il lavoro». Si diresse verso la porta secondaria dell'ufficio, che conduceva al parcheggio del personale.

"Un annuncio che mi riguarda? Che cavolo vuol dire?", pensò Angie.

«Devo preoccuparmi?».

Tina si girò e la fissò con sguardo critico. «Forse». Poi le squadrò brevemente i vestiti. «E niente jeans».

Prima che potesse ribattere, la vicedirettrice lasciò che la porta si chiudesse alle sue spalle.

Angie aspettò finché non sentì la macchina lasciare il parcheggio, poi crollò su una sedia, poggiò i gomiti sulla scrivania e si coprì il viso con le mani.

La porta che dava sulla biblioteca si aprì con un cigolio, e un braccio sottile le circondò le spalle. Di nuovo Penny. Angie posò una mano sulla sua e appoggiò la testa sulla sua spalla. La morbida maglia di cotone le fece da cuscino, e respirando il familiare profumo al limone dell'amica si rilassò un po'.

«Oh, grazie a Dio», disse.

«Non mi fraintendere: sono contenta che tu sia sollevata, ma non capisco perché lo sei. Da quello che ho sentito prima che chiudessi la porta, Tina ti stava facendo il culo a strisce. Molto delicatamente, ma comunque... O sei solo felice di esserti tenuta un lavoro tanto remunerativo, almeno per ora?»

«Non è così remunerativo».

«Vero. Ma non hai risposto alla mia domanda».

«Sono felicissima che non mi abbia licenziata, fidati», disse Angie. «Ma in questa specifica circostanza, stavo ringraziando il cielo che Tina sia entrata e uscita passando per l'ufficio senza vedere l'area pubblica».

«E perché non volevi che la vedesse? La biblioteca è perfetta, te ne occupi tu stessa».

Angie alzò il capo e guardò in modo eloquente l'amica, che sobbalzò leggermente.

«Oh!», esclamò Penny. «Oh, merda! Sì, sarebbe stato un disastro».

«Altroché».

Angie si alzò e Penny le tolse il braccio dalle spalle. Le due donne si diressero nella biblioteca e fissarono in silenzio i poster che Angie aveva appeso su qualsiasi superficie libera circa una settimana prima.

Su ogni poster c'era Cupido... ma non era rappresentato come un bambino. No, questo Cupido era decisamente un uomo: in piedi, a torso nudo, aveva addosso solo uno striminzito perizoma bianco; i muscoli tonici si flettevano sugli addominali scolpiti, sulle braccia forti, sulle gambe lunghe. Aveva una faretra sulla spalla e teneva una freccia in una mano e l'arco nell'altra. I riccioli biondi erano sapientemente scompigliati e gli incorniciavano il viso. Era letteralmente... luminoso, come si confaceva a un dio. O, piuttosto, come si confaceva a un modello cosparso abbondantemente d'olio.

Immagine: seducente. Buonsenso professionale impiegato per esporla: discutibile. Motivo di licenziamento? Considerato quello che Angie aveva sentito quel giorno... forse.

Sotto l'immagine del Cupido gnocco aveva scritto:

Attenzione, utenti della biblioteca Antietam! Il giorno di San Valentino vi ispira? Allora immaginate la scena di sesso più erotica e scrivetela al meglio delle vostre capacità (massimo duemila parole), stampatela e portatela in biblioteca entro il 13 febbraio. L'autore della scena migliore, che sarà giudicata dal nostro personale, riceverà un buono premio per un massaggio di coppia al centro massaggi Mountain Valley!

Concorso: molto popolare tra gli utenti. Buonsenso professionale impiegato per indirlo: molto discutibile. Motivo di licenziamento? Considerato quello che aveva sentito quel giorno… probabilmente.

Sia l'immagine sia il concorso potevano relegare nel mondo della disoccupazione Angie, che però aveva un problema ancora più grosso: la frase sopra Cupido. La frase che aveva scritto con tanto entusiasmo e che l'aveva fatta ridacchiare: PENSI DI AVERE QUELLO CHE SERVE PER FAR ALZARE LA FRECCIA DI CUPIDO? ALLORA… *FALLO*. LA BIBLIOTECA TI SFIDA.

Slogan: esilarante. Buonsenso professionale impiegato per crearlo: scarso. Motivo di licenziamento? Considerato quello che aveva sentito quel giorno… assolutamente sì, cazzo.

"Oh, Cristo. Oh, Cristo".

«Se revochi il concorso, gli utenti si lamenteranno e tu perderai il lavoro», sussurrò Penny. «Se non lo fai e l'amministrazione lo scopre, perdi il lavoro comunque».

Angie arricciò le labbra. Non c'era bisogno di rispondere, l'amica aveva centrato in pieno il problema con la solita precisione.

«Sei fottuta», aggiunse Penny, sottolineando l'ovvio.

«Di sicuro», replicò Angie. «Di sicuro».

Capitolo 2

"Un'altra lamentela e dovremo licenziarti. Non vogliamo che succeda, ma saremo costretti a farlo".

Nonostante Angie cercasse di concentrarsi sulla strada provinciale che aveva davanti e nonostante i Beastie Boys urlassero *Sabotage* nello stereo della sua macchina, l'avvertimento di Tina continuava a rimbombarle in testa.

"Verrà fatto un annuncio che ti riguarda".

Chissà cosa intendeva. Insomma, avrebbe dovuto sopravvivere a dodici ore di incertezza e terrore prima di scoprire quale sarebbe stato il suo destino. Ma intanto aveva dei programmi per la serata: arrivare a casa, togliersi il reggiseno, birra, sessione telefonica di pettegolezzi con le amiche, altra birra, acquistare quanti più e-book sconci il suo Kindle potesse contenere; abbinare alla lettura dei suddetti e-book l'uso di vari dispositivi stimolanti fino ad addormentarsi tra i fremiti dell'eccitazione.

Sfortunatamente, per attuare il piano era necessario che il tizio sull'auto ibrida che le stava davanti trovasse alla svelta il pedale dell'acceleratore. Se così non fosse stato, tanti cari saluti alla prospettiva di leggersi *Lungo treno in galleria,* un'antologia di racconti erotici a tema ferroviario che agognava da settimane. Invece avrebbe dovuto passare la serata dietro a uno che andava veloce quanto un bradipo con l'artrite. Per passare il tempo avrebbe potuto osservare il mucchio di scatoloni che si vedeva dal lunotto dell'auto ibrida e le valigie fissate sul portabagagli. Decisamente sconfortante.

Quell'andatura così lenta l'aveva sorpresa. Era riuscita a intravedere il conducente quando avevano preso una curva a gomito, e sembrava giovane. Per esperienza sapeva che la gente che guidava a quella velocità prendeva a bastonate i passanti e chiamava le persone di età inferiore ai sessant'anni *giovinastri*.

Però non c'era spazio per superarlo. Anche se non aveva visto altre macchine passare, neanche in senso opposto, su quella strada tortuosa un sorpasso sarebbe stato pericoloso. A meno che lui non avesse svoltato su una strada secondaria, Angie era bloccata. A quel punto le conveniva rilassarsi e rassegnarsi al lungo e noioso tragitto fino a casa.

Quando quella miniprocessione di auto si avvicinò ai binari della ferrovia, Angie si preparò a frenare per la milionesima volta e si sorprese quando le luci dei freni della macchina che aveva davanti non si illuminarono. Non stava rallentando, anzi. Stava… accelerando? Ma che cavolo…?

L'auto sobbalzò sui binari e i bagagli si mossero violentemente.

«Oh, merda», disse Angie, lanciando una rapida occhiata alla banchina, per sicurezza. Per un attimo credette di averla scampata, ma appena attraversò i binari una delle valigie dell'altra macchina si sganciò e finì dritta sul suo parabrezza.

«Cazzo!», esclamò, sterzando a destra e schiacciando fino in fondo il freno. Con uno stridore acuto, l'auto sussultò e sbandò. La testa le balzò in avanti, e l'odore pungente di gomma bruciata le fece lacrimare gli occhi. Poi l'auto si fermò di colpo su un prato.

Angie valutò attentamente le sue condizioni: la cintura l'aveva salvata e l'auto non aveva urtato niente; il collo avrebbe potuto farle un po' male la mattina dopo, ma tutto sommato non c'erano danni permanenti. Non si poteva dire lo stesso della valigia che era volata giù dal portabagagli dell'altra macchina: in quel momento era sul lato della strada, aperta, e il suo contenuto era sparso sull'asfalto. Una trentina di metri più avanti, la macchina grigio metallizzato senza più una valigia sul portabagagli aveva accostato sul ciglio della strada, ma il conducente non era ancora uscito.

Le mani di Angie tremavano per l'adrenalina che aveva in corpo e naturalmente non avrebbe potuto rimettersi in viaggio prima di un paio di minuti senza rischiare un incidente. Fece un respiro profondo e chiuse gli occhi, cercando di calmare i battiti impazziti del suo cuore. Sentì un leggero rumore di passi sulla ghiaia, ma non ci fece caso. "Inspira. Espira. Inspira. Espira".

Un colpetto sul finestrino la fece sobbalzare, quindi aprì gli occhi e alzò lo sguardo. E le mancò definitivamente il fiato.

In piedi accanto alla sua macchina c'era un miracolo vivente, o almeno quello che nella contea rurale di Nice, nel Maryland, sarebbe stato considerato tale. La luce del tramonto illuminava l'uomo da dietro, trasformando i suoi capelli scuri e mossi in una specie di aureola. Mentre guardava, l'uomo si chinò all'altezza del finestrino, ma Angie capì comunque che era alto – sul metro e ottanta. Anche con la poca luce che c'era in quel momento, i suoi occhi azzurri risaltavano sulla pelle chiara del viso.

Alto, capelli scuri, bello, stava vicino al finestrino con le sopracciglia aggrottate e le stava dedicando la sua completa attenzione. Solo a lei. Proprio quello che le serviva per dimenticare la terribile giornata al lavoro.

Uomini del genere non esistevano nella piccola comunità in cui viveva, o comunque non li incrociava spesso per strada. Se non si trattava di un miracolo, allora poteva solo dedurre che era morta nell'incidente. Non si immaginava certo di finire decapitata da una valigia – era una morte indecorosa, ma in fondo la maggior parte delle morti lo era.

E comunque non è che lei fosse proprio un concentrato di decoro, a dirla tutta.

Guardò di nuovo quegli occhi azzurrissimi. Sì, non c'era dubbio: o era morta, o quello era un miracolo. Considerando la solita fortuna che aveva con gli uomini, le vennero in mente altre possibilità: stava per rubarle la macchina, voleva tentare di venderle qualcosa, voleva convertirla oppure invitarla al suo imminente matrimonio con Larry.

Tra tutte le opzioni, quella del visitatore sceso dal paradiso era la migliore. Quindi, quando bussò di nuovo, lei abbassò il finestrino per conoscere il suo Miracolo. Lui si abbassò ancora e la osservò preoccupato.

«Sono mortificato», disse. «Non riesco a credere che... Cristo. Stai bene?»

«Sto bene. Purtroppo non si può dire lo stesso della tua valigia. Cos'è successo?».

Non che le interessasse: nessun delitto, nessun castigo. Voleva solo farlo parlare, così avrebbe potuto ammirarlo un altro po'.

L'uomo sospirò. «Mi sono caduti gli occhiali da sole, ho cercato di raccoglierli e per sbaglio ho schiacciato l'acceleratore. Ed evidentemente non sono capace a caricare il portabagagli... Mi dispiace tantissimo».

«Non preoccuparti. Comunque piacere, bello sconosciuto. Sono Angie».

Mise la mano fuori dal finestrino e lui la guardò per qualche secondo senza muoversi, poi gliela strinse.

«Grant Peterson. Scusami ancora per averti quasi decapitata col mio bagaglio». La sua voce profonda le echeggiò nelle orecchie, provocandole brividi in tutto il corpo.

Al contatto con la pelle di quella grande mano che avvolgeva la sua, Angie trattenne un fremito.

«Quanto sei alto?»

«Uno e ottanta, più o meno», rispose, stranito dall'improvviso cambio di argomento.

«Guardarti mi fa sentire una nanetta. Sono più alta di molti uomini, ed è difficile sentirsi raffinata e femminile quando potresti schiacciare un ragazzo con una manata», spiegò lei muovendo la mano.

Gli angoli della bocca di lui si sollevarono e il suo sguardo si spostò verso il basso, studiandola velocemente.

«La raffinatezza è sopravvalutata. E credo che nessun uomo metterebbe in dubbio che sei una donna, neanche se fossi alta tre metri».

Appena finì la frase, la sua espressione cambiò: improvvisamente sembrava... confuso, disorientato. Angie non avrebbe saputo dire perché, ma condivideva quello stato d'animo. Lei stessa si sentiva un po' intontita. Incredibilmente lusingata, ma comunque intontita. Quell'uomo sembrava troppo perfetto per essere vero: era sexy, sapeva esprimersi, era gentile... C'era sicuramente una fregatura.

"Quest'uomo sembra non avere niente che non va", le diceva l'istinto. "Forza, Burrowes, datti da fare finché sei in tempo".

Non poteva fidarsi del suo istinto, però: dopotutto l'aveva quasi portata al licenziamento proprio quel giorno. Quindi, prima di fare quello che le suggeriva – accalappiare quel bell'esemplare maschile prima che se ne andasse – aveva bisogno di indagare su un paio di cosette.

«Grazie per il complimento», disse. «Senti, Grant, potrei farti qualche domanda?»

«Credo... di sì. Va bene», rispose lui, leggermente sospettoso.

«Sei single? Ed eterosessuale? Va bene se non lo sei, sia chiaro. In quel caso ti potrò ammirare da un altro punto di vista, come se fossi una statua o un prete sexy. Insomma, bellissimo ma fuori portata».

«Sì e sì», rispose, mentre le punte delle orecchie iniziavano ad arrossire, facendolo apparire ancora più adorabile.

«Sei un serial killer? Sii onesto».

«Ma certo che no. E se lo fossi non te lo direi».

«Giusto», replicò Angie battendosi l'indice sul mento. «Allora, nel caso fossi un assassino, spero tu vada a caccia di altri assassini».

«Credo che quel genere di assassino sia molto meno comune di quello che la TV vuole farci credere».

«Forse hai ragione», rispose lei ridendo.

«Puoi stare sicura che l'unico pericolo che corri con me arriva dal bagaglio volante».

«Buono a sapersi».

Angie si prese un momento per bearsi della vista di Grant Peterson, l'unico uomo a cui avesse mai rivolto domande simili. Qualcosa di lui – l'aspetto, la preoccupazione nei suoi confronti, quel pizzico di timidezza – le toglieva il fiato e la elettrizzava... la scaldava, dentro e fuori.

Un sottile velo di barba scura gli irruvidiva il viso, mettendo in risalto la mascella squadrata. Si arrotolò le maniche della camicia fino ai gomiti, rivelando avambracci quasi glabri e mani grandi che sembravano forti ed esperte. Da quello che poteva vedere Angie attraverso i vestiti, l'addome piatto scendeva armonioso fino ai fianchi stretti e alle cosce sode. Decise di non guardarci in mezzo: era inutile molestarlo – be', più di quanto non avesse già fatto – finché non avesse risposto all'ultima domanda.

Era un uomo molto attraente, su quello non c'erano dubbi. Angie aveva già visto altri uomini molto belli, ma non aveva mai sperimentato quell'immediato magnetismo. Che cavolo, stava facendo violenza su se stessa per evitare di finirgli appiccicata addosso! Quindi forse non stava reagendo alla sua bellezza. Non solo, almeno. Forse quello che l'attirava di più era l'aura di innocenza che lo circondava. Con quei ricci, i limpidi occhi azzurri e la pelle chiara sembrava un chierichetto; un uomo che aveva scelto di seguire la retta via, giusta e rispettabile, per tutta la vita.

Non poteva farci niente, voleva traviarlo.

«Ho paura di chiedere… hai altre domande da farmi?», si informò lui con un sorriso, mostrando i denti bianchi e perfetti. O aveva vinto alla lotteria genetica o aveva dovuto sopportare anni di apparecchio, proprio come lei.

Angie fece un respiro profondo e si buttò: «Sei interessato? A me?».

Lui abbassò lo sguardo. Restò zitto per così tanto tempo che ad Angie si strinse lo stomaco. Le sue guance iniziarono a imporporarsi per l'imbarazzo.

«Va bene se non lo sei. D'altronde ci siamo appena conosciuti e…».

«Di solito non corro così, ma… sì. Sì, mi interessi», disse tornando a guardarla. «E adesso ho io tre domande per te».

Appoggiò le mani sul telaio del finestrino e si sporse verso di lei.

«Spara», gli rispose lei sogghignando. Poi appoggiò una mano tra quelle di lui.

"Sì, sono single. Sì, sono etero. Sì, mi piacerebbe guardarti mentre ti pieghi a raccogliere qualcosa da terra".

Bene, era pronta a rispondere a tutte le domande che le avrebbe fatto.

«Sei sicura di stare bene? Non vuoi andare in ospedale per un controllo?».

Si immaginava una domanda provocante, non una cosa gentile e premurosa.

«Sto bene. Magari tra poco il collo mi farà un po' male, ma è tutto qui, non preoccuparti. La seconda domanda?»

«Sei sempre così… impulsiva?».

Il sorriso le sparì dalle labbra e dovette sforzarsi per farlo tornare. «Sì, fin da piccola. Che tu ci creda o no, i miei genitori sono attuari, quindi sono una gran delusione per loro».

Mentre lei parlava, Grant aggrottò le sopracciglia; poi abbassò lo sguardo sulla mano di lei e, molto lentamente, spostò l'indice fino a raggiungere quello della donna. Da quel tocco leggero scaturì un'ondata di calore che le attraversò il braccio arrivando fino al petto.

«Non era una critica, Angie, era solo una domanda».

«Qual è la terza?», chiese lei, lanciando un'occhiata alle loro mani e meravigliandosi di quanto il tocco di un dito potesse essere così dolce e confortante.

«Resteresti qui mentre io sistemo quel macello», disse, indicando la strada con un cenno del capo, «così poi ti offro da bere?».

Lei ghignò. «No».

«No?», chiese lui deluso, ritraendo le mani.

«No. Ora scendo e ti do una mano, e dopo puoi offrirmi da bere».

«Non devi farlo, è stata colpa mia».

Strano. Alla sua risposta gli occhi gli si erano illuminati, ma sembrava... preoccupato. L'ultima volta che aveva visto qualcuno così agitato era stata a una delle letture delle favole del sabato, quando il piccolo Freddie era corso via tenendosi il cavallo dei pantaloni. Ma non sembrava che Grant dovesse andare in bagno. No, sembrava stesse nascondendo qualcosa... Ma cosa?

«Lo so che non devo, ma voglio farlo. Ora spostati, per favore, così posso scendere».

«Prima o poi passeranno altre macchine, e non voglio che tu stia in mezzo alla strada a schivarle, starei in ansia. E come ho già detto è stata colpa mia, quindi penso io a sistemare».

Lei si slacciò la cintura e lo urtò leggermente con la portiera. «Sono adulta, Grant. Apprezzo molto la tua premura, ma so badare a me stessa. Non c'è bisogno che faccia tutto da solo».

Il viso di Grant assunse una bella tonalità rosata, tuttavia si spostò per farla scendere. «Ma...».

«Diamoci una mossa, così poi andiamo a bere. La valigia è laggiù. Prendila, così ti aiuto a rimetterci...». Per la prima volta, guardò con attenzione il contenuto della valigia sparso sulla strada. Erano...? Sì. Sì, lo erano. Naturalmente ne aveva già visti tante volte, ma mai in un contesto simile. O in una simile quantità.

Lui restò in silenzio mentre dondolava sui piedi, gli occhi puntati sulla valigia.

"Porca vacca, Grant. È appena saltata in aria una fabbrica di preservativi?".

Capitolo 3

Grant controllò l'orologio, mentre si faceva sempre più buio. Angie lo stava punzecchiando da circa… un quarto d'ora. Doveva riconoscerlo: quella donna sapeva cos'era la tenacia.

«Cavolo, guarda che varietà…», gli disse buttando un'altra manciata di profilattici nella valigia. «I miei complimenti per la resistenza… o per la previdenza. Voglio dire, è una vera scorta… be', all'ingrosso. Spero sia la prima che ho detto, comunque».

Non aveva senso dare una spiegazione, lo sapeva, ma tentar non nuoce. «Te l'ho già detto, è stato uno scherzo di mio fratello. E non sono poi così tanti», replicò alzando gli occhi al cielo.

«Vallo a dire alle povere coppie eccitate che li stanno cercando disperatamente in tutti i supermercati del Maryland. E comunque non mi hai ancora detto perché tuo fratello te li ha dati per scherzo. Qual era lo scherzo?»

«È imbarazzante», bofonchiò. Raccolse le ultime bustine e si diresse sul ciglio della strada, dove aveva spostato la valigia. Grazie al cielo non c'era traffico, altrimenti avrebbero dovuto sfrecciare tra una macchina e l'altra per recuperare quell'ampia scorta di contraccettivi.

«Più imbarazzante del fatto che nella tua valigia c'erano centinaia di preservativi che sono finiti in mezzo a una strada della contea di Nice?».

Se la metteva così, evitare di darle spiegazioni era inutile.

«Finché non me lo dici continuerò a chiedermi perché tu abbia così tanti preservativi da aprirci un negozio. Ne usi tre alla volta per mantenere la freschezza?». Fece una pausa in attesa della risposta, che non venne. «Forse li usi al posto dei palloncini per farci quegli animaletti buffi. Oppure… non è che sei Wilt Chamberlain sotto mentite spoglie?». Ridacchiò e distolse lo sguardo da un mucchio di biancheria per riportarlo su di lui.

Gli mancò un attimo il respiro vedendo il largo sorriso su quel volto così espressivo. Angie era diversa da tutte le donne che aveva conosciuto. Tutto di lei era… di più. Come se avesse una manopola del volume interna regolata al massimo. Quella donna aveva il sorriso più allegro, i capelli biondi più lucidi, gli occhi verdi più brillanti, il senso dell'umorismo più salace, il corpo più slanciato e la bocca più seducente che lui avesse mai visto. E le cose che uscivano da quella bocca…

Le donne che vedeva di solito al lavoro si nascondevano dietro un velo di riserbo e timidezza – non che le volesse criticare, lui stesso non era una persona estroversa e nessuno avrebbe affermato il contrario – ma non sembrava che Angie volesse nascondersi né trattenersi in alcun modo: esternava i suoi pensieri, le sue emozioni e i suoi desideri. O almeno così credeva… non la conosceva così bene da esserne sicuro. Però voleva farlo. Altroché se lo voleva. E anche lei aveva messo in chiaro che avrebbe voluto conoscerlo meglio.

C'era qualcosa in lei che lo attirava. Non aveva mai chiesto a una donna di uscire dopo cinque minuti di conversazione, non aveva mai flirtato in quel modo durante la conversazione stessa, e non aveva mai pensato di andare a letto con qualcuna che aveva appena conosciuto.

Magari suo fratello aveva il potere di predire quanti contraccettivi sarebbero serviti ad altre persone nell'imminente futuro. Certo, era un potere con un raggio d'azione limitato, ma restava comunque impressionante. Forse addirittura utile, se le cose con Angie fossero andate bene come sperava.

«Va bene, va bene, te lo dico».

La donna si appoggiò al paraurti dell'auto di Grant e mise le mani sui fianchi. «Ti ascolto».

Lui si mise accanto a lei, nella stessa posizione. Meglio non guardarla in faccia mentre spiegava.

«In passato ho avuto problemi a trovare preservativi che... mi andassero bene. Mio fratello ha trovato la cosa esilarante e ne ha comprati a carrellate, di ogni marca, dimensione e stile. Me li ha regalati per Natale e mi ha detto di fare esperimenti e raccogliere dati. Fa lo scienziato, è un microbiologo. Ed è sfacciato. Siccome sono troppo tirchio per buttarli via e mio fratello non ha tenuto gli scontrini, eccoli qui».

Si girò con prudenza verso Angie, che lo stava fissando, apparentemente affascinata, con la testa piegata da un lato.

«Più o meno il novantanove percento dei regali che avevamo sotto l'albero quest'anno erano preservativi. È stato un Natale interessante».

Angie aprì la bocca. «Io...». Si fermò un attimo a pensare a cosa dire prima di continuare, battendosi un dito sul mento. Poi riprese a parlare lentamente, come se qualcuno le stesse tirando fuori le parole con le pinze. «So che non sono fatti miei, ma devo saperlo: perché la maggior parte dei preservativi non ti vanno bene?».

Grant chiuse gli occhi, e con il viso in fiamme mormorò: «Troppo stretti».

«Come hai detto?», chiese lei confusa.

«Sono troppo stretti!», ripeté Grant, sperando di chiudere la discussione.

Cristo, non si era mai sentito così in imbarazzo come in quel momento. Lei si avvicinò fino a sfiorargli i fianchi con i suoi, gli appoggiò una mano sul ginocchio e strinse leggermente. «Sai, la maggior parte degli uomini non lo direbbe a bassa voce. Anzi, sono abbastanza sicura che molti stamperebbero delle magliette vantandosi del fatto che il loro pisello fa scoppiare i preservativi come i vestiti di Bruce Banner quando si arrabbia. Oppure lancerebbero da un aereo volantini con la descrizione minuziosa della colossale grandezza del loro strumento. La pubblicità sul quotidiano locale sarebbe un'altra valida opzione».

Grant chiuse gli occhi e sospirò. «Io non sono fatto così».

«Decisamente no».

Riaprì gli occhi e la guardò. «È un problema?»

«Scusa, fammi capire: mi stai chiedendo se il fatto che tu sia ben fornito e non lo vada a sbandierare in giro per me è un problema? Davvero?».

Lui scrollò le spalle.

Quando Angie riprese a parlare, il suo tono si era fatto più dolce. «Mi piaci, e il fatto che non ti vanti delle dimensioni del tuo pacco è un motivo in più per stimarti. Mi dispiace se ti sei sentito a disagio o ti ho messo in imbarazzo. In futuro cercherò di avere più tatto. Sempre se non sarai ancora scappato a gambe levate, ovviamente».

Sulla fronte della donna si formarono delle rughe di preoccupazione. Poi fece per togliergli la mano dal ginocchio, ma lui la afferrò e intrecciò le dita con le sue. «Non c'è bisogno di scusarsi. Sono piuttosto… abitudinario e troppo posato. Credo che una presa in giro ogni tanto mi servirebbe per scuotermi un po'».

«Allora con me sei a posto», gli rispose.

Poi, cosa insolita per lei, rimase in silenzio.

Per un minuto Grant restò seduto sul cofano vicino ad Angie, godendo della sua vicinanza. Quelle dita affusolate, intrecciate alle sue, lo scaldavano. Erano forti, ferme. Si stava facendo sempre più buio, e quando iniziò a soffiare una brezza fredda, i suoi capelli gli sfiorarono la guancia. E la sensazione dei fianchi che si toccavano... Non aveva mai pensato che un semplice contatto come quello potesse farlo sentire così carico di aspettativa e allo stesso tempo dargli sollievo. In quegli ultimi minuti era calata la sera, ma Angie brillava di luce propria.

Grant si stava godendo il silenzio... stranamente, però, gli mancava la voce di lei, anche se solo cinque minuti prima avrebbe pagato qualunque cifra per un attimo di tranquillità. A quanto pareva, anche il minimo contatto con Angie e con il suo modo sboccato di parlare creavano dipendenza.

A proposito... e se ci avesse provato? Di solito non faceva la prima mossa così in fretta, ma...

Si portò alla bocca le loro mani intrecciate, baciandole delicatamente il dorso. A quel contatto sentì che lei tratteneva il fiato, ma non protestò. E in ogni modo era sicuro che Angie non ci avrebbe pensato due volte a fermarlo se fosse andato troppo in fretta, non era certo un fiorellino delicato. Anzi, ricordava più un ibisco tropicale al sole: colorato, sfrontato, luminoso e splendido... mostrava al mondo la sua bellezza senza chiedere scusa.

Chiamando a raccolta tutto il suo coraggio, le lasciò la mano e le prese il viso. Lei alzò lo sguardo su di lui e spalancò gli occhi, e lui sentì la sua pelle liscia e fredda sotto le dita. Angie non protestava, non si muoveva e sembrava che non stesse respirando. Lui lo considerò un buon segno e decise di buttarsi.

Molto lentamente, per darle la possibilità di scostarsi, si chinò è appoggiò le labbra sulle sue.

Non voleva fare le cose troppo in fretta e spaventarla, perciò si limitò a sfiorarle la bocca, per studiarne la consistenza e la morbidezza, ma anche per abituarsi all'idea che stava baciando una sconosciuta. Angie a quel tocco leggero si rilassò e gli portò una mano dietro il collo scompigliandogli i capelli.

Per essere una donna con la lingua così tagliente, aveva un sapore inaspettatamente dolce. Quando iniziò a baciarle prima il labbro superiore e poi quello inferiore, lei schiuse la bocca.

Ma lui voleva di più. Quindi, nonostante la parte razionale del suo cervello, che aveva sempre guidato la sua vita, gli stesse mandando segnali d' avvertimento – troppo, e troppo in fretta! – lui la ignorò.

Con un movimento circolare della lingua approfondì il bacio, e appena lo fece le braccia della donna gli circondarono il collo e le loro lingue si intrecciarono, poi lei si avvicinò fino a premere il corpo contro il suo dalla vita in su. Cristo, era fantastico. Non aveva mai tenuto tra le braccia una donna così alta, e per la prima volta non dovette chinare il capo né dovette sforzarsi per far aderire i loro corpi. Era tutto… perfetto. Cavolo, se lo era. Così perfetto che spostò le mani sulla schiena di lei, fino a trovare i suoi glutei rotondi. La strinse ancora di più a sé, finché non sentì ogni centimetro del corpo di lei fondersi col suo. Angie si irrigidì un attimo ed emise un piccolo gemito, e lui iniziò ad allontanarsi, preoccupato di essere andato troppo oltre, ma lei lo attirò a sé con forza, cercando la sua bocca come se non riuscisse a fare a meno del suo sapore.

Grant capiva esattamente come si sentiva e, senza ulteriori esitazioni, la baciò in modo travolgente, come non aveva mai fatto con nessun'altra, facendo scontrare le loro lingue e premendo la bocca contro la sua. Lei sospirò di piacere e iniziò ad accarezzargli la schiena. Ma non era abbastanza, voleva sentire quel corpo slanciato contro il suo, quindi si alzò e la sollevò senza interrompere il bacio. Fece scivolare le mani sui suoi fianchi e prima di sfiorarle il seno con le dita si fermò.

Si allontanò di qualche centimetro e la guardò negli occhi in cerca di autorizzazione.

«Va bene?», le chiese.

Angie non disse niente, ma gli afferrò una mano e se la portò direttamente sul seno. Per Grant fu una risposta sufficiente. Riprese a fare quello che aveva interrotto, lasciandole una scia di baci sul mento e scendendo fino al collo. Nel frattempo iniziò a esplorare il punto in cui lei gli aveva messo la mano: prima tenendola a coppa, poi stringendo delicatamente, poi sfregando il capezzolo attraverso il tessuto del maglione rosso mentre le mordicchiava la pelle morbida del collo. Con le labbra le sentì la gola vibrare mentre emetteva un piccolo gemito.

«Oddio, Grant, non ho mai...», sussurrò, mentre i fari di un'auto di passaggio li illuminarono di colpo.

Il SUV superò la curva e sparì, ma ormai era troppo tardi: la realtà li aveva colpiti. Con riluttanza, Grant si staccò dal collo di Angie e spostò la mano esploratrice prima sui suoi fianchi e poi sulla schiena. Si rifiutava di staccarsi del tutto. Le sue dita sembravano essere attirate da lei, incapaci di resistere alla sensazione di quel corpo slanciato e seducente.

Si risedettero sulla macchina e si concessero qualche secondo per calmare il respiro. Dopo un po' lei cominciò a tremare e lui se ne accorse, ma il motivo non era lo stesso di poco prima. Merda. Aveva freddo, per forza. Erano appoggiati sul cofano di un'auto, tirava una brezza fredda, era febbraio ed era sera.

"Sì, sai proprio come comportarti con una donna", pensò Grant con disgusto. Le strofinò le mani sulle braccia, su e giù.

«Mi dispiace. Sono andato troppo oltre, soprattutto considerando dove siamo. Spero di non averti messa in imbarazzo. Avrei dovuto pensare che qualcuno ci avrebbe potuti vedere, ma... mi sono dimenticato di tutto».

Lei si avvicinò e gli stampò un bacio sulla bocca. «Ma scherzi? È stato incredibile. Ancora un secondo e ti avrei violentato qui per strada, in bella vista... avevamo anche una scorta di preservativi da qui al prossimo millennio».

Lui sentì la punta delle orecchie andargli a fuoco. «Davvero?»

«Davvero. Se quello che è successo è il tuo modo di scusarti, sentiti pure libero di lanciarmi valigie sul parabrezza tutte le volte che vuoi».

«Quindi vuoi sempre bere qualcosa con me?».

Angie gli afferrò il viso e si avvicinò. «Grant, cos'è che non ti è chiaro? L'unico motivo per cui non ti sto deflorando sul cofano della tua stessa macchina è perché sto congelando, e col culo per aria avrei ancora più freddo».

Lui si schiarì la voce. «Tecnicamente, non credo si possa deflorare qualcuno che non è più vergine», fece notare.

«Fidati, se l'avessi fatto sarebbe stato *tecnicamente* possibile».

Le credeva. Cristo, se le credeva.

«Ho anche fame», aggiunse Angie.

«Allora andiamo a cena. Offro io». Ringraziò silenziosamente il cielo: per una volta era stato in grado di rispondere sensatamente a qualcosa che lei aveva detto.

Angie si alzò. «D'accordo. Riscaldami, sfamami e dissetami, vedremo cosa otterrai in cambio».

Grant sperava proprio di saperlo. Se un'altra donna gli avesse detto una cosa del genere, sarebbe stato abbastanza sicuro delle sue intenzioni. Ma non con Angie: era avventata e impulsiva; cercare di capire cos'avrebbe fatto, cosa voleva e cos'avrebbe detto era rischioso, e lui non era mai stato un giocatore d'azzardo. Ma per la donna che gli stava davanti come una valchiria avrebbe rischiato eccome.

Le sorrise e le disse con autentica sincerità: «Non vedo l'ora».

Capitolo 4

«Ora che ci penso so un sacco di cose sulla tua biancheria intima», disse Angie dall'altra parte del tavolo. «Di solito non succede prima del terzo appuntamento».

Grant alzò gli occhi dalla sua fetta di cheesecake e la guardò. «Terzo appuntamento?».

Normalmente non vedeva la biancheria intima di una donna prima del quinto appuntamento, o anche più tardi. Certo, il sesso gli piaceva, ma la cosa non aveva mai offuscato la sua innata prudenza né la riluttanza a farsi coinvolgere troppo e troppo presto. Voleva capire bene in cosa si sarebbe andato a infilare prima di... be', *infilarcisi.*

«Va bene, va bene, a volte al secondo», ammise lei scrollando le spalle.

Evidentemente Angie trattava il sesso in modo molto diverso da Grant. Non c'era da sorprendersi, sospettava che non avrebbero reagito allo stesso modo nella maggior parte delle situazioni. Dopo il loro interludio sulla strada, però, stava iniziando a capire il suo punto di vista. La lingua e le mani erano state argomentazioni molto convincenti.

Dal momento che lui non rispondeva, le spalle di Angie si abbassarono leggermente. «Oddio, non dirmi che sei uno di quelli che giudica una donna perché sa quello che vuole».

Lo stava guardando dritto negli occhi col sorriso congelato sulle labbra, e delle rughe di preoccupazione le si erano formate sulla fronte. Aveva già notato che, anche quando faceva la sfacciata e sembrava sicura di sé, quei piccoli solchi raccontavano la verità. Ad Angie non piaceva mostrarlo, ma anche lei si preoccupava. Solo che lo sapeva nascondere meglio di lui.

«No», rispose, mentre da sotto il tavolo le dava un colpetto sul polpaccio. «Mi sto rendendo conto che mi piace una donna che sa quello che vuole. E questo rende le cose più facili, per un uomo».

«Mi stai dando della tipa facile? Perché non è molto carino da parte tua». Spostò la gamba, incrociò le braccia al petto e inclinò la testa, offesa.

"Oh, cazzo". In qualche modo aveva sottinteso che Angie fosse… di facili costumi? Perché non era certo quello che intendeva. Doveva assolutamente chiarire la cosa il più presto possibile.

«No!», esclamò. «Certo che no! Intendevo…».

Poi notò il sorrisetto che le incurvava quella bocca tanto espressiva.

«Fregato».

Tornò ad appoggiarsi allo schienale della sedia e sospirò, cercando di trattenere un sorriso sollevato. «Sei una donna crudele, Angie… Aspetta, come fai di cognome?»

«Burrowes».

«Sei una donna crudele, Angie Burrowes».

«Povero bimbo», replicò lei dandogli un buffetto sulla guancia.

«Eppure eccomi qui, seduto con una donna bellissima che ha schivato la mia valigia assassina e mi ha pure aiutato a raccogliere un trilione di preservativi dalla strada in pieno inverno. Non credo di meritare tutta questa pietà».

Lei lasciò la sua fetta di torta al cioccolato e gli sorrise. «È bello sentirlo».

«Quale parte? Quella della valigia assassina? Perché sono orgoglioso di come mi è uscita la frase».

«Il complimento», ribatté lei alzando gli occhi al cielo. «Sono una donna, è ovvio che la mia parte preferita sia stata quella».

«Te lo diranno in continuazione», disse lui, agitando una mano per indicare il suo corpo. «Guardati: hai il sorriso più splendente che abbia mai visto e degli incredibili occhi verdi, senza contare che sei alta, forte e… ben messa».

Sentì che stava arrossendo. Di solito preferiva non descrivere le caratteristiche di una donna così nel dettaglio, soprattutto al primo appuntamento, ma c'era qualcosa in lei che gli scioglieva la lingua, permettendogli di dire quello che pensava davvero. E dal poco che sapeva di lei, le sue parole non l'avrebbero messa a disagio, non l'avrebbero fatta arrossire né farfugliare dall'imbarazzo.

Non una schietta come Angie, non la donna che era arrivata nella sua vita come un uragano e gli aveva fatto mettere in discussione tutte le sue inibizioni, non la donna che illuminava qualsiasi posto in cui si trovasse, non la donna che l'aveva costretto a sistemarsi i pantaloni nel bagno degli uomini pochi minuti prima, dopo averla sentita sospirare di piacere al primo assaggio del dolce.

«Come un'amazzone», disse guardandosi. «Non sono esattamente la fantasia di qualsiasi uomo».

«Non devi essere la fantasia di *qualsiasi*… solo di uno».

Sentendo quella frase, Angie alzò gli occhi e catturò il suo sguardo. «Solo di uno?»

«La mia. La *mia* fantasia».

"Porca puttana. Non ho mai detto niente del genere a nessuna donna. Mai. Neanche una volta. Non la biasimerei se ora scappasse, lontano dal pazzo che la guarda come se fosse un pasto appetitoso".

Angie fece un respiro profondo. «Se vuoi…».

«Cambiamo argomento. Forse dovremmo conoscerci meglio prima di parlare di…».

«Fantasie?»

«Sì, esatto», disse, stropicciandosi il polsino della camicia. «Allora, Angie, cosa fai nella vita?».

Lei lo interruppe con un cenno. «No».

«"No" cosa?»

«Non parliamo di lavoro. È stata una brutta giornata per colpa delle mie decisioni stupide, il che rende la situazione ancora più umiliante. Non ci voglio pensare né tantomeno discuterne. Non possiamo parlare di altre cose e lasciare il lavoro per un'altra volta?».

Un'altra volta? Quindi aveva intenzione di rivederlo? Grant drizzò la schiena e qualcosa nel suo petto si sciolse e lo scaldò.

«Okay. Di cosa vorresti parlare?»

«Raccontami un po' di quei boxer che hai in macchina e delle valigie sul portabagagli. Ti stai trasferendo qui in zona?»

«Le valigie sul portabagagli ora sono nel tuo bagagliaio», fece notare lui. Il che significava che più tardi sarebbe andata a casa sua. Quel pensiero lo eccitava e lo preoccupava al tempo stesso. Se le avesse chiesto di restare, come avrebbe risposto? Avrebbe almeno avuto il coraggio di chiederglielo?

«Giusto, ma questa informazione non spiega perché ti servono».

Lui tamburellò le dita sul tavolo, indeciso su quante spiegazioni dare. C'era bisogno che lei sapesse di suo padre? L'argomento era un po' deprimente per un primo appuntamento, ma cos'altro poteva dire?

«Vengo da Baltimora, ma sono cresciuto nella contea di Nice. Sono tornato perché ho trovato lavoro alla... Scusa, mi ero dimenticato che non si parla di lavoro».

Angie allungò una mano e la posò sulla sua. «Puoi parlarne se vuoi, non preoccuparti».

«No, lasciamo l'argomento per un'altra volta, come hai detto tu. Per ora ti dico solo che mi sono trasferito qui per lavoro. E per stare vicino ai miei genitori». La guardò raccogliere le ultime briciole della torta. «Non mi ricordo di te, e sono sicuro che anche da bambina saresti stata indimenticabile, quindi immagino che tu non sia di qui».

«Mi sono trasferita da Annapolis per lavoro».

«Cosa di cui non parlerai».

«No».

«Perché sei Batman».

Lei rise. «Ti assicuro che non passo le serate a combattere il crimine. Niente di così entusiasmante».

«E non vuoi dirmi niente di più?»

«Non stasera. Ma ti dirò che a volte mi chiedo come ho fatto a finire nel Maryland, nella contea di Nice. È un posto un po' sperduto in cui vivere».

«Io mi chiedo ancora perché si chiama contea di *Nice*. Sono cresciuto qui e non ne ho la più pallida idea. Una volta ho chiesto a una maestra, ma non lo sapeva. Disse che forse si chiamava così perché gli abitanti erano particolarmente amichevoli, ma la stessa signorina Dingler era la prova vivente che non era così. Sono ragionevolmente sicuro che nel tempo libero mangiasse bambini, come la strega di Hänsel e Gretel».

«Io lo so perché!», esclamò Angie. «È una delle ricerche che ho dovuto fare per... Lascia stare. C'entra col lavoro».

Era una storica? O un'insegnante di studi sociali? Grant non se la immaginava proprio a lavorare in mezzo a manufatti e manoscritti corrosi dal tempo né tantomeno a occuparsi dello sviluppo sociale e intellettuale dei bambini. Ma chi poteva dirlo? D'altronde l'aveva appena conosciuta.

«Allora, perché si chiama così?»

«Alcuni dei fondatori della contea fecero un viaggio in Francia. Non chiedermi come o perché, nei documenti non viene spiegato. I fondatori visitarono la Provenza, inclusa la città di...».

«Nizza. *Nice*, in francese», finì la frase lui. «Certo, come facessero a pensare che questa zona somigliasse alla Francia provenzale rimarrà sempre un mistero. Ma se la storia del nome è questa, perché lo pronunciamo *nice* come "amichevole", "piacevole" e non alla francese?»

«Perché siamo in mezzo alle campagne del Maryland, e alla gente non frega un cazzo di come i francesi pronunciano le parole».

«È stata questa la spiegazione professionale che hai dato?»

«Le parole erano un po' diverse, ma sostanzialmente sì».

Mentre lui rideva, Angie prese il tovagliolo che aveva appoggiato sulle gambe e lo posò sul tavolo. Grant fece lo stesso, rendendosi conto che il momento era arrivato. Ma prima che uscissero dal ristorante doveva assicurarsi di non aver frainteso i segnali, perché a volte le donne sentono la pressione di dover concedere un certo grado di intimità anche se non lo vorrebbero, quando sono a casa di un uomo.

Da quello che aveva potuto capire quella sera, immaginava che la reazione di Angie non sarebbe stata quella. Non avrebbe permesso a nessun uomo, men che meno uno come lui, di spingerla a fare qualcosa che non voleva. Ma comunque non la conosceva così bene da esserne sicuro.

Come cavolo gliel'avrebbe chiesto, però? E come avrebbe fatto a star calmo mentre lo chiedeva?

Angie lo guardò così intensamente da fargli dimenticare i suoi pensieri. «Tutto bene, Grant? Mi sembri un po' pallido».

"Cristo". Si era tradito senza dire neanche una parola.

«Sto bene. Allora...», disse schiarendosi la gola. «Si sta facendo tardi. Dovremmo iniziare ad avviarci a casa mia».

«Va bene», rispose lei sorridendo.

Lui si passò la lingua sulle labbra, cercando un modo delicato per chiederle quali fossero le sue intenzioni e per chiarire i propri desideri. Voleva cercare di esprimersi come un uomo che avrebbe potuto attrarre una donna del genere, come un uomo completamente diverso da quello che era sempre stato.

«Ehm...», fu l'unica cosa che riuscì a pronunciare.

Dopo un minuto, Angie provò a insistere. «Hai ragione, dobbiamo andare da te a portare i bagagli. Sei preoccupato di quello che potrebbe succedere?».

Grant non sapeva assolutamente cosa dire. Poteva gestire il sesso vero e proprio, ma tutta la parte che l'avrebbe portato a farlo con una sconosciuta... be', non sapeva da dove cominciare, non aveva esperienza, solo rispetto per quella donna grintosa e un desiderio sfrenato nei suoi confronti.

Dopo un altro minuto di silenzio, le rughette rivelatrici le ricomparvero sulla fronte. Angie si avvicinò e gli diede una pacca sulla mano. «Tranquillo, non ti obbligo a fare niente».

Lui voleva disperatamente dire qualcosa, ma la sua bocca si rifiutava di articolare le parole. Per quanto ci provasse, non gli usciva niente.

Lei spinse indietro la sedia e si alzò. «Andiamo. Scusa se ho male interpretato... questo», disse indicando loro due. «Spero di non averti messo a disagio».

"Merda, merda, merda! Devo dire qualcosa. Ha frainteso tutto, porca puttana!".

Con un sorriso educato, posò alcune banconote sul tavolo. «Questi dovrebbero coprire la mia parte. Ti seguo fino a casa tua, così puoi scaricare i bagagli... poi me ne vado. È stato un piacere parlare con te, Grant. Grazie per la serata interessante».

La sua voce non tornò finché lei non si girò e iniziò a camminare. «Aspetta, Angie!».

Lei si voltò verso di lui con le sopracciglia inarcate.

Non sapeva da dove fossero venute fuori le parole, evidentemente da una parte di sé di cui non aveva mai sospettato l'esistenza. Non gli sembrava neanche la sua voce... era così roca e profonda.

«Metti via i soldi», le disse. Incrociò le braccia e le appoggiò sul tavolo, sporgendosi in avanti e incrociando lo sguardo di lei. «La cena la pago io».

Lei aprì la bocca per dire qualcosa, ma lui la interruppe.

«Pago io, Angie. Primo perché l'incidente è stato colpa mia e te lo devo, secondo perché lo voglio fare, e terzo perché nessuna donna che entra nel mio letto si paga la sua cazzo di cena. Quindi rimetti i soldi nel portafoglio, pago io. Poi mi segui fino a casa ed entri. Ti voglio. Tra le mie braccia, nel mio letto. Stanotte».

Fece una pausa, studiando la sua espressione.

«Se è quello che vuoi, altrimenti puoi andare via adesso».

"No che non può", gli ricordò il suo stupido cervello. "Le tue valigie sono nella sua macchina".

"Zitto", ribatté. "Il mio discorso è stato magnifico, non mi sono mai sentito così virile in tutta la mia vita. Non rovinare il momento".

Angie lo guardò con gli occhi spalancati. Arrossì leggermente e fece un passo verso il tavolo. Lui prese il portafoglio, lasciò soldi sufficienti a pagare il conto e una mancia generosa e si alzò. La raggiunse e allungò una mano verso di lei.

«Vieni con me?», le chiese.

Fece violenza su se stesso per non saltare di gioia quando lei gli prese la mano. Lasciarono insieme il ristorante, e nessuno dei due disse più nulla. Dopo averla accompagnata alla macchina, salì sulla sua e fece strada.

Durante il tragitto cercò di spiegarsi cos'era appena successo. Provava gioia e inquietudine, e queste emozioni contrastanti gli impedivano di pensare lucidamente. Tutto quello che vedeva era Angie: tra le sue braccia, seduta sul cofano, sorridente al tavolo, nuda davanti a lui, distesa sotto di lui sul letto, sul pavimento, con la testa all'indietro e gli occhi chiusi, abbandonata al piacere che le avrebbe fatto provare.

Sua, tutta sua. Almeno per quella notte. Non aveva idea di quello che sarebbe successo la mattina dopo. Se ne sarebbe pentita? E lui? Non lo sapeva, non poteva prevedere quello che sarebbe successo. Ma, per una cazzo di volta nella sua vita, aveva deciso di correre il rischio e scoprirlo.

Capitolo 5

Angie prese l'ultima scatola dal sedile posteriore dell'auto di Grant e chiuse la portiera con il fianco. Non appena finì di scaricare, posò le ultime cose nell'ingresso della piccola casa pulitissima, in modo da non bloccare il passaggio per le altre stanze.

Grant lottò con l'ultima valigia e la portò dalla macchina di Angie fino all'entrata. La porta-zanzariera sbatté dietro di lui, e nel silenzio del corridoio buio sembrò lo sparo di una pistola da starter.

Angie sperava che lui avesse capito l'antifona.

La spacconeria da maschio alfa che aveva preso il sopravvento al ristorante era sparita, come se non ci fosse mai stata. Appena entrati in casa aveva evitato il suo sguardo e aveva parlato poco, giusto qualche ringraziamento per l'aiuto. Ma lei non voleva la sua gratitudine: voleva le sue mani sul corpo, voleva sentirlo dentro di lei.

Pensava che lui volesse lo stesso, ma non ne era più sicura.

Qualsiasi cosa fosse accaduta, comunque, una cosa era certa: non sarebbero rimasti senza preservativi. Aveva mentalmente preso nota di quella valigia blu assicurandosi che fosse accessibile tra scatole, borse e bagagli vari, ma a quel punto iniziava a sospettare che fosse stato uno sforzo inutile. Pazienza. Se fosse arrivata a casa presto, avrebbe fatto in tempo a leggere qualche piccante racconto di *Lungo treno in galleria* per poi concludere in bellezza da sola. Non ci sarebbe neanche stato bisogno dei preservativi.

Alzò lo sguardo su di lui, trovandolo molto più vicino di quanto si aspettasse. Le prese la mano e se la portò al petto, e lei sentì il cuore battergli velocemente, esattamente come stava succedendo a lei.

«Angie…».

Aspettò un attimo, ma lui non aggiunse altro.

«Sì?», chiese allora.

Grant sospirò. «Non sono bravo in queste cose, l'avrai già capito. Sono un uomo prudente, mi piacciono i numeri, i progetti e le tabelle. Di solito esco con donne che conosco da mesi, e ci vado a letto dopo almeno un paio di settimane di frequentazione».

«Se non ti senti a tuo agio, posso…».

Le strinse più forte la mano. «Fammi finire, prima che mi manchi il coraggio. Ti prego».

Lei chiuse la bocca, preparandosi mentalmente a sorridere e ad andare via. Di nuovo. Cristo, ma perché cavolo quell'uomo non riusciva a decidersi, con lei?

«Come dicevo, di solito non mi porto a casa nessuna dopo averla conosciuta da poche ore. Adesso non so cosa dire, cosa fare, come essere l'uomo capace di conquistare una come te».

Angie avrebbe voluto dirgli che non c'era bisogno che la conquistasse… voleva solo essere desiderata da un bravo ragazzo. Ma le aveva chiesto di farlo finire, quindi avrebbe obbedito. Rimase in silenzio e aspettò che continuasse.

«Detto questo, so bene una cosa: ti desidero. Ti ho desiderata praticamente dal primo momento che ti ho vista, dopo essermi assicurato che non ti fossi fatta male per colpa della valigia volante. Non riesco a smettere di pensare a noi due insieme».

Sembrava che il coraggio l'avesse abbandonato, ma continuò. «E con *insieme* intendo "insieme, nudi". Su un letto. Non voglio correre troppo, ma se per te va bene vorrei passare la notte con te, Angela Burrowes».

Era l'invito a fare l'amore più dolce e timido che Angie avesse mai ricevuto. E non era neanche finito.

«Mi hai tirato fuori qualcosa che non credevo neanche di avere, e mi piace. Mi piaci tu. E non voglio che questa sia solo l'avventura di una notte, ma se per te è così dimmelo subito».

Lei scosse la testa guardandolo. A quanto pareva, avrebbe dovuto fidarsi della prima impressione: quell'uomo era un miracolo.

Lui sospirò di sollievo e rilassò le spalle. «Bene. Allora vieni qui, Angie. È da ore che voglio stringerti».

Prima ancora che finisse di parlare, lei gli era volata tra le braccia finendogli contro il petto, ma lui non barcollò né perse l'equilibrio: uno dei vantaggi di essere alto e robusto. Se avesse provato a fare una cosa del genere con uno dei suoi precedenti amanti, sarebbero finiti entrambi per terra. Non che la cosa le sarebbe dispiaciuta, in quel momento: avrebbe appoggiato con entusiasmo qualsiasi proposta che li avesse portati in posizione orizzontale.

Lo strinse – porca vacca, sentiva i muscoli sotto le sue dita – e incrociò il suo sguardo. «Posso parlare?»

«Certo». Le accarezzò i capelli e la schiena, delicatamente. Molto delicatamente.

«Bene». Si alzò sulla punta dei piedi e lo baciò, canalizzando verso le labbra tutto il desiderio che provava. Lui rispose subito. La sua bocca... Dio, la stava uccidendo. Era calda e morbida, e lui era attento a quello che le piaceva: quando le mordicchiò il labbro inferiore e poi lo succhiò lei rabbrividì. Si allontanò di un centimetro, ma lei lo tirò di nuovo a sé.

«Non dovevi dire qualcosa?», le chiese lui con la voce roca.

«No, mettevo le mani avanti per il futuro. Tendo a chiacchierare un po' durante il sesso».

Grant rise. «Chissà perché, la cosa non mi sorprende».

Angie chiuse gli occhi quando lui si chinò di nuovo sulla

sua bocca e la sua lingua ricominciò a esplorarla. Le mise una mano tra i capelli, reggendole la testa e assicurandosi che la pressione che stava esercitando sulla sua bocca non le affaticasse il collo.

Nessun uomo l'aveva mai baciata con tanta premura né l'aveva trattata con tanto riguardo. Non ne avrebbe mai avuto abbastanza di quella sensazione... né di lui.

Le testa le girava e, nonostante avesse la mente offuscata dal crescente desiderio, si accorse che stava camminando all'indietro e che Grant stava guidando entrambi lungo il corridoio. Ma non era preoccupata di inciampare o di cadere: lui non l'avrebbe mai permesso, sicuro come la morte. In pochi secondi, il suo sedere urtò qualcosa di duro.

«Ecco qua», le disse facendola sedere su una grande e solida scrivania, pulitissima e ordinata. Magari era così maniacalmente perfetta solo perché aveva appena traslocato, ma Angie sospettava che fosse sempre in quelle condizioni. Un improvviso attacco d'ansia le attraversò il corpo: perché un uomo così serio e organizzato voleva una come lei? Se l'avesse conosciuta davvero – tutti i suoi errori, l'impulsività che l'aveva guidata per tutti quegli anni – l'avrebbe trattata con tanta dolcezza o se ne sarebbe andato pentendosi della sua avventatezza e della notte passata insieme? L'avrebbe deluso, come succedeva sempre con le persone a cui teneva?

Lui le passò un dito sulla fronte. «Cos'è che ti preoccupa?»

«Niente», rispose forzando un sorriso.

«No, non è vero. Dimmi».

«Sono un po' nervosa per quello che succederà domani. Se mi vorrai ancora vedere se lo facciamo al primo appuntamento».

Non aveva mentito, non proprio. Forse non aveva detto tutto, ma per ora era abbastanza.

«Ma certo, te lo giuro. Organizziamo un appuntamento per

domani sera. Ci vediamo da Sallie alle… otto. A quell'ora dovrei aver finito di lavorare».

Dopo averle dato un bacio sulla guancia, la lasciò andare e si avvicinò a un piccolo ripostiglio. Lo aprì e puntò uno dei tanti, tantissimi scaffali che c'erano all'interno. Ogni cosa era ben sistemata nel proprio scomparto senza sprechi di spazio, e ogni settore aveva un'etichetta. C'era una cartellina appesa a un gancio con una penna attaccata a un elastico; sul foglio si leggeva COSE DA RICOMPRARE e sotto tante righe vuote.

Angie allungò il collo per leggere quello che Grant aveva scritto, l'unica cosa che pareva dovesse ricomprare: "Graffette grandi, confezione da 100 (o magari 250, per sicurezza)".

«Cavoli, Grant, non so se essere impressionata o spaventata dal tuo livello di organizzazione. Hai veramente uno scomparto per la *spillatrice ancillare*? E chi cazzo usa quella parola riferendosi agli oggetti per l'ufficio?». Sogghignò e riprese a parlare. «Non fraintendere, adoro i nerd. Le parole colte mi eccitano… credo di aver avuto un orgasmo leggendo *ancillare*».

Lui la guardò voltando la testa di scatto, con le guance già in fiamme. «Non sono sempre così organizzato. Ho sistemato ieri l'ufficio, non ho avuto il tempo di fare disordine».

«Balle, si capisce. Non giocare mai a poker a soldi, perché ti ritroveresti in mutande e senza un rene».

«Dico sul serio, ho davvero sistemato solo ieri. Parola di scout!».

Certo, ovviamente era stato un boy scout. Vista la quantità industriale di preservativi che si portava dietro, immaginò che avesse preso sul serio il motto "Sii preparato". Al pensiero soffocò una risatina.

«Ma… il ripostiglio potrebbe essere quasi sempre così. La bella notizia è che so sempre dove trovare carta e penna».

Prese la cartellina, si appoggiò sulla scrivania e scrisse il suo nome, l'indirizzo, l'e-mail e il numero di telefono in alto, e sotto scrisse: "Cena da Sallie con un *eccitatissimo* Grant Peterson. Domani alle 20". Strappò il foglio e si diresse all'ingresso, dove c'era la borsa di Angie. Ce lo appoggiò sopra e le si parò di fronte.

«Ti ho dato tutti i miei recapiti. Voglio rivederti, anche se questo si rivelerà il peggior sesso della storia… contaci».

«Siamo ottimisti, eh?»

«Mi assicuro che tu non voglia solo sesso. Io ti voglio stanotte, ma anche dopo». Poi esitò. «Anche se non posso negare che non vedo l'ora di farlo. Ho la sensazione che insieme faremo fuochi d'artificio, il *miglior* sesso della storia».

«Vediamo un po' se hai ragione».

Grant incrociò il suo sguardo e le sorrise. «Stavo pensando proprio la stessa cosa».

Capitolo 6

Grant restò per un attimo in piedi, fermo, a guardarla. Si prese tutto il tempo per osservarla, dai capelli ancora scompigliati dal vento ai morbidi stivali marroni. Angie prese il bordo del maglione, ma lui la fermò posando una mano sulla sua.

«No, lasciami guardare ancora un po'. Sto cercando di capire il modo migliore di scartarti».

Si abbassò davanti alla scrivania e le tolse gli stivali; poi fu il turno delle calze: le lanciò all'indietro e atterrarono nel corridoio. Si alzò e inclinò la testa, pensieroso. «Non so come continuare: scopro queste bellissime gambe o ti tolgo la maglia?»

«Ho un'idea. Perché mentre ci pensi non ti spogli, prima che io diventi così impaziente da strapparti i vestiti di dosso?»

«Da dove vuoi che cominci?», rispose lui indicandosi i bottoni della camicia, i pantaloni grigio antracite e le scarpe di taglio classico.

«Chi se ne frega da dove cominci. Ti voglio nudo, Grant. Vediamo di darci una mossa».

Lui obbedì lanciando via le scarpe, togliendosi le calze e sbottonandosi la camicia. Angie osservò con attenzione ogni porzione del corpo che compariva: la leggera peluria nera, il contorno dei muscoli e l'ombelico. A un certo punto della serata ci avrebbe infilato la lingua e sarebbe risalita fino alla pancia, per vedere se gli faceva il solletico o lo eccitava. O entrambe le cose.

Quando lui si tolse la camicia, Angie vide per la prima volta quelle spalle larghe e il torace robusto. A quella vista un'ondata di calore le partì dal petto e il cuore iniziò a batterle più velocemente. Quell'uomo evidentemente faceva esercizio con la stessa perseveranza che impiegava per tutte le altre cose… e lei apprezzava.

Dio, quelle spalle forti avrebbero potuto sostenerla e tenerla al sicuro dalle sue paure, dalle sue insicurezze e dai suoi brutti ricordi. L'avrebbero difesa anche da se stessa. In tutta la sua vita non aveva mai voluto una cosa del genere da un uomo, e forse non l'avrebbe voluto mai, ma in qualche modo sapeva che Grant avrebbe potuto e l'avrebbe anche fatto, se gliel'avesse chiesto.

Le arrivò davanti e si sporse oltre la scrivania per sistemare la camicia sull'unica sedia presente nella stanza. Il calore di quel corpo, la vista dei muscoli delle braccia e il suo leggero profumo di bosco la stordivano, la *affamavano*.

«Cazzo», disse inspirando profondamente. «Hai un odore magnifico».

Grant arrossì lievemente, ma le sorrise. «Tutto merito del bagnoschiuma al cedro».

«Chissà se il tuo sapore è buono quanto il tuo odore». Si sporse finché non gli toccò la spalla con la bocca, poi mordicchiò quella pelle liscia e la leccò come un gelato. «Sì, delizioso».

Lui rilassò il viso e chiuse gli occhi. «Cristo, sei un angelo».

Un angelo. Nessuno l'aveva mai chiamata così né le aveva mai parlato con tanta adorazione e ardente desiderio. Le tremarono le dita sentendo quel tono delicato. Sentì addirittura le lacrime farsi strada verso i suoi occhi, ma le ricacciò subito indietro e tornò a concentrarsi sul sapore e sulla pelle liscia dell'uomo che aveva davanti.

Per alcuni interminabili secondi il loro unico contatto fu quello delle labbra sulla spalla di lui. Poi gli occhi di Grant si riaprirono mostrando una luce nuova e maliziosa. La fissò mentre si toglieva i pantaloni, le posò le mani sulle ginocchia, le aprì delicatamente le gambe e vi si insinuò. Anche se aveva ancora addosso i boxer e lei i jeans, la sua erezione le infiammò la coscia. E da quello che aveva potuto sentire, non le aveva raccontato bugie sulle dimensioni. Porca vacca, era grosso davvero.

«Tira su le braccia».

Lei obbedì senza farselo ripetere e il maglione rosso cadde sul pavimento. Grant armeggiò per un po' con il reggiseno, ma alla fine disse nervosamente: «Questo deve sparire. O ci pensi tu o corro a prendere un paio di forbici, scegli».

La religione di Angie le imponeva di non comprare reggiseni da quattro soldi, quindi se lo sganciò immediatamente e, un secondo dopo, lo mandò a fare compagnia al maglione. Le mani di Grant le sfiorarono le costole fino ad arrivare al seno, afferrandolo. Con i pollici iniziò ad accarezzare la pelle intorno ai capezzoli, che subito si inturgidirono, senza toccarli direttamente.

«Hai una pelle morbidissima», le disse allontanandosi un po', e lei quasi urlò per il disappunto.

«Perché ti sei…».

Lui la interruppe prendendola per i fianchi e facendola alzare, la tirò a sé finché i capezzoli non gli sfregarono sul torace e infine la baciò con trasporto.

«Togliti i jeans e…», arrossì leggermente e incespicò con le parole, «tutto il resto. Devo vederti, devo sentirti».

Con le labbra socchiuse la guardò mentre si sbottonava i pantaloni per poi toglierli. Senza esitazioni Angie infilò le dita sotto l'elastico degli slip rossi, tirandoli giù e scalciandoli via. Rimase in piedi di fronte a lui, nuda e senza vergogna.

Gli occhi di Grant le correvano lungo tutto il corpo. «Sei uno spettacolo».

Angie fece un passo indietro e si appoggiò al bordo della scrivania; con le braccia tese, posò le mani dietro di sé, sul legno freddo. Gli occhi di lui puntarono sul seno, che aveva messo di proposito in bella mostra.

«Scrivania», le disse quasi ringhiando.

«Cosa, "scrivania"?»

«Mettiti sulla cazzo di scrivania». La prese per i fianchi con urgenza e la mise a sedere.

Lei era già senza fiato, ma riuscì a ridere. «Siamo un po' impazienti?».

Grant si mosse velocemente tra le sue gambe e si chinò su di lei, tenendole la schiena con le braccia forti. «Dammi dieci minuti. Forse venti... in realtà dipende da te».

Quella fu l'ultima cosa che le disse prima di mettersi sopra di lei. Dopo un bacio veloce, percorse con le labbra la sua mandibola fino al collo, dove si fermò. Angie sobbalzò quando lo sentì succhiare, abbastanza energicamente da obbligarla a indossare un dolcevita il giorno dopo. Emise un gemito e lui le lasciò una scia di baci sulla spalla, che poi mordicchiò.

«Sei stupenda, incredibilmente stupenda».

Le afferrò di nuovo il seno e ci affondò il viso; prese i capezzoli tra il pollice e l'indice e pizzicò delicatamente. Si fermò e le diede una rapida occhiata, ma l'espressione sul viso di Angie sembrò rassicurarlo e riprese da dove aveva interrotto, pizzicando con un po' più di energia e provocandole una fitta di calore nello stomaco. Quando iniziò ad accarezzarle i capezzoli con i pollici, lei inarcò la schiena e Grant si chinò un altro po', iniziando a stuzzicarli con la lingua.

«Così mi stai uccidendo», gli disse senza fiato.

Le rivolse un sorriso provocante, un'espressione che non avrebbe mai immaginato di vedergli sul viso prima di quel momento. Gli donava, però, e quello che preannunciava la elettrizzò.

«Rendiamo le cose più interessanti», disse lui. Tenendole la schiena la sospinse sulla superficie di legno, poi sparì dalla sua vista. Le sue grandi mani la presero per i fianchi e la fecero spostare fino al bordo della scrivania. Angie si tirò su appoggiandosi sui gomiti, ma lui la spinse di nuovo giù, gentilmente. Si ritrovò quindi a guardare il soffitto mentre Grant si posizionava tra le sue cosce e si metteva le sue gambe sulle spalle. Sentì il suo respiro e si irrigidì per quello che stava per succedere. Le spostò il pelo pubico con un gesto deciso, poi la coprì con la bocca e passò la lingua tra quelle pieghe lisce. Le stimolò delicatamente il clitoride prima di infilare la lingua nella sua intimità per assaporarla.

Lei si contorse dal piacere, ma la presa sulle cosce la tenne ferma. Una delle mani di lui le finì tra le gambe e, mentre con la bocca le succhiava piano il clitoride, con un dito la penetrò stuzzicando le grandi labbra. Angie chiuse le mani a pugno, non trovando appigli, poi portò le braccia sopra la testa e strinse il bordo della scrivania.

Ora il dito di Grant si muoveva delicatamente dentro di lei, sfregando la parete della vagina. Quando aggiunse un secondo dito, lei ansimò e aprì le gambe più che poté, desiderosa di un contatto più deciso sul clitoride, di sentire il tocco della lingua o la carezza delle dita... ne aveva bisogno.

«Adoro i versi che fai», le disse Grant, e la sensazione delle sue labbra che le sfregavano il clitoride la mandò quasi in paradiso.

Lentamente tolse le dita e lei si lamentò; ma subito sentì una mano sul sedere che la teneva ferma mentre il viso di Grant affondava nella sua intimità. La divorò con tutta la bocca – le labbra, la lingua e anche i denti.

E Angie venne.

Gridò, provando l'orgasmo più intenso della sua vita. Alzò i fianchi e appoggiò i piedi sulle spalle dell'amante, cercando di avvicinarsi di più alla sua bocca. Le mani di Grant le afferrarono la carne, mentre la sollevava e le dava ciò che voleva. Continuò a leccare durante gli spasmi di lei, diminuendo il ritmo man mano che passavano. Quando infine si abbandonò sulla scrivania ansimando, le strofinò il naso sul clitoride e con la lingua la sfiorò un'ultima volta, poi tirò su la testa.

«Sei stata fantastica», le disse.

Angie lo guardò incredula: ma che cazzo...? Aveva fatto lui tutto il lavoro, lei aveva solo goduto. Che cavolo stava dicendo?

Lui si appoggiò con la guancia sul suo ventre. «Sei la donna più reattiva che abbia mai conosciuto. Non vedo l'ora di scoprire cosa succederà quando saprò cosa ti piace».

«Mi sembri già ben preparato sull'argomento», gli fece notare mentre lui sorrideva.

«Devo fare altre indagini. A partire da ora».

Detto questo si alzò in piedi, si tolse i boxer e si piazzò di nuovo tra le sue gambe. La tirò su mettendola a sedere, e si ritrovarono stretti l'uno all'altra. Angie gli allacciò le gambe intorno ai fianchi e sentì la sua erezione premerle contro. Prima che entrasse dentro di lei, però, lui mise una mano tra loro andando a stuzzicarle il clitoride.

Per un attimo le mancò il respiro e poi si spostò, mentre quel tocco delicato la stimolava. Era ancora tremendamente ricettiva. «Non so se posso ancora...».

«Non lo sapremo finché non proviamo. Voglio sentirti di nuovo venire, ma questa volta voglio essere dentro di te».

«Buona fortuna», replicò dubbiosa.

«Niente fortuna, solo pianificazione ed esecuzione».

Le sorrise e si sistemò tra le sue gambe, e con una leggera spinta iniziò a penetrarla. L'attrito con la sua erezione la fece sobbalzare: non c'era da stupirsi che gli servissero preservativi particolari.

Un attimo, le stava sfuggendo una cosa importante... Merda. Merda!

«Grant!».

L'uomo serrò la mascella e smise di spingere. «Troppo?». Poi la guardò e iniziò a preoccuparsi. «O hai cambiato idea?»

«Preservativi. Cristo, i preservativi».

«Sono un coglione». Uscì da lei e corse nudo fino al corridoio.

Angie si beò di quella vista, mentre l'uomo si chinava per aprire la valigia e prendere un profilattico. Lei colse l'occasione e decise di aiutarlo un po' per il secondo orgasmo.

Grant si alzò, si girò e gemette. «Ti stai toccando? Davvero?»

«Già».

«Cazzo, se è arrapante». La guardò per un bel po' con gli occhi socchiusi, finché lei non ricominciò ad ansimare.

«Okay», dichiarò infine, con una voce quasi irriconoscibile. «Tocca a me. Preparati».

Angie scivolò fino al bordo e poggiò le mani sulla scrivania. Senza dire altro, Grant le aprì le gambe, le afferrò i fianchi ed entrò in lei. Entrambi boccheggiarono a quel contatto, ma lui non esitò: si mise subito al lavoro, spingendo a un ritmo regolare.

«Sei mia. Non solo stanotte. Mia».

Angie lasciò cadere la testa all'indietro, reggendosi a malapena sulle braccia tremanti. A ogni spinta emetteva un piccolo gemito, e sentire il verso gutturale di Grant, così selvaggio per una persona tanto controllata, la eccitò ancora di più.

«Sdraiati», le ordinò.

Angie obbedì e lui si chinò su di lei appoggiandosi sui gomiti, mentre lei gli allacciava le gambe intorno ai fianchi avvicinandolo ancora. Grant entrò ancora più in profondità, strofinandole il clitoride a ogni spinta. Angie gli afferrò la testa, premendogli il viso sul collo e passandogli le dita tra i capelli.

«Quasi fatto», lo informò tra i gemiti.

«Cazzo, angelo. Toccati ancora».

Lei obbedì. Dopo un altro paio di spinte disperate, venne per la seconda volta. Gridò, tenendolo stretto mentre faceva lo stesso con il suo membro dentro di lei. Con la mano che gli tremava, Grant le girò il viso per guardarla: lei aprì gli occhi e vide che la stava fissando, col viso sudato e un'espressione soddisfatta negli occhi.

«Ce l'ho fatta», le disse, gemendo a ogni spinta.

Quando il suo orgasmo si affievolì, lei lo osservò senza fiato: «Ho dato anch'io il mio contributo».

Lui rise, poi emise un gemito. Con un ultimo affondo, entrò dentro di lei, fremendo.

Angie lo abbracciò durante l'orgasmo, e strinse la sua erezione dentro di sé, mentre con un verso quasi primordiale Grant inarcava la schiena. Fu in quel momento che capì la sua dichiarazione di poco prima. In un misto di stanchezza e piacere, sentì un senso di orgoglio e possesso che non aveva mai provato prima. "Ce l'ho fatta. Anch'io. Ho fatto venire un uomo razionale e controllato come lui in modo così selvaggio".

Alla fine Grant le strinse le spalle e si distese su di lei.

«Sono contento che tu sia così alta, così non devo aver paura di schiacciarti».

«No, solo di uccidermi a colpi di orgasmo».

Lo sentì sorridere sul suo collo. Dopo un minuto, le scostò i capelli dal viso con un tocco delicato. «Angie?»

«Angie è momentaneamente assente, è troppo occupata a riprendersi dai due orgasmi migliori della sua vita. Puoi lasciare un messaggio e ti ricontatterà appena possibile».

Le baciò una spalla. «Quando riesce, può chiamarmi e dirmi che non le ho fatto male e che non è pentita?».

Lei respirò profondamente prima di rispondergli meglio

che poteva. «Prima dicevi davvero quando hai detto che ero tua? O eri solo preso dall'eccitazione?».

Lui continuò ad accarezzarle i capelli e rispose senza esitare. «Be', ero decisamente eccitato. Ma sì, dicevo davvero».

«Allora ti dico una cosa», gli rispose posandogli una mano tra i capelli e appoggiando la testa sulla sua spalla. «Non mi hai fatto male, mi hai dato più piacere di chiunque altro in tutta la mia vita. Sei mio, e non solo per stanotte. Nessun rimpianto».

«Nessun rimpianto», ripeté lui, gli occhi di un azzurro più scuro e intenso del solito.

E quando si spostarono in camera da letto per ricominciare da capo – stavolta ricordandosi di portare una manciata di preservativi – lei ci credette con tutto il cuore. Quando poi si addormentarono l'una tra le braccia dell'altro, lei continuava a non avere dubbi: si appartenevano. Nessun rimpianto.

Capitolo 7

La musica classica che sentì con l'orecchio destro lo svegliò. Grant spalancò gli occhi e notò alcuni particolari insoliti.

Primo: evidentemente aveva dormito su una tela cerata. L'occhiata assonnata che lanciò al letto non gli rivelò dov'erano le lenzuola di lino né tantomeno il piumone imbottito. Non vedeva neanche la coperta che a volte usava quando faceva freddo. L'unica cosa che lo teneva al caldo era un copridivano di cotone che di solito lasciava sullo schienale del divano stesso.

Secondo: l'orologio segnava le 5:30 del mattino. Non aveva mai messo la sveglia così presto e quel giorno non ne aveva bisogno. L'incontro sarebbe iniziato alle otto e non ci avrebbe messo più di un'ora per prepararsi e andare al lavoro.

Terzo: gli facevano male tutti i muscoli del corpo, ma allo stesso tempo non si sentiva così rilassato da mesi.

Quarto: vicino a lui c'era la splendida ragione che spiegava le tre precedenti irregolarità. Angie stava dormendo su un fianco, le gambe coperte da una trapunta che era riuscito a recuperare in una scatola prima che entrambi si arrendessero alla stanchezza. Con le mani che le facevano da cuscino e i capelli biondi in disordine, sembrava una bambina innocente. Per esperienza sapeva che quell'immagine non rispecchiava affatto la realtà.

Nonostante la stanchezza riuscì a sorridere: ovvio che non avesse sentito la sveglia, visto che la sera prima erano stati piuttosto attivi ben oltre la mezzanotte. Avevano fatto così tardi che nessuno dei due aveva avuto voglia di mettersi a cercare le lenzuola. Appena prima di crollare con un braccio appoggiato sul suo torace, Angie gli aveva chiesto di mettere la sveglia in modo da avere il tempo di tornare a casa e prepararsi per andare al lavoro.

«Domani mattina ho una riunione importante», gli aveva detto con la faccia affondata sul cuscino. «Non posso fare tardi altrimenti mi licenziano».

L'ultima affermazione l'aveva preoccupato, ma quella sera avrebbe scoperto quali fossero i problemi che la tormentavano e magari avrebbero trovato una soluzione insieme. Non gli piaceva saperla in difficoltà.

Non gli sarebbe piaciuto neanche disturbarla in quel momento, sapendo quanto poteva essere stanca, ma gli aveva chiesto di svegliarla e l'avrebbe fatto. Si girò per disattivare la sveglia, ma quando si voltò per scuoterla delicatamente Angie aveva gli occhi mezzi aperti.

«Buongiorno», le disse. Sapeva che se ne sarebbe dovuta andare, ma non riuscì a resistere e con una mano le tracciò la linea del corpo, dalla spalla fino al fianco e poi alla coscia. Lei sospirò e gli si avvicinò.

«Buongiorno. Dio, che bello», disse mentre gli si stringeva addosso.

Grant mugugnò una risposta inarticolata, non c'era bisogno di dire niente.

«Devo alzarmi prima di addormentarmi di nuovo», disse lei dopo qualche minuto di coccole pigre. «Per quanto adori tutto questo, devo essere al lavoro presto».

«Così hai detto ieri. Quando dici che potrebbero licenziarti, cosa...».

Ma lei si era già staccata e stava scendendo dal letto. «Ne parliamo stasera. Comunque grazie per avermi distratta per qualche ora, tra l'altro nel migliore modo possibile». Gli sorrise maliziosa. «I miei piani per la serata consistevano in una birra e in un po' di tempo con il mio amico vibrante, ma i tuoi metodi si sono dimostrati molto più efficaci».

«Felice di essere stato d'aiuto». Mentre lei si rivestiva, lui le rivolse uno sguardo particolarmente interessato. «Credimi, il piacere è stato tutto mio».

«E poi se vuoi finire la tua scorta di preservativi prima che scadano hai bisogno di aiuto. Per fortuna c'ero io».

«Generosa e bellissima. La fantasia definitiva di ogni uomo».

Lei si stava mettendo gli stivali, ma si fermò. «Non di ogni uomo... tua», gli ricordò.

«Già, mia», ripeté soddisfatto. «Tutta mia».

Angie si chinò sul letto, gli prese il viso tra le mani e guardandolo gli disse: «E tu sei mio, non dimenticartelo».

Non ne aveva alcuna intenzione: essere rivendicato da una donna così selvaggia era magnifico, almeno se la donna in questione era Angela Burrowes.

Lo baciò velocemente un'ultima volta e si avviò alla porta della camera. «Ci vediamo stasera».

«Angie?».

La testa della donna ricomparve sulla porta. «Sì?»

«Nessun rimpianto?», le chiese. Sapeva già cos'avrebbe risposto, ma voleva comunque sentirglielo dire. Non aveva mai passato una serata del genere, e voleva essere sicuro al cento percento di sapere cos'era successo esattamente tra loro e come entrambi si sentissero.

«Nessun rimpianto». Lo salutò allegramente e uscì.

Grant sentì la porta chiudersi; si stiracchiò, sbadigliò e si diresse alla finestra vicino all'ingresso. Quando vide la macchina sparire andò in bagno, si coprì col copridivano e rimise la sveglia. Poi ci ripensò, allungò una mano e prese il piumone che aveva coperto Angie la notte precedente. Nonostante fosse da solo si sentì stupido, ma non poteva farci niente: avvicinò un lembo del piumone al viso e lo annusò. Sapeva di lei, di loro. Tropicale e muschio.

Doveva fare ancora una cosa prima di rimettersi a dormire. Si girò verso il comodino e prese il cellulare. A un certo punto della serata aveva memorizzato il numero di Angie, quindi le scrisse un messaggio: "È stata la notte più bella della mia vita. Non vedo l'ora che sia stasera. Vorrei poterti rivedere prima. Grant". Esitò un istante, poi inviò. Non voleva distrarla dalla guida, ma era necessario che sapesse cosa pensava di lei.

Rimase sveglio finché, cinque minuti dopo, lei non rispose: "Idem. P.S. Per risponderti ho accostato, non ti preoccupare".

A quel messaggio sorrise. Come faceva a sapere quello che pensava? Era come se conoscessero già le cose importanti che li riguardavano: i loro caratteri e i loro cuori. A lui non interessavano i dettagli, e qualsiasi cosa avesse scoperto di lei i suoi sentimenti non sarebbero cambiati. Al limite sarebbero diventati più forti.

Con un sospiro felice rimise il telefono sul comodino e chiuse gli occhi. Aveva ancora tempo per riposarsi, per sognare Angie e il loro futuro. La riunione preliminare per il suo nuovo lavoro alla biblioteca pubblica della contea di Nice sarebbe iniziata qualche ora dopo.

Capitolo 8

Il telefono di Angie squillò non appena trovò posto nel parcheggio della Downtown di Niceville, la sede principale del circuito bibliotecario pubblico della contea di Nice. Intorno a lei, altri bibliotecari provenienti da tutta la provincia stavano scendendo dalle loro macchine e si avviavano a piccoli gruppi verso il grande edificio di mattoni. Spense il motore e guardò lo schermo del cellulare. Un altro messaggio di Grant: "Vedrai che la riunione andrà bene, stai tranquilla".

Scrisse una risposta veloce: "Come potrebbe andare male con te al mio fianco? Buona giornata, bonazzo, e in bocca al lupo per il nuovo lavoro, qualunque esso sia (ne parliamo stasera)".

Penny parcheggiò vicino a lei, e Angie vide che la loro collega Mary era sul sedile del passeggero. Le salutò con la mano e scese dalla macchina. Appena mise un piede fuori, passò in rassegna la sua *mise*, che aveva tirato fuori dall'armadio e stirato un'ora prima: gonna nera che le arrivava appena sotto il ginocchio, giacca su misura nera, scarpe basse, camicetta di seta rosa con scollatura sobria che arrivava alla clavicola. Aveva raccolto i capelli in uno chignon e si era addirittura truccata. Va bene, crema idratante colorata e burrocacao alla fragola, ma era praticamente la stessa cosa.

Tutto sommato non poteva sembrare più seria, che poi era proprio lo scopo di quell'abbigliamento in stile "sono decisamente un'adulta". Tina si sarebbe accorta che erano gli stessi vestiti che aveva indossato al colloquio per diventare responsabile alla biblioteca Antietam e per qualsiasi presentazione che aveva fatto? Angie sperava di no.

Si diede un'altra occhiata: sì, era impeccabile e adatto all'occasione.

Fortunatamente supervisore e colleghe non potevano vedere quello che i vestiti nascondevano: le cosce che le facevano male per essere state aperte quasi tutta la notte, gli addominali che chiedevano pietà a causa di tutto l'esercizio a cui erano stati sottoposti, i lividi sui fianchi della stessa grandezza delle dita di Grant, visto che lui aveva perso il controllo la seconda volta che l'avevano fatto. Ma soprattutto, Angie si sentiva decisamente sbattuta. Forse perché era andata letteralmente così.

Si tenne quel pensiero per sé… magari l'avrebbe aiutata a superare quello che la riunione avrebbe portato. Tuttavia avrebbe dovuto cercare di togliersi dalla testa la magnifica notte con Grant, almeno fino alla fine dell'incontro: era abbastanza sicura che l'amministrazione non avrebbe apprezzato che una responsabile di sede fosse sopraffatta dal desiderio nel bel mezzo di una riunione organizzativa. Ma d'altra parte avrebbe potuto vivacizzare la situazione. Difficile a dirsi, in realtà.

«E quel completo?», le chiese Penny appena lei e Mary furono scese dalla macchina. «Cerchi di venderci assicurazioni o sei posseduta?»

«Per me stai benissimo», disse Mary a bassa voce. «Quel rosa si intona con la tua pelle».

Angie sorrise all'ultima arrivata della sua sezione. «Vedi, Penny? Mary sa come parlare al suo supervisore. Magari dovresti farti dare qualche suggerimento da lei, dopo la riunione».

Mary spalancò gli occhi. «Oh, no, lo so che anche Penny

pensa che tu stia bene. È solo sorpresa, di solito non sei mai così... in tiro».

«Vuoi dire che di solito vengo al lavoro con i capelli bagnati, senza trucco e con la prima cosa che trovo nell'armadio?», la prese in giro Angie.

Mary farfugliò e guardò Penny in cerca d'aiuto.

«Visto? È per questo che è inutile farle complimenti. Ti servirà da lezione per il futuro», le disse Penny prendendola a braccetto.

«Non sono stata io ad accoppiarti con quel figo del tuo fidanzato? Lo scrittore geniale, hai presente? Dov'è la tua gratitudine, Penny?»

«È scomparsa dopo che mi hai fatto appendere un miliardo di poster con un sacco di riferimenti al pene di un Cupido oliato e praticamente nudo».

«Abbiamo tolto tutto ieri», le ricordò Angie.

«Troppo tardi, la gratitudine non c'era già più».

«Ha ragione su di me», disse Angie con una risata rivolgendosi a Mary. «Sono incorreggibile. Una persona dolce come te dovrebbe avere un capo più rispettabile. Chissà, magari oggi mi declassano e ne avrai uno».

Per quel che ne sapeva, poteva essere vero. Ma, Dio, sperava di no. Il personale tutto al femminile della Antietam spaccava. Penny era diventata la sua confidente negli ultimi anni e, nonostante il suo riserbo davanti alle persone che non conosceva, nascondeva un cuore da leonessa. La timidezza innata di Mary aveva iniziato ad affievolirsi dopo due mesi con Angie, ma l'indole dolce e la forte etica professionale erano rimaste. Formavano una squadra fantastica, la migliore di tutto il circuito, per Angie.

All'ultima affermazione dell'amica, il sorriso di Penny scomparve.

«Senti, non so cosa annuncerà Tina, ma hai il mio appoggio, qualsiasi cosa succeda. Sei una bibliotecaria fantastica, un ottimo capo e un'amica eccezionale. Conta su di me».

«E anche su di me», dichiarò Mary, con un tono risoluto che non le avevano mai sentito.

All'entrata della Downtown, la loro amica Helen fece un cenno perché si fermassero. Con i capelli rossi raccolti in due trecce, la donna corse per raggiungerle.

«Allora...», iniziò Angie quando Helen arrivò. «Secondo me quattro».

Le altre la guardarono confuse.

«Eh?», disse Helen.

Angie frugò nella borsa e tirò fuori una banconota da venti. «È il numero delle volte che qualcuno oggi ti chiamerà Pippi Calzelunghe. Nessun altro vuole scommettere?»

«Troppo facile così, non ci sto», rispose Helen.

«Non fraintendere, le trecce e quegli occhiali fanno molto studentessa sexy, stai benissimo. Dico solo che la gente si aspetterà che tu sia una studentessa sexy in grado di sollevare un cavallo, quindi preparati».

Mary rise e Angie le diede un colpetto sul braccio.

«Come va la vita al banco prestiti?», chiese Penny a Helen, guardandola con ammirazione. «Te lo devo dire: sei una tosta. Io non riuscirei a sopportare la bolgia che hai tu qui alla Downtown, neanche per tutto l'oro del mondo».

«A volte va un po' meglio del solito. Ma Penny, prima di tornare all'Antietam devi assolutamente vedere la mia sezione *steampunk*. Ci sono ingranaggi, occhialini... e sono anche riuscita a far mettere un piccolo schermo che manda spezzoni di film *steampunk* in continuazione».

«Che nerd», la prese in giro Penny.

«Senti chi parla», replicò l'altra. «Non ho mai conosciuto una che legge quanto te».

«Anch'io leggo!», protestò Angie.

«Sì, quasi solo romanzi erotici. E di solito non vai neanche tanto avanti con la storia, visto che ti prendi le tue "pause personali"».

«Per riflettere sulla bellezza della grande letteratura».

«La tua *intima* riflessione rallenta la lettura. E consuma la scorta di batterie».

Angie sorpassò il gruppo e si voltò, camminando al contrario per guardarle. «Aspetta, ma cosa c'è qui? Oh, mio Dio, Penny, è un uccellino! Guarda, gli piaci!», disse, alzando il dito medio in direzione dell'amica.

Anche Mary rise, e Angie sorrise soddisfatta del successo di quella scenetta. Non voleva che le amiche si preoccupassero per lei, e niente poteva distrarre le persone dai problemi come una sana risata.

«Cosa mi sono persa?».

Angie si girò e vide la loro amica Constance, che gestiva il dipartimento delle biblioteche itineranti.

«Niente di che», le rispose Helen. «Stiamo solo scoprendo quante batterie usa Angie durante un tipico fine settimana in cui legge libri zozzi».

Constance non rispose, limitandosi a studiare con attenzione un punto sul collo della suddetta amica, la quale lo coprì subito. Ma ormai era troppo tardi.

«Di sicuro non è stata una batteria a farle quel succhiotto. La nostra piccola Angie ha qualcosa da raccontarci».

«Piccola?», sbuffò Angie.

«È un modo di dire. Comunque ci nascondi qualcosa. Chi ti ha fatto quel succhiotto? Meritava? Ti prego, di' di sì».

Le altre la fissarono con espressioni diverse: Mary imbarazzata, Penny preoccupata, Helen curiosa e Constance determinata a cavarle le informazioni necessarie e ad assicurarsi che l'amica fosse in buone mani… e in buona bocca.

«Signore, siamo a due metri dalla sala riunioni», fece notare Angie. «Sono a un passo dal licenziamento anche senza discutere della mia vita sessuale a un incontro di lavoro. Ne riparliamo alla serata tra donne di venerdì».

Le amiche concordarono, anche se con riluttanza, e si diressero nella sala. L'alto soffitto sembrava amplificare il centinaio di voci che si salutavano, ridendo e spettegolando. La maggior parte degli impiegati erano donne, ma c'era anche qualche uomo. Il dipartimento di informatica, per esempio, stava in un angolino, come un isolotto maschile di cervelloni in mezzo a un oceano femminile di nerd.

"Quella sezione ha urgente bisogno di un po' di estrogeni", pensò Angie. "Se non altro per farli smettere di parlare della necessità di più libri su robot assassini senza emozioni. Soprattutto mentre cerchiamo di spiegare loro perché i nostri computer non si avviano".

Il gruppo di Angie trovò dei posti liberi nelle prime file. Si sedettero e tirarono fuori i blocchetti per gli appunti dalle borse.

Angie diede un'occhiata dietro di sé e sorrise vedendo quasi tutte le sue amiche riunite in un solo luogo.

"Per favore, fa' che questa non sia la mia ultima riunione. Qualsiasi cosa succeda, fa' che non perda il lavoro. Innanzitutto perché adoro quello che faccio, e poi mi mancherebbero le mie amiche. E dare ai miei genitori un motivo per dire che avevano ragione mi fa venire la nausea".

Una volta sedute, Penny si rivolse ad Angie.

«Perché non mi hai detto niente di quest'ultima conquista? Il rapporto con Jack mi ha distratta dalla nostra amicizia, nelle ultime settimane? Se sì, mi sento uno schifo».

«No, tesoro, l'ho conosciuto ieri sera».

«Angie...».

«Non credo di meritarmi la paternale da una che si è scopata il proprio ragazzo su un mucchio di animali di peluche nell'area dei bambini. Dopo cinque ore di conoscenza, aggiungerei». Guardò un attimo l'espressione imbarazzata dell'amica, poi continuò. «Giuro che non è un'altra decisione stupida e avventata. Questa volta è diverso. Grant è diverso».

«Grant?», chiese Penny sorpresa. «Strano, ho visto uno nell'atrio che si chiamava...».

Proprio in quel momento Tina batté sul microfono e Penny si interruppe. Poggiò il blocchetto sulle ginocchia, scrisse qualcosa e lo mostrò ad Angie. "Ne riparliamo dopo". L'amica disegnò una faccina sorridente vicino a quella frase e rivolse lo sguardo al palco.

Una volta assicuratasi che il microfono funzionasse, Tina lo prese e richiamò all'ordine i presenti. Iniziò con i soliti annunci, lodando l'ottimo lavoro di tutto il personale e ricordando eventi e iniziative future. Poi si interruppe e si schiarì la voce. «Come alcuni di voi sapranno, la nostra direttrice dei servizi, Doris Tippington, è da poco andata in pensione dopo quarant'anni di onorata carriera. Voleva una cosa tranquilla, quindi non abbiamo fatto un grande annuncio né abbiamo organizzato una festa».

Penny scrisse di nuovo sul blocchetto. "Tu lo sapevi?".

Angie scosse la testa, perplessa. Perché Tina non gliel'aveva detto?

«Il lavoro era diventato troppo pesante per lei», continuò la vicedirettrice lanciando un'occhiata ad Angie, che abbassò lo sguardo. Povera Doris. A un certo punto, negli ultimi anni, si era arresa e aveva smesso di cercare di correggere la responsabile della biblioteca Antietam. Angie non la vedeva mettere piede lì dentro da mesi.

«Abbiamo cercato una persona giovane e dinamica che potesse dirigere le varie succursali basandosi sulla raccolta di dati e sull'analisi».

“In altre parole, più interessata alle cifre che alle persone”, scrisse Angie sul blocchetto.

“Magari non è così male”, rispose Penny.

«Abbiamo trovato il candidato perfetto. È intelligente, pieno di idee ed è anche originario di questa zona. Siamo riuscite a convincerlo a tornare qui da Baltimora».

“Un uomo? Non ho mai lavorato per un uomo”, scrisse Angie. Stava guardando il blocchetto di Penny in attesa di un suo commento, quando Tina finì la presentazione.

«Diamo il benvenuto all'ultimo arrivato nella famiglia del sistema bibliotecario pubblico della contea di Nice, il nostro nuovo direttore dei servizi Grant Peterson».

Appena l'applauso iniziò, Angie sollevò di scatto la testa.

No. No, non poteva essere.

Non l'aveva visto vicino alla biblioteca né dentro l'edificio, e di sicuro se avesse accettato il lavoro come nuovo supervisore l'avrebbe saputo, no? Se non fosse stato per il fatto che lo conosceva solo dal giorno prima e non gli aveva permesso di parlare di lavoro.

Il suo cuore perse un battito. Vide Grant, il *suo* Grant, alto e bello nel suo completo grigio, avviarsi sul palco. Sorrideva, anche se le occhiaie mostravano la sua stanchezza. I capelli mossi erano in ordine, le scarpe ben lucidate e la camicia bianca perfettamente stirata.

Mentre andava a grandi passi verso il microfono guardò le persone presenti e vide... lei. Oh, cazzo. Anche in una stanza così affollata sembrò incrociare il suo sguardo senza problemi. Lei guardò la sua bocca spalancarsi e le sopracciglia inarcarsi per la sorpresa. Poi chiuse la bocca, raddrizzò la schiena e si ricompose. Guardò gli appunti che aveva in mano e incominciò a parlare.

«È un piacere essere il nuovo direttore dei servizi del circuito bibliotecario pubblico della contea di Nice. So che la maggior parte di voi qui alla Downtown non mi vedrà spesso, ma sappiate che sarò sempre disponibile se avrete bisogno d'aiuto». La sua voce risuonò nella sala, interrompendo i mormorii che la sua presentazione aveva suscitato.

Angie notò che diverse paia di occhi, femminili e maschili, erano puntate su Grant e lo fissavano, lo studiavano. E non sempre in modo professionale. Da una parte, non poteva certo criticarle se lo trovavano sexy, ma dall'altra... sì, poteva. Altroché se poteva. Avrebbe voluto marcare il territorio, salire sul palco e appendergli al collo un cartello con scritto: PROPRIETÀ DI ANGIE BURROWES, VIETATO TOCCARE. NO, SUL SERIO, ALTRIMENTI VI DISINTEGRO.

«Lavorerò principalmente con le altre sedi, e presto conoscerò i responsabili e il personale», disse Grant.

"Be', hai già conosciuto la responsabile della biblioteca Antietam. Conosciuta in senso biblico, nuda e in posizione orizzontale, ma comunque ci siamo conosciuti".

I pensieri le si accavallavano in testa: Grant sarebbe stato il suo supervisore.

Avrebbero continuato a frequentarsi? Ovviamente non in pubblico. E in segreto? Il cuore le diventò per un attimo più leggero a quell'idea, ma... No, no. Grant sarebbe stato licenziato se si fosse venuto a sapere, e forse anche lei. E da quello che aveva capito di lui, non avrebbe tollerato un comportamento del genere sul lavoro. Il suo amante era prudente, e non avrebbe mai nascosto una relazione che mettesse a rischio il suo lavoro, non dopo una sola notte insieme. E considerando che non aveva proprio una faccia da poker, anche se ci avesse provato – e non l'avrebbe fatto – avrebbe fallito miseramente.

Ma anche se lui avesse accettato di mentire per il bene del loro neonato rapporto, Angie non aveva intenzione di nascondersi. Non voleva prendere altre decisioni avventate che alla fine l'avrebbero solo fatta soffrire. Voleva il suo lavoro e voleva una relazione con un uomo che potesse stare con lei alla luce del sole, per cui lei sarebbe stata tutto e viceversa. Nessun rimpianto.

Si guardò le mani: tremavano. Una sensazione familiare le pizzicava gli occhi, come se stesse trattenendo le lacrime. Ma Angie non era un'ingenua, era una donna adulta e vaccinata. La sua potenziale relazione si era trasformata in una sconsiderata avventura da una notte, e allora? Il pensiero di rivedere Grant – in veste di capo, per l'amor di Dio – la terrorizzava, e allora?

Sentiva un dolore al petto, come se l'avessero pugnalata... e allora? Era grande, ce l'avrebbe fatta. Niente lacrime, niente cuore spezzato. Solo lei e il suo solito bisogno di affrontare le conseguenze delle decisioni stupide che prendeva. Doveva rimettersi la solita maschera, come aveva già fatto tante volte.

Tina si avvicinò a Grant e prese il microfono. «Approfittiamo dell'occasione per presentargli tutti i responsabili delle varie succursali. Quando vi chiamo, alzatevi».

"No. No. No, no, no. No, cazzo. La mia maschera non è ancora pronta per il pubblico!".

«Vivian Rosenfeld, responsabile della biblioteca River Run». Vivian si alzò, i presenti applaudirono e Grant le rivolse un sorriso amichevole.

«Grace Martinez, responsabile della biblioteca Orchard Park». Grace fece un cenno con la mano dalla sedia a rotelle, accogliendo l'applauso e il sorriso di Grant.

«Angela Burrowes», iniziò Tina. Angie vide Grant sbiancare, rendendosi conto di essersi scopato una sua dipendente la sera prima di iniziare il lavoro. «Responsabile della biblioteca Antietam».

Penny le diede un colpetto sul braccio e Angie si impose di

sorridere. Si alzò sentendo l'applauso dei colleghi e vedendo la faccia sconvolta dell'amante, che adesso stava assumendo una bella tonalità verdognola. Quando la guardò, era come se avesse la parola *rimpianto* stampata in fronte.

Merda. Non era così che si immaginava il *dopo*.

Capitolo 9

Grant strinse la mano a qualche nuovo collega, scambiando due chiacchiere con tutti. Quando se ne andarono, si voltò verso quella marea di sedie cercando una testa bionda e… eccola. Dal palco, Grant la vide andare di fretta verso l'uscita, lontano dalla sala e lontano dalla biblioteca Downtown di Niceville. Forse doveva solo andare ad aprire l'Antietam. O forse voleva scappare fuori dalla sua vita.

Be', non proprio, ma… Di sicuro fuori dalla sua vita privata. Quel pensiero lo colpì come un pugno nello stomaco esattamente com'era successo pochi minuti prima, quando si era reso conto che la donna con cui aveva passato la notte lavorava per lui. Quella situazione lo faceva stare male, letteralmente. Era finito bruscamente dall'euforia alla sofferenza, e la cosa gli dava le vertigini. La prima volta era stato un colpo talmente duro che aveva dovuto trattenersi dal vomitare davanti a tutti i nuovi colleghi; e anche adesso la nausea gli scombussolava lo stomaco e gli faceva girare la testa.

Quella mattina, mentre si preparava per andare al lavoro, aveva fischiettato. Aveva fischiettato, cazzo, per la prima volta da quand'era bambino. Il pensiero di rivedere Angie e tenerla tra le sue braccia gli aveva alleviato la fatica e l'aveva rianimato. Fremeva dall'aspettativa e dall'eccitazione e si era quasi dimenticato di portare i suoi appunti alla riunione. La voglia di mandarle un messaggio o chiamarla era stata talmente tanta da diventare imbarazzante. Non era stato il lavoro a consumarlo, come succedeva di solito, ma il pensiero di Angie.

Dopo l'annuncio di Tina, tutta quella vivacità era sparita; era rimasto incollato a quel palco, immobile come una statua.

Aveva notato Angie mentre passava tra la folla avviandosi alla porta. Camminava con la schiena ben dritta, rispondendo al saluto di decine di persone con una risata o un abbraccio. Le colleghe bibliotecarie la adoravano, c'era da aspettarselo.

Da quella distanza non poteva capire se la sua era una risata finta, non riusciva a vedere le rughette sulla fronte. Grant constatò che non avrebbe più dovuto cercare i segni della sua infelicità; i suoi sentimenti non erano più un suo problema, anche se l'istinto gli diceva di eliminare tutto quello che la faceva soffrire. Tipo il suo nuovo capo.

Tina posò una mano sulla spalla di Angie, fermandola. Le due donne parlarono, e Grant vide Angie scuotere la testa e indicare il parcheggio. Tina parlò di nuovo e Angie annuì. Poi salutò con la mano le due donne che erano con lei (una tipa minuta con i capelli castani e una ragazza di colore) e si girò. Lei e Tina si avviarono verso il palco. Verso di lui.

Mentre si avvicinavano, fece un respiro profondo e cercò di calmarsi. Ma, come aveva notato Angie la notte prima, Grant mentiva di rado e non era convincente. Era sempre stato così. Ora, però, il suo lavoro dipendeva proprio da quello. Sarebbe riuscito a fingere di non essere mai stato a letto con lei? Avrebbe detto a Tina quello che era successo tra loro? Avrebbe capito la precarietà della sua posizione? Non lo sapeva, ma ancora pochi istanti e l'avrebbe scoperto.

Tina gli fece cenno di scendere, e lui riuscì in qualche modo a muoversi. Guardò con disperazione il bel viso di Angie, che non mostrava segni evidenti di preoccupazione – a parte le rughe sulla fronte pallida.

Com'era da aspettarsi, fu lei a prendere in mano la situazione: lo guardò negli occhi e gli tese la mano sorridendo allegramente. Un sorriso falso, ma allegro. «Piacere di conoscerla, signor Peterson. Sono Angela Burrowes, responsabile della biblioteca Antietam».

Lui stette al gioco, grato per la discrezione. «Piacere mio, Angela. Dammi pure del tu». La mano di Angie era rigida, fredda. Completamente diversa dalla mano che aveva tenuto solo qualche ora prima.

Appena poté, lei sciolse la stretta e si concentrò su qualcosa a sinistra della testa di Grant, anche se il sorriso le restò congelato sulla bocca. «Chiamami Angie. Come stavo dicendo a Tina, devo andare all'Antietam per aprire. Sicuramente ci rivedremo presto. Benvenuto... in famiglia, Grant».

«Grant passerà in biblioteca da te oggi pomeriggio per discutere la supervisione della tua sede. Dovete fare squadra», disse Tina, poi salutò entrambi e se ne andò.

La donna delle sue fantasie era davanti a lui, ma era irraggiungibile in tutti i sensi. Anche se il solo vederla, la sua sola presenza lo elettrizzavano, non riusciva a guardarla. Iniziò a giocherellare col polsino della camicia cercando di trovare qualcosa da dire.

Rimasero in silenzio per un attimo, poi, ancora una volta, Angie prese in mano le redini della situazione.

«Congratulazioni per il lavoro, Grant. Oggi possiamo vederci tra le due e le quattro, se per te non è un problema».

«Angie, non avevo idea...».

«Non dire niente». Gli angoli della bocca le si erano piegati all'ingiù e i suoi occhi luccicavano in modo strano. «Devi darmi qualche minuto per elaborare la cosa. Vieni in biblioteca e ne parliamo lì».

«Va bene», le rispose, incapace di consolarla.

«Va bene». Angie si girò e si avviò di nuovo verso l'uscita.

Questa volta la fermò soltanto una persona. Un uomo alto e biondo, con un vestito elegante e gli occhiali, le mise un braccio sulla spalla e si chinò su di lei. Angie non cercò di evitarlo, anzi sorrise e gli diede un colpetto sulla mano. I due parlarono animatamente per un po' e, prima che lei se ne andasse, lui la abbracciò esattamente per quattro secondi, che Grant contò con apprensione. Poi dovette contare di nuovo, ma stavolta per evitare di attraversare la sala, strappare il braccio di quell'uomo da quel corpo fastidiosamente perfetto e dichiarare pubblicamente che Angie era sua. Chiuse gli occhi, reprimendo un ringhio e lottando per stare calmo.

Lei era sua. Sua.

"Non più", si ricordò. Se voleva tenersi il lavoro, doveva starle lontano e guardarla sorridere ad altri uomini. Uomini più disinvolti, che non l'avrebbero frenata né avrebbero messo a rischio il suo lavoro.

Oh, sapeva di Angie. Non gli avevano detto il nome, ma aveva capito perché la biblioteca l'aveva assunto come nuovo direttore. Il capo delle risorse umane, Winona, aveva dedicato buona parte del colloquio a un argomento preciso: come avrebbe dovuto gestire una responsabile di sede particolarmente testarda. Subito dopo essere stato assunto, Tina aveva organizzato una riunione per spiegargli le sue responsabilità, che riguardavano in particolare la responsabile della biblioteca Antietam. Angie, adesso lo sapeva.

Il pensiero di riferirle le direttive che aveva avuto da Tina era come una doccia fredda. Rilassò le mani e incurvò le spalle, poi aprì gli occhi e… lei era sparita. Anche il bastardo che l'aveva abbracciata era sparito e, a parte qualche irriducibile volontario che stava mettendo a posto le sedie, Grant era solo. Era appropriato, visto il contesto. Triste, ma appropriato.

Arrivò nel parcheggio della biblioteca Antietam qualche minuto prima delle due. Non vedeva l'ora di rivedere Angie; anche se la loro storia non aveva futuro, anche se l'avrebbe visto come un nemico.

Scese lentamente dalla macchina, dando una prima occhiata al posto in cui la donna lavorava. Tina gli aveva detto che quella biblioteca era una delle ultime del circuito, costruita solo dieci anni prima. E si vedeva. Tutto di quell'edificio accogliente e del parcheggio affollato sembrava nuovo. L'architetto aveva scelto un colore rosato per i mattoni, e la parete di vetro che sovrastava il vicino campo di battaglia della Guerra civile brillava nel sole pomeridiano. Sullo sfondo si vedevano le colline ondulate che si trasformavano in montagne punteggiate da alberi simili a stuzzicadenti. La bellezza di quella vista lo meravigliò nonostante fosse inverno, e la immaginò in primavera: sarebbe stata mozzafiato.

Da fuori la biblioteca sembrava in ordine e ben tenuta, e Grant si augurò che fosse così anche all'interno, altrimenti il luogo della sede si sarebbe rivelato fin troppo adatto. Antietam, teatro della battaglia del 1862… e ora di quella che avrebbe dovuto sostenere con Angie per la direzione della sua biblioteca.

Entrò tirando un sospiro di sollievo. A una prima occhiata tutto sembrava immacolato: il banco dei prestiti e la scrivania splendevano, i libri erano in ordine sugli scaffali o sul carrello dietro il banco, sedie e tavolini erano stati sistemati in modo da creare angoli confortevoli per la lettura, gli adulti picchiettavano sulle tastiere dei dieci computer mentre i bambini erano seduti con i loro genitori e diversi animali di peluche mentre la donna minuta che aveva visto prima leggeva loro una storia. La sezione *young adult* vantava un divano comodo e un vasto settore dedicato ai manga.

Sentiva il brusio di fondo della biblioteca che non disturbava nessuno dei presenti ma metteva a proprio agio i visitatori. Non riusciva a vedere Angie, ma la sentiva parlare a bassa voce con qualcuno nell'ufficio dietro il banco prestiti. Decise di non disturbarla subito e continuò a guardarsi intorno. Un camino di mattoni occupava la parete vicino alle finestre, mentre le altre erano spoglie, fatta eccezione per qualche quadro con la cornice pesante. Non c'erano volantini attaccati ai muri né ai pannelli degli scaffali, come invece si vedeva normalmente nelle biblioteche. In effetti quelle pareti sembravano fin troppo ordinate. Erano quasi spoglie. Di sicuro non erano come si aspettava, vista l'esuberanza di Angie. Non aveva poster per gli eventi futuri? La settimana dopo sarebbe stato San Valentino, perché non c'era niente al riguardo?

Angie comparve dall'ufficio. «No, non ci sono più, Mary. Io e Penny li abbiamo tolti ieri...».

Si fermò di colpo quando lo vide, e la sua collega – Mary, suppose – boccheggiò e guardò per terra. Reazione insolita... ma magari aveva solo paura di incontrare il nuovo supervisore. Doveva essere molto timida, quindi le rivolse un sorriso incoraggiante. «Tu devi essere Mary. Sono Grant Peterson, il nuovo direttore. Piacere», le disse porgendole la mano. La stretta della donna fu inaspettatamente ferma. «Mary Higgs. Piacere di conoscerla».

«Dammi pure del tu», le disse, poi si voltò verso Angie. «È... un piacere rivederti». Un saluto banale, inadeguato. Nel suo cervello formulò alcune frasi che avrebbero espresso come si sentiva.

"Angie, mi dispiace tantissimo. Non lo sapevo".

"Angie, odio il fatto che quello che ti dirò ti sconvolgerà. Vorrei che non fossimo dipendente e supervisore".

"Angie, mi sei mancata oggi, anche dopo una sola notte insieme".

Tuttavia non ne poté pronunciare neanche una. Non davanti a Mary. Fissò, invece, con uno sguardo frustrato, la donna con cui era stato a letto poche ore prima. Prima di tutto notò che aveva gli occhiali: erano alla moda, con la montatura viola. Gli venne da sorridere alla scelta di quel colore vivace. Poi vide gli occhi dietro le lenti e il sorriso svanì: erano rossi... dal pianto? Per lui?

Lei risposte al saluto con cortesia. «Grant, è un piacere. Appena ha finito di leggere la storia ti presento Penny, l'altra ragazza che lavora qui», disse mentre indicava la donna minuta che stava leggendo un libro nell'area dei bambini. «Mentre aspettiamo ti faccio fare un giro».

Lui la seguì obbediente, camminandole a fianco mentre lei indicava le varie sezioni dell'edificio e parlava dei programmi e delle iniziative del personale. Era palesemente orgogliosa della sua biblioteca, e si vedeva in tutto quello che gli mostrava.

Quando tornarono al banco prestiti, ammise di essere davvero colpito. Tutto dava l'idea di calore, accoglienza, organizzazione. Tranne una cosa.

«È tutto fantastico, Angie. Ma mi stavo chiedendo: perché i muri sono così spogli?».

Mary stava controllando i DVD restituiti e quasi si strozzò. Quando Grant la guardò preoccupato, lei sventolò una mano. «Allergia».

«Ho appena tolto i poster delle attività di gennaio», spiegò subito Angie. «Purtroppo sono un po' in ritardo con quelli per il concorso di San Valentino. Te ne ho già parlato?».

A Mary prese un attacco di tosse.

Angie le batté una mano sulla schiena. «Mary, perché non vai a berti un bicchiere d'acqua mentre spiego a Grant del concorso? Sto io al banco».

Lui aggrottò le sopracciglia a quello strano tono. «Perché l'hai...».

«Stiamo chiedendo alle coppie di scrivere la storia di come si sono conosciuti», disse lanciando uno sguardo a Mary, che stava bevendo dal boccione lì vicino. «Poi le pubblicheranno sulla nostra pagina Facebook, e la coppia che ottiene più *like* vince una cena romantica in un ristorante locale».

Grant si rilassò. «Bell'idea. Stai controllando la pagina per assicurarti che nessuno pubblichi niente di inappropriato?»

«Assolutamente sì. Non voglio che la biblioteca sia associata a cose di dubbio gusto».

Lui la guardò perplesso. Dopo aver parlato con Tina, riconosceva una vagonata di balle se la sentiva. «Davvero? Al contrario di quando hai allestito una sezione di romanzi erotici e hai organizzato l'evento per single di Capodanno?»

«Ormai ha imparato la lezione», disse una voce pacata. Si girò e vide la donna minuta con i capelli corti – Penny? «Adesso l'Antietam è rispettabile, anche se ringrazio Angie per l'evento di Capodanno: è lì che ho conosciuto il mio fidanzato».

Grant le strinse la mano. «Grant Peterson, piacere», le disse, cercando di trovare una risposta adatta a quell'ultima affermazione. «Be'... congratulazioni per il fidanzato».

«Penny Callahan. E dovresti congratularti con lui», replicò con un sorriso malizioso.

Angie si girò verso l'amica con le sopracciglia inarcate. «Chi sei? E cosa ne hai fatto della mia amica introversa?».

Il sorriso di Penny passò dalla malizia a una dolcezza in stile Monna Lisa. «Meglio, ora?»

«Mi farai morire», borbottò Angie.

«Benvenuto all'Antietam, Grant. Ora devo andare a salutare i bambini a cui leggo le favole, ma tanto ci vedremo sicuramente più tardi».

Penny tornò nell'area dei bambini. Mary era ai computer a rispondere a una domanda e al bancone non c'era nessuno. Per un attimo, i due ebbero un po' di privacy.

«Dobbiamo parlare», disse Grant.

Lei rise. «Immagino di sì. Avviso Mary che sono in ufficio, nel caso qui succeda il delirio».

Supponendo di poter dare un'occhiata all'area riservata al personale mentre Angie parlava con Mary, Grant si avviò nel piccolo ufficio. Al centro c'era un grande tavolo di legno, circondato da quattro sedie. Le pareti erano occupate da scaffali e contenitori, e tutto era perfettamente pulito. Approvava. Gli ricordava il ripostiglio della sua camera da letto.

Angie comparve un minuto dopo e chiuse la porta. Entrambi si sedettero, e Angie lo guardò dall'altra parte del tavolo come se fossero avversari. Un segno di quello che sarebbe successo, pensò. Lei aprì la bocca... Grant non aveva idea di cos'avrebbe detto. E in quel momento nemmeno gli importava. Non poteva aspettare ancora per dire ad Angie quello che doveva sapere, anche se avrebbe significato che non si sarebbe mai più fidata di lui.

«Angie, devi sapere quello che mi ha detto Tina. E cosa mi ha chiesto di fare... con te».

Capitolo 10

Ora che il momento era finalmente arrivato, però, Grant non sapeva bene da dove cominciare. Doveva spiegarle perché aveva un bisogno disperato di quel lavoro? O quanto stava male per la fine brusca e prematura della loro relazione? O doveva svelarle subito le direttive che gli aveva dato Tina?

Decise di iniziare con le sue scuse. Anche se in realtà non aveva fatto niente di male, sentiva che glielo doveva. Ma prima che potesse trovare le parole giuste, Angie si sporse e cominciò a parlare, ansiosa e con lo sguardo basso.

«Grant, non ti voglio ingannare. Devo dirti che…».

Lui alzò una mano. «No, fai parlare me, per favore. Ti devo delle scuse e una spiegazione, e voglio dartele entrambe al più presto. Cioè qui e ora».

Angie serrò le labbra preoccupata, ma lo lasciò parlare.

«Mi dispiace metterti in questa posizione», le disse.

Un barlume della sua solita malizia le attraversò lo sguardo. «Ieri notte non dicevi così».

Cristo. Il pensiero di Angie sulla sua scrivania, sul suo letto… No. Non poteva farsi distrarre, di sicuro non dal ricordo di lei a cavalcioni su di lui, con le mani sul suo… Merda. Scosse la testa. Per fortuna erano stati insieme solo una notte, dopo due sarebbe stato seriamente tentato di mollare il lavoro e dedicarsi ad Angie a tempo pieno, a farle quello che voleva e come voleva.

Riprese a parlare, stavolta scegliendo le parole con più attenzione.

«Sai che con te non era solo una botta e via, ma non ho altra scelta. Non posso avere una relazione con una dipendente senza mettere in pericolo il mio lavoro. E ho bisogno di questo lavoro».

Lei annuì, incrociando le braccia al petto.

«Sono tornato da Baltimora perché mio padre un po' di tempo fa ha contratto il virus del Nilo occidentale. Lui e mia madre vivono vicino al fiume Potomac e hanno sempre avuto problemi di zanzare. Un giorno mio padre è stato punto, come al solito, ma stavolta ha avuto un forte mal di testa e gli è salita la febbre. Quando mia madre si è resa conto che non era solo una brutta influenza, l'infiammazione era già arrivata al cervello. Sono passati due mesi e ha ancora problemi a muovere il braccio destro e la gamba sinistra, non riesce a concentrarsi ed è sempre esausto».

Vedere suo padre usare un deambulatore e trascinarsi per la casa lo faceva soffrire immensamente ogni volta che andava a trovare i genitori, così come le volte in cui, nel bel mezzo della conversazione, l'uomo si confondeva e guardava impotente la moglie e il figlio. Il padre di Grant, che era sempre stato forte e dinamico, ora faceva fatica a vestirsi e a tenere in mano il libretto degli assegni. Di sicuro non sarebbe potuto tornare a lavorare come broker per un bel po'. Forse addirittura mai più.

La madre di Grant, Patricia, sembrava essere invecchiata di dieci anni in due mesi, e ogni volta che li andava a trovare, prima del trasloco nella contea di Nice, gli occhi rossi della donna gli rivelavano tutta la fatica e il dolore che provava. Quindi, nonostante avesse avuto da ridire sul suo trasferimento, non era riuscita a nascondere il sollievo quando aveva annunciato di aver trovato quel lavoro in biblioteca. Ora, quando passava da loro, la sera o nei fine settimana, la donna si prendeva un po' di tempo per sé: sapendo che il marito era in buone mani poteva dormire, leggere, farsi un bel bagno o addirittura andare a trovare le amiche. Aveva recuperato energia per i lunghi giorni e le notti che l'aspettavano, quando si sarebbe presa cura dell'uomo che amava.

Piano piano, sia la madre che il padre stavano trovando il modo di vivere insieme in quella nuova situazione. Non era facile, ovviamente, e dopo tutto quello a cui i suoi genitori avevano rinunciato per lui – tempo, denaro e occasioni – Grant glielo doveva. Doveva tutto a entrambi. Il *suo* tempo, i *suoi* soldi, le *sue* occasioni.

Ma non c'era bisogno che Angie sapesse tutto. Dopo quella conversazione non avrebbe più potuto pensare a loro due insieme, forse neanche come amici. Sarebbe diventato il suo capo, niente di più e niente di meno.

Quindi evitò i giri di parole. «Non posso perdere questo lavoro: mia madre ha bisogno che io sia vicino. Entrambi i miei genitori ne hanno bisogno. Non sappiamo quanto mio padre riuscirà a recuperare, ma sappiamo che in qualunque caso sarà un processo lento e difficile».

Mentre Grant parlava Angie distese le braccia e si avvicinò, posandogli una mano sull'avambraccio. «Mi dispiace tanto. Come ti posso aiutare?»

«A parte perdonarmi, non puoi fare altro. Ma grazie», le rispose.

«Perdonato», disse subito. «Quindi, questo...», riprese indicando se stessa e Grant, «finisce qui, vero?»

«Sì. Ma, credimi, quando ci siamo conosciuti non sapevo che lavorassi in biblioteca. Ho scoperto che sarei stato il tuo supervisore solo quando Tina ti ha chiamata stamattina. Voglio dire, sapevo di te, ma nessuno mi ha mai detto il nome della responsabile dell'Antietam».

«Sapevi di me? Che vuol dire?»

«Ehm...». Grant non sapeva come rispondere, ma sapeva che doveva farlo.

«Hai menzionato la sezione di romanzi erotici e Capodanno. È di questo che stai parlando?».

Lui fece un profondo respiro. «Anche. Ieri ho incontrato il capo delle risorse umane per discutere di te, anche se non ha mai pronunciato il tuo nome, e Tina mi ha dato istruzioni specifiche per la responsabile della biblioteca Antietam».

«Sarebbero?»

«Credo che ti abbia già detto quasi tutto durante la riunione di lunedì: un'altra lamentela dall'amministrazione e sei licenziata».

Angie rise, ma non c'erano segni di divertimento nella sua espressione. «Sì, questa l'ho già sentita».

Lui si passò una mano tra i capelli e si strinse la nuca. «Non credo però che tu conosca le altre direttive. Se vedo che fai qualcosa che potrebbe mettere in cattiva luce la biblioteca, devo riferirlo a Tina che prenderà... le dovute precauzioni».

«E con "prenderà le dovute precauzioni" intendi che mi lascerà a casa».

«Sì», confermò lui riluttante. «E il mio lavoro dipende da questo. Non posso proteggerti se fai qualcosa di sconsiderato. E se non glielo riferisco, mi licenzia».

«E poi licenzia me, appena lo scopre».

«Esattamente».

Angie lo guardò senza aprire bocca, ma si capiva che era preoccupata: tamburellava le dita sul tavolo e le erano comparse le rughette sulla fronte.

«Ho bisogno di questo lavoro, Angie», ripeté. «Quindi me lo devi dire: devo aspettarmi altre lamentele? C'è qualcosa che dovrei sapere?».

Lei abbassò la testa, guardando il tavolo. Grant restò in attesa, immaginando che stesse cercando di ricordare se ultimamente avesse fatto qualcosa di discutibile. Sperò che la risposta fosse negativa, così non sarebbe stato il motivo del suo licenziamento. La sentì fare un respiro profondo, e quando lo guardò stava sorridendo. Era palesemente un sorriso finto, ma lo attribuì a quell'imbarazzante situazione. Non era certo una bella cosa scoprire che la sua – Cristo, odiava definirla così – storia da una botta e via aveva il potere di farla licenziare, che lui aveva il compito di fare rapporto su ogni sua mossa.

«No, Grant», gli disse alla fine con tono tranquillo. «Ho imparato la lezione, non c'è niente che dovresti sapere».

«Sì, la scadenza è il 13 febbraio e annunceremo il vincitore il giorno di San Valentino». Angie restò in ascolto col telefono all'orecchio. «No, non ci sono limitazioni sul contenuto. Racconta quello che vuoi». Un'altra pausa. «Sì, possono esserci più di due persone coinvolte».

Sentendo l'ultima frase, Grant alzò lo sguardo dal computer dell'ufficio. Aveva detto alle ragazze che gli serviva il loro computer per compilare le statistiche della biblioteca. Ovviamente era una balla, poteva fare quel lavoro da qualsiasi computer collegato alla rete della contea, ma a quanto pareva non poteva farci niente: voleva stare vicino ad Angie, anche se lei lo trattava con la stessa distaccata cortesia che si riservava di solito ai parenti ubriachi ai pranzi di famiglia.

Adorava guardarla interagire con colleghi e visitatori. Il suo calore e il suo entusiasmo lo meravigliavano, ma allo stesso tempo lo mortificavano, così come la lealtà dei suoi utenti. Tina poteva dire quello che voleva sull'evento di Capodanno, ma quel giorno erano passate due coppie a ringraziare Angie di averlo organizzato. E diverse altre persone erano entrate per chiedere in prestito i libri della sezione di romanzi erotici.

La più incredibile era stata una signora anziana con dei morbidi riccioli biondi che era arrivata insieme a un uomo molto distinto.

«Non vedo l'ora di leggere gli altri libri sui mutaforma. Io e Carl ci siamo divertiti un sacco con questo qui», disse posando un libro sul banco e stringendosi al braccio dell'uomo. «Un uomo che si trasforma in un orso è elettrizzante!».

Preso dalla curiosità, allungò il collo per leggere il titolo: *L'orso e il suo pesce*. Che genere di libro era? Se solo fosse riuscito a vedere la copertina... Si avvicinò per vedere meglio.

Basti solo dire che gli venne in mente che con *pesce* si intendeva sia l'animale sia una parte del corpo maschile detta in modo un po' meno fine.

Angie riattaccò il telefono e iniziò a smistare i libri del carrello. Dopo aver fissato per un altro minuto lo schermo del computer, Grant non ce la fece più: doveva attirare la sua attenzione, farle incrociare il suo sguardo, indurla a parlargli, porca miseria.

«Angie?».

Lei comparve sulla porta. «Sì?»

«Perché la coppia voleva inserire più di due persone nella storia per Facebook?»

«Eh?», fu tutto ciò che riuscì a rispondergli lei, guardandolo con le sopracciglia aggrottate.

«La telefonata di poco fa. Volevano sapere se potevano inserire più di due persone nella storia per Facebook, giusto?»

«Giusto. È per quello che hanno chiamato. Il concorso su Facebook».

«Perché vogliono metterci più di due persone? Sono poligami?»

«Bella domanda. Bella domanda, sì. Questa coppia qui si è conosciuta tramite... un amico comune. Hanno passato tanti... bei momenti con quest'amico comune, e lo vogliono inserire nella storia».

«Che carini».

«Già, molto carini», rispose lei, poi fece per tornare nell'area pubblica della biblioteca.

«Angie?»

«Sì?», chiese Grant con una nota di frustrazione nella voce.

Indicò l'enorme quantità di strisce di carta nella spazzatura. «Non ho mai visto una biblioteca far lavorare così tanto un distruggidocumenti. Ci tieni davvero a fare in modo che i dati sensibili degli utenti non vengano rubati, eh?»

«Ci tengo tantissimo. Mi sono sentita in dovere di distruggere i documenti con le informazioni nel modo più veloce e sicuro possibile».

«Buon per te. Non tutti i bibliotecari proteggono i dati personali degli utenti con tanto zelo».

Con un'espressione indecifrabile, Angie si voltò.

Grant fece girare la sedia verso il computer e notò che erano quasi le sette, l'ora di chiusura. Salvò il lavoro, spense il computer, prese la giacca appoggiata su una delle sedie e si avviò nell'area pubblica della biblioteca.

Angie stava raccogliendo libri dai tavoli nell'area dei bambini, quindi decise di aiutarla a sistemarli sul carrello.

Ormai non c'era quasi più nessuno a parte qualche ritardatario, e vide che Mary stava andando a parlarci. La donna aveva evidentemente un modo gentile di parlare alle persone, perché tutti gli utenti le sorrisero mentre raccoglievano le loro cose per poi andare via. Dopo che le ultime persone se ne furono andate, Mary andò dietro il banco prestiti e poi nell'ufficio.

«Mary è un tesoro», gli disse Angie, mettendo l'ultimo libro sul carrello. «La biblioteca è molto fortunata ad averla. E lo stesso vale per Penny».

«E non dimenticarti di te».

Lei rise e iniziò a portare il carrello dietro il banco. «Credo proprio che la biblioteca mi consideri più una disgrazia che un tesoro, Grant. Non raccontare balle».

Lui le diede un colpetto per farla allontanare e iniziò a spingere il carrello.

«Non è una balla», insistette. Con un'ultima manovra parcheggiò il carrello dove l'aveva visto in precedenza, contro il muro dietro il banco. Poi guardò Angie, con le mani sui fianchi. «Se qualcun altro avesse infranto le regole come hai fatto tu, l'avrebbero licenziato mesi fa. Hai ancora il lavoro perché piaci molto a Tina e all'amministrazione. Nessuno di loro ha mai messo in discussione quanto lavori duramente o quanto ami quello che fai».

Lei gli sorrise e lui ne fu scombussolato. Se ben ricordava – e non ne era così sicuro, considerando l'effetto che quel sorriso gli faceva – quella era la prima espressione di sincera allegria che le vedeva da quella mattina presto e la cosa lo rasserenò, perché si era sentito ferito dalla maschera che gli aveva mostrato nelle ore precedenti.

Gli era mancata e, nonostante fosse stato quasi tutto il giorno vicino a lei, in realtà non l'aveva vista né sentita… non la vera Angie.

«Grazie. Sentirlo dire dal capo è un bel complimento. Me ne ricorderò quando sarò in fila all'ufficio per l'impiego», disse sardonica.

Grant la guardò attentamente. «Credevo non avessi niente da dirmi».

«Infatti, ma sappiamo entrambi che prima o poi combinerò qualche altro casino. Sono una fonte di continua delusione».

Ma che cazzo…? L'ultima, l'ultimissima cosa che gli veniva in mente pensando a lei era la delusione. D'accordo, forse era deluso dalla loro situazione, ma non da lei. Mai lo sarebbe stato da lei. Ammirazione? Sì. Fascino? Certo. Desiderio? Cristo, sì. Ma non delusione.

«E questa da dove esce?», le chiese.

«Esperienza», rispose lei. Poi si rianimò e un sorrisetto le comparve sul viso. «Ma almeno mi diverto mentre deludo la gente».

Penny oltrepassò il banco e si fermò vicino all'amica. «Se ne sono andati tutti, ho spento i computer e chiuso le porte».

Angie si voltò verso di lui. «Buonanotte, Grant. Devi uscire dalla porta dell'ufficio che dà sul parcheggio dei dipendenti, visto che l'entrata è chiusa. Poi accompagnare Mary alla sua macchina?»

«Certo. Vi accompagno tutte e tre. È buio e non mi piace che tu e Penny giriate da sole nel parcheggio».

Era vero, certo, ma non voleva salutarla, non ancora. Le due donne si guardarono e fu Penny la prima a parlare. «Io e Angie oggi non abbiamo fatto in tempo a mettere i poster del concorso di Facebook di San Valentino, quindi abbiamo pensato di fermarci un po' di più».

«E non potete farlo domani? Non dovreste farlo fuori dell'orario lavorativo».

«Lo facciamo sempre. Non hai mai fatto straordinari nel tuo vecchio lavoro?», gli chiese Penny.

«Gestivo il dipartimento di consultazione all'università di Baltimora. Lavoravo molte ore, ma mi pagavano. I miei lavoratori occasionali non hanno mai lavorato oltre l'orario senza essere pagati».

«Benvenuto nella vita da succursale», replicò Angie. «Senza qualche ora in più, qui non andrebbe tutto così liscio. Come direttore potrai non lavorare oltre l'orario, ma noi dobbiamo. In via ufficiosa, non chiediamo rimborsi alla biblioteca».

«Non mi sembra giusto».

«Va bene così, Grant. Vai a casa», lo sollecitò Angie.

Mary comparve dall'ufficio con addosso il cappotto di lana e una sciarpa. «Vuoi che rimanga, Angie?»

«No, tesoro, ma grazie per aver chiesto».

«Non è un problema, eh».

«Lo so, ma non c'è bisogno che resti per questo particolare... compito».

«Ah», disse Mary. «*Ah*. Sì, certo. Vado a casa».

«Mi assicuro che Mary arrivi sana e salva alla macchina», disse Grant ad Angie. «Vorrei tornare e restare finché tu e Penny avete finito, ma prima mi hanno chiamato i miei e hanno bisogno di aiuto per sistemare una camera al piano terra per papà».

Il parcheggio dipendenti era dietro l'angolo dell'edificio ed era impossibile vedere o denunciare un'eventuale aggressione. A quell'ora, poi, non c'erano turisti che visitavano il campo di battaglia, e il giardinetto lì vicino era vuoto. Alle due donne poteva succedere qualunque cosa, e nessuno della biblioteca l'avrebbe saputo fino alla mattina dopo. Grant si mosse a disagio, si sentiva uno stronzo a lasciarle da sole in un edificio deserto. A lasciare la *sua* donna da sola.

"No, non è più mia, devo ficcarmelo in testa".

«Magari chiamo i miei genitori e vedo se posso...», iniziò a dire.

«Apprezzo la premura, ma io e Penny sappiamo cavarcela da sole. Accompagna Mary alla macchina e vai ad aiutare i tuoi», disse Angie mentre raggiungeva a grandi passi la porta dell'ufficio che dava sul parcheggio. «Buonanotte, Grant. A domani, Mary».

Mary si avviò verso l'uscita sorridendo alle colleghe. Dopo aver lanciato un ultimo sguardo ad Angie, Grant seguì la giovane donna nel parcheggio buio, e appena la porta si chiuse alle sue spalle, poté giurare di aver sentito Angie dire: «Oh, grazie a Dio. Penny, prendi il vino».

Capitolo 11

«Grant?», boccheggiò Penny. «Grant ti ha fatto quel succhiotto?»

«Eh, già». Angie si appoggiò allo schienale della sedia e mise il piede sul bordo della scrivania. Anche solo aver raccontato all'amica le ultime ventiquattro ore di follia con Grant le aveva alleviato un po' di tensione: le spalle erano più sciolte, quel peso sullo stomaco era un po' meno gravoso, e i pensieri non andavano in mille direzioni. Sentiva una stretta al cuore, ma era quasi sopportabile. Quasi.

Naturalmente il vino aveva aiutato, e Angie ne bevve un altro bel sorso.

«Quindi, fammi capire: ti fa finire in un prato con una valigia, tu quasi lo violenti sul ciglio della strada, andate a cena e poi fai del sesso incredibile per quasi tutta la notte. Poi, qualche ora dopo, scopri che è il tuo capo davanti a un centinaio di colleghi – e ti dice che è una specie di Grande Fratello in versione biblioteca mandato da Tina per spiarti e riferirle quello che fai?»

«Eh, già», ripeté Angie.

Che altro poteva dire? Come sempre, Penny aveva centrato il nocciolo della questione. Era uno dei motivi per cui era diventata la sua migliore amica.

Penny svuotò il suo bicchiere. «Porcaccia di quella vacca, Angie, solo a te poteva succedere». Dopo essersi versata altro vino alzò il bicchiere per un brindisi. «Alla tua, tesoro. Se riesci a superare questa situazione senza perdere il lavoro e senza impazzire, dirò a Jack di farti diventare l'eroina del suo prossimo libro».

«Se si parla di drammi, guarda che tu non sei da meno. Se ben ricordo ti sei scopata un commercialista, nella biblioteca, al primo appuntamento, e poi hai scoperto che in realtà era l'autore del tuo libro preferito», le fece notare Angie.

«Oltre a *Jane Eyre*», chiarì Penny, poi le puntò contro un dito. «Ma non dirlo a Jack, crede di aver spodestato Charlotte Brontë. Ovviamente non è vero».

«Capito».

«A parte questo, la tua è un'ottima argomentazione. Mi sa che mi sono comportata più o meno come te, solo che ho ottenuto risultati migliori. Dopo un paio di settimane, almeno, quando Jack mi ha supplicato per poter rientrare nelle mie grazie».

Angie inclinò leggermente il bicchiere verso l'amica. «In sostanza siamo tutte e due delle donnacce, quindi alla nostra. E alle scopate con sconosciuti la prima sera».

«Non so se è il caso di brindare a questo. Ma va bene, dài».

Le due donne fecero tintinnare i bicchieri e mandarono giù un lungo sorso. Poi decisero di comune accordo di mettere via il vino, dal momento che avrebbero dovuto guidare per tornare a casa, e continuarono a bere acqua per tutta la sera.

«È ora di leggere le scene di sesso», disse Angie. «Merda, credevo che Grant non se ne sarebbe mai andato. Scusami, Pen, ci vorrà una vita ed è solo la prima tranche. Di sicuro ne arriverà un'altra vagonata prima della scadenza. E scommetto quello che vuoi che quelle che arriveranno alla fine saranno le scene più sconce».

«Un'altra scommessa troppo facile, lascia perdere», disse Penny lanciando sulla scrivania un pacco di post-it. «Tu nascondi i nomi della mia pila e io quelli della tua. Non vogliamo mica ricevere lamentele per esserci fatte influenzare».

Presero una risma ciascuna e iniziarono a coprire i nomi degli autori.

«Siamo sempre d'accordo sul sistema di valutazione? Massimo dieci punti per la qualità della scrittura e sempre dieci per il livello di erotismo?», chiese Angie.

«Va bene».

Dopo aver attaccato qualche altro post-it sui suoi fogli, Penny alzò lo sguardo. «Dici che avresti dovuto parlare a Grant di questo concorso?»

«L'ho quasi fatto», rispose Angie smettendo di lavorare. «Ma poi mi ha detto che era obbligato a riferire a Tina qualsiasi comportamento improprio e che se non l'avesse fatto avrebbe perso il lavoro».

Avere segreti con Grant la faceva star male. Quel pomeriggio era stata vicinissima a raccontargli del concorso delle scene di sesso, e solo il suo istinto di autoconservazione aveva salvato lei e il suo lavoro. Quello e la paura dell'espressione che lui avrebbe fatto scoprendo ciò che aveva combinato: la delusione, la disapprovazione, la consapevolezza di essere stato con la donna sbagliata la notte prima, il sollievo di quando si sarebbe reso conto che aveva la scusa pronta per far finire la loro relazione.

"Non posso frequentare una mia dipendente" faceva molto meno male di "Non ti voglio".

«Magari avrebbe cercato di proteggerti», le fece notare Penny.

«Rischiando il posto? Non credo proprio, tesoro. Suo padre ha contratto il virus del Nilo occidentale e ha bisogno di cure costanti. Grant deve stare qui e deve avere un lavoro».

Cristo, si sentiva una stronza senza cuore per non essersi informata sulla malattia del padre. Dalla sua bocca traditrice era uscito quasi un milione di domande: dove si stava facendo curare? Cosa si poteva fare per aiutare lui e sua madre?

Cosa stava facendo il fratello per aiutarli? Aveva bisogno di aiuto durante la convalescenza del padre?

Ma non poteva più fare domande così personali, e anche se Grant avesse voluto aiuto lei non avrebbe potuto darglielo. L'avrebbe fatto un'altra donna.

A quel pensiero le venne da vomitare. Il che la portò all'altro motivo per cui non gli aveva chiesto di più: ogni secondo che parlava con Grant la faceva stare male. Era doloroso, di un dolore che non credeva possibile dopo solo una notte insieme. Fingersi di buon umore davanti a lui l'aveva stremata più di quanto avrebbe mai creduto. Il suo piano, da quel momento in poi, consisteva nell'interagire con lui il minimo indispensabile. Per il suo bene, ma anche per potergli tenere nascosto il concorso.

«E non possiamo trovare il modo di annullare il concorso senza che gli utenti si lamentino?», chiese Penny con una luce di speranza negli occhi.

«No. Julian ha mandato una storia».

Nonostante il commesso ventenne frequentasse la biblioteca solo da un paio di mesi, aveva già la reputazione di utente arrogante e lamentoso. Solo Mary sembrava sopportarlo, ma quella ragazza era una santa.

«Cravatta rossa», disse Penny con un brivido. «Lascia perdere. Se revochi il concorso, quello lì chiama il suo senatore chiedendogli di mandare un drone per abbattere la biblioteca».

«Cravatta rossa?», chiese Angie.

L'amica agitò una mano. «Perché ce l'aveva alla festa di Capodanno. Hai ragione, non puoi annullare, perché se Julian o qualcun altro si lamenta ti licenziano. Quindi qual è il tuo piano per gestire la cosa?».

Angie fissò senza interesse la pila delle scene di sesso che aveva davanti. Le faceva male la testa per aver passato tutta la giornata a pensare al modo giusto di agire. Be', quello e la stanchezza dopo una notte intera passata a scoparsi il capo. Senza contare le crisi di pianto in bagno durante le pause, sempre a causa del suddetto capo. Insomma, aveva svariati motivi per essere a pezzi, sia nel corpo che nella mente.

«Ecco cos'ho pensato di fare», disse poi, appoggiando il mento sulle mani. «Devo nascondere il concorso a tutti coloro che non lavorano qui dentro o non partecipano fino a San Valentino, poi sono salva».

«E credi di riuscirci?»

«Le possibilità sono più o meno le stesse di vedere un asino che vola», sospirò Angie. «Ma non dirlo a nessuno è l'unica possibilità per cavarcela e per proteggere Grant, qualunque cosa succeda».

«E come?», le chiese Penny aggrottando le sopracciglia.

«Se l'amministrazione scopre il concorso posso dire che gliel'ho nascosto, così non ha responsabilità. Se invece non lo scopre, ci teniamo il lavoro tutti e due».

Il pensiero di essere licenziata la spaventava. Cos'avrebbe fatto senza la biblioteca e le colleghe? Un master in biblioteconomia non le sarebbe servito a molto fuori da quell'ambiente, e trovare lavoro da un'altra parte sarebbe stato difficile senza le referenze del supervisore e dell'amministrazione. Ma anche se avesse trovato un'altra biblioteca… come avrebbe fatto senza la comunità che adorava? E senza le sue amiche?

Penny girò la sedia fino a toccare quella di Angie. «Posso dire che l'ho indetto io».

La donna sorrise, commossa dalla lealtà dell'amica. «Non ti crederebbe nessuno. E comunque non ti farei rischiare il lavoro per un concorso che avevi definito, cito testualmente: "Una supplica di licenziamento". Vorrei averti dato retta».

«Posso farlo», replicò Penny, dritta sulla sedia e con la mascella serrata. «Posso andare davanti all'amministrazione domani e dire che è stata tutta colpa mia, farò in modo che mi credano».

Angie ricacciò indietro le lacrime. «Grazie per l'offerta, Pen, ma no. Assolutamente no. Una volta scoperto che sei andata davanti all'amministrazione andrei a smentirti dicendo che è stata una mia idea. Sappiamo entrambe a chi crederebbero. Non rovinarti la reputazione senza motivo».

Le prese una mano tra le sue e la strinse. «Non voglio che ti prenda la colpa per una cosa che ho fatto. Voglio solo il tuo appoggio, qualunque cosa succeda».

«E che ti aiuti a dare voti a delle scene di sesso fuori dall'orario lavorativo», fece notare Penny con un sorrisino sghembo.

«Sì, anche». Angie le strinse la mano un'ultima volta e poi la lasciò. «A proposito… se non vogliamo fare mattina, dobbiamo iniziare a leggere un po' di questa robetta piccante».

«Cavolo», disse Penny due ore dopo, scrivendo i voti sul pezzo di carta attaccato al manoscritto. «Questo è proprio macabro».

«Bob?».

Penny sollevò il post-it azzurro e sbirciò. «Bob».

«Ricordami di mettergli da parte l'ultima biografia di Lizzie Borden, domani mattina. Gli piace quando le armi del delitto sono asce. Cioè, preferisce gli omicidi ambientati nella natura, ma le asce sono al secondo posto in classifica».

«C'è qualcosa di decente nella tua parte?», le chiese Penny.

«Un paio. Una scena con un musicista rock e una sexy dominatrice, e un'altra storia con una maestra. Non voglio rovinarti la sorpresa, ma si scopre che lei è stata molto cattiva. A questa do dei punti bonus per l'uso creativo dei gommini delle matite e dei righelli. E anche per le cose che il protagonista maschile le ha fatto dopo averla messa in un angolo».

Penny le lanciò uno sguardo d'intesa. «Sarah?».

Angie cercò la storia e guardò sotto il post-it. «Sarah», confermò.

«Meno male che venerdì c'è la nostra serata tra donne, così le chiedo se la storia si ispira alla sua vita».

«Succedono delle cose in quella storia...», disse Angie scuotendo la testa. «Spero non sia vero, per il bene dei bidelli».

«Ma poi può partecipare al concorso? Lavora qui durante le vacanze, non dovrebbe essere ineleggibile?»

«Credo di sì. Tolgo la sua storia dalla lista dei favoriti e le offro da bere venerdì per scusarmi», disse Angie. Guardò i punteggi sui post-it e prese un altro racconto.

«Nell'ultima storia che ho letto ci sono i pirati. Vuoi sentirla?»

«Sì», rispose Penny. «Dopo il racconto di Bob mi serve un intermezzo».

«Mi sembra giusto. Allora, il temibile pirata Fernando...», iniziò Angie.

«Ti prego, dimmi che a un certo punto ci sono anche gli ABBA».

«No. Adesso chiudi la ciabatta così arrivo alla parte interessante. Fernando ha rapito Charity, la nostra eroina vergine, che lo sta supplicando di risparmiare la sua virtù. Lui inizia a dirle quello che può fare con la sua gamba di legno e lei ha un orgasmo, così, sul momento. Solo ascoltando, niente preliminari né contatto fisico».

«Uomo di talento, questo Fernando».

«Quando finalmente la tocca con quello che l'autore chiama...», Angie fece una pausa per ricontrollare il manoscritto, «il suo *pennone*, lei sviene dall'estasi. Prima della penetrazione vera e propria. E il protagonista definisce la cosa "far fremere la sua carena"».

«Fortunella, questa Charity», disse Penny rischiando di soffocare dalle risate.

«Bisogna concederglielo, però: l'autore, o autrice, ha fornito la descrizione più erotica di una sciabola penetrante che abbia trovato in tutte le storie. E il *penetrante* è voluto», ammiccò Angie.

Penny sghignazzò un'ultima volta. «Tiro a indovinare… Finto pirata Clarence?»

«Finto pirata Clarence», confermò l'amica dopo aver sbirciato sotto il post-it.

Non c'era neanche bisogno di controllare, in realtà. Se la biblioteca avesse avuto più di un utente fissato con i pirati, con una passione per le bende sull'occhio e per la parola *ciurma*, l'avrebbe sicuramente già saputo.

«Grazie. Ora mi sento un po' meno scombussolata. O scombussolata come prima, ma in modo diverso. Dài, torniamo al lavoro», disse Penny.

Le due donne si chinarono nuovamente sui loro fogli, e per ogni minuto in cui si concentrava su qualcosa che non fosse la sua situazione disastrosa o il male al cuore, Angie si sentiva più forte, più energetica, più se stessa. Prendere nota: se delle scene di sesso scritte da dilettanti riuscivano a distrarla, chissà cosa avrebbero potuto fare l'accoppiata Kindle e vibratore.

Più tardi avrebbe finalmente scaricato *Lungo treno in galleria* e chissà come sarebbe andata a finire. Magari la mattina dopo sarebbe stata una donna nuova.

«Angie… dài un'occhiata a questo».

Angie lesse velocemente. «Impressionante. Secondo te potrebbe vincere?»

«Non ti sembra familiare? Non l'hai mai letto prima?».

Lesse di nuovo, con più attenzione. Ora che gliel'aveva fatto notare…

«Aspetta, cerco qualche frase su Google e vediamo cosa viene fuori».

Si sedette davanti al computer e lo accese. «Qual è la frase più caratteristica, che non troveresti in altre storie?»

«"Il tremito vibrò dal suo corpo a quello di lui, come una voce pura che poteva mandare in frantumi il vetro"», lesse Penny.

Dopo aver digitato, Angie ottenne la risposta. «Plagio. Di un libro che avevo messo in sezione, *Carlotta e la congrega carnale*».

«Le streghe zoccole, ora mi ricordo».

«Quindi questo si scarta», disse Angie mentre Penny scriveva un appunto sul post-it e metteva il manoscritto nella pila con i punteggi più bassi. «Dobbiamo controllare anche gli altri favoriti per vedere se sono plagi. Ma lo facciamo domani, e poi continuiamo a leggere. Si sta facendo tardi e dobbiamo ancora attaccare i poster del nuovo concorso».

«Non devo leggere le fiabe domani mattina, posso leggere e controllare i racconti con i voti più alti. Sempre se Grant non decide di stare tutto il giorno qui. A proposito… vorrei chiederti una cosa».

«Spara».

«Lo sai che penso che le donne debbano fare sesso come e quando vogliono».

«Come suggerisce la tua attività sulla povera giraffa di peluche».

Penny arrossì lievemente. «Sì. Quello che voglio dire è che non penso male di te per essere andata a letto con Grant, ieri».

«Ma?», si preparò Angie.

«Ma… mi chiedo se in circostanze diverse avresti agito diversamente. Se la riunione con Tina non fosse andata in quel modo, intendo. Insomma, quello che ti sto chiedendo è se hai fatto sesso con lui perché lo volevi davvero o solo per dimenticarti la brutta giornata. Perché se è per il secondo motivo, la cosa mi preoccupa».

Angie ci pensò per un po', battendosi l'indice sul mento.

«Okay, capisco cosa vuoi dire. In tutta onestà, la riunione ha aiutato a prendere questa decisione avventata, ma non l'avrei fatto con nessun altro. Credevo che avremmo costruito qualcosa di speciale, per quello sono stata con lui. Non per la riunione».

«Pensavi che con lui ci fosse una possibilità?»

«Sì», rispose Angie con la voce tremante. «Speravo che ci sarebbe stato di più di una sola notte».

Penny si alzò e l'abbracciò da dietro, e per la seconda volta in due giorni Angie si appoggiò all'amica in cerca di conforto.

«Non ti ho mai vista così triste per un uomo. Non credere che non abbia notato gli attacchi di pianto in bagno. Solo che credevo che fosse la riunione con Tina a innervosirti, o che ti fossi pentita della notte passata con Grant».

Angie posò il viso sul braccio dell'amica. «Per quanto la situazione con lui sia imbarazzante e spiacevole... no, non sono pentita. Non potrei. Per la prima volta in tutta la mia vita ho incontrato una persona con cui vedevo un futuro, un futuro felice».

«Mi dispiace, tesoro».

«Sto cercando di prenderla con filosofia. Se è successo una volta può succedere di nuovo, ho solo bisogno di qualche giorno lontana da lui per superare... qualsiasi cosa sia questa, e andare avanti».

«Domani farò di tutto per tenertelo lontano», giurò Penny.

«Grazie. Un altro giorno con lui e non risponderò più delle mie azioni».

Capitolo 12

«Passerai i prossimi giorni con Grant», disse Tina.

Ad Angie cadde di mano il telefono, che finì sul tappeto. Quando si decise a riprenderlo e a mettere il vivavoce, Tina stava ancora parlando.

«...esercizi per la fiducia, per diventare una squadra. La maggior parte dei responsabili della Downtown parteciperà e ci dovrebbe essere posto per altre due persone».

Angie guardò con orrore il telefono. «Ehm...».

Tina non sembrò accorgersi di quel suono flebile e spaventato e continuò imperterrita: «Winona delle risorse umane l'ha deciso ieri sera e mi ha chiamata stamattina. Pensa che se tu e Grant vi conoscerete un po' meglio, per te sarà più facile fare affidamento sul suo giudizio e seguire le sue direttive. A me la cosa non convince, ma considerando la tua situazione ti conviene fare tutto quello che puoi per accontentarla».

«Vero», rispose Angie sfregandosi la fronte con le dita.

Tina continuò: «E poi Winona ha fatto da poco un corso sulle attività di *team building* e sta cercando cavie per mettere in pratica quello che ha imparato. Naturalmente non ha detto *cavie*, credo che abbia usato il termine *vittime*».

Angie guardò l'orologio accanto a lei. Non erano neanche le otto e il suo piano di evitare Grant era già andato in fumo. «Quando parli di esercizi per la fiducia, cosa intendi esattamente? Ci manda in qualche parco avventura? Perché ti avverto, soffro di vertigini. E parlo proprio di terrore, del tipo che me la faccio addosso e urlo che voglio la mamma. E in questo modo Grant non si fiderà di me, ma si chiederà se ho problemi di incontinenza e di infermità mentale».

Tina rise. «No, pazzoide, niente parco avventura. Solo qualche esercizio per familiarizzare e fare in modo che facciate squadra, per il bene della biblioteca».

«Ecco, a proposito: e la biblioteca?», chiese Angie, cercando qualsiasi scusa valida per sottrarsi ai piani di Winona. «Non ti servo lì?»

«Ho parlato con Penny e Mary, ti coprono loro».

«Ah, perfetto».

«Cosa c'è?»

«Niente. Dove e quando?», chiese poi, ormai rassegnatasi al suo destino.

Due ore dopo stava entrando nella biblioteca Downtown di Niceville, diretta alla grande sala riunioni del terzo piano. Guardò l'orologio e constatò che aveva ancora dieci minuti – abbastanza per trovare Helen e farci due chiacchiere, prima di passare tutta la merdosissima giornata con Grant. Se lavoro e cuore avessero resistito per tutte quelle ore, sarebbe partito un coro di osanna. E poi si sarebbe dedicata alla birra e agli e-book sconci.

Quando arrivò al banco informazioni, Helen era al telefono e stava leggendo i necrologi locali a uno dei suoi utenti. I suoi capelli ramati erano sciolti e le cadevano sulle spalle, e gli occhiali le erano scivolati sulla punta del naso mentre guardava lo schermo del computer.

«Willa Hyacinth MacGregor, ottantadue anni, visite domani alle 9. Montgomery Carleton Howard, settantatré anni, funerale domenica alle 16:30. Sì, per oggi è tutto. Ci sentiamo domani, signor Breward». Helen riattaccò, scrisse un appunto sulla pagina delle statistiche di riferimento e si sporse verso Angie.

«Ogni volta che parlo con il signor Breward mi sento una messaggera di morte travestita da bibliotecaria», sussurrò. «So che non riesce a leggere e vuole sapere se i suoi amici sono morti, ma ho sempre paura che un parente o un amico del defunto in questione sia qui».

«Finché non uccidi gente compilando le tue statistiche, credo non ci siano problemi. Allora, quante battutine su Pippi ti hanno fatto, ieri?».

Helen sogghignò. «Più di cinque, ma probabilmente perché ho lavorato al secondo piano, vicino all'area dei bambini. Però mi hanno chiesto solo una volta di sollevare un cavallo. E non sono sicura che il ragazzo conoscesse Pippi Calzelunghe, credo piuttosto che fosse strafatto e vedesse gli animali della fattoria».

Angie rise. «Certo che la Downtown è un altro mondo rispetto all'Antietam».

«Ma non mi dire».

«Siamo sempre d'accordo per la seratina di venerdì?»

«Assolutamente sì. Come potrei perdermi la storia che c'è dietro il succhiotto misterioso?», chiese Helen, e Angie non riuscì a trattenere un gemito.

«Brutto segno. A meno che non abbia capito male e quel verso fosse di estasi».

«No».

«Allora ribadisco: brutto segno».

«Lo scoprirai venerdì sera. Adesso devo andare a fare esercizi per la fiducia con l'uomo che mi ha fatto il succhiotto». Salutò una Helen esterrefatta e si avviò verso la sala riunioni.

Quando fu alla porta rallentò il passo: Grant era seduto dentro e l'aspettava, lo sapeva anche senza vederlo. Sentì il cuore rimbombarle nelle orecchie e le mani iniziarono a tremarle per la gioia e, al tempo stesso, per la paura. Era un fascio di nervi e il cervello le ordinò di scappare. O di gridare, oppure di piangere. O ancora di buttare Grant sul pavimento e scoparselo. Tutti quegli istinti discordanti la stavano scombussolando.

"Devi darti una calmata, Angie. Subito. Perché questa riunione sta per cominciare. E ricorda di indossare la maschera".

Fece un respiro profondo e si mosse. Aprì la porta della sala, che cigolò, e quando entrò in quella grande stanza luminosa vide una dozzina di tavoli rotondi sistemati a distanza l'uno dall'altro, ognuno con due sedie vicine. Per le coppie del corso, immaginò. Su ogni tavolo c'erano due fasci di fogli pinzati, uno per ogni partecipante.

La maggior parte dei posti era occupata dai responsabili della Downtown, che la salutarono mentre scrutava la stanza. Lei rispose distrattamente con un cenno della mano, cercando una testa bruna e familiare. Alla fine, in un angolo, scorse Grant seduto a un tavolo che stava dando un'occhiata ai fogli. Tina era lì accanto che gli parlava.

Angie strinse i pugni, ma si rifiutò di mostrare altre reazioni: se vederlo era come una botta nello stomaco, non era necessario che altri lo sapessero.

Con un sorriso forzato attraversò la stanza e si sedette al tavolo. «Buongiorno, Tina. Grant». Poi indicò i fogli davanti a sé. «È il programma per i prossimi due giorni?»

«Sì», rispose Tina. «Winona ha fatto una lista delle attività. Alcune servono per conoscersi...».

Grant e Angie si guardarono, poi spostarono lo sguardo sui fogli. Angie sapeva che stavano pensando alla stessa cosa: due notti prima avevano svolto delle attività decisamente interessanti per conoscersi, e non era certo servita una lista. A meno che non contasse la lista dei posti in cui l'avevano fatto o di *cosa* avevano fatto.

«...e altre per imparare a fidarsi l'uno dell'altra. Per la maggior parte dovrete stare qui, ma per le attività fisiche andrete nella stanza delle fiabe. Ci sono andata stamattina e mi sono assicurata che abbiate tutto quello che vi serve. In questa dispensa ci sono sia il programma delle attività sia le istruzioni. Alla fine di questi due giorni, dovrete entrambi scrivere un post di una pagina e pubblicarlo sul blog», spiegò Tina guardandoli. Poi continuò: «Queste attività sono autogestite, quindi potete iniziare subito e prendervi un'ora di pausa quando avete fame. Domande?».

"Come faccio a tirarmene fuori? Se facessi finta di avere la peste bubbonica? Anzi, no: se trovassi un mantello dell'invisibilità e sparissi? O se dicessi che sono la gemella cattiva di Angie? E se invece dicessi di soffrire di amnesia e di non ricordarmi gli ultimi sette anni? Oppure potrei riciclare un qualche espediente di una soap opera, magari qualcosa che includesse bambole indemoniate o cadaveri resuscitati...".

«No, nessuna domanda. Grazie, Tina», rispose.

«Grant?»

«Mi sembra tutto chiaro. Se abbiamo domande, passiamo in amministrazione da te».

Sembrava stanco. Ovviamente era sempre bello, ma comunque esausto.

Agli angoli degli occhi aveva delle rughe che due notti prima non aveva notato, e i capelli mossi sembravano pettinati a caso. Anche la camicia si era opposta alla sua solita pignoleria: solo un lato del colletto era piegato, come se si fosse vestito di corsa e non l'avesse sistemato bene. Anche se lo conosceva solo da due giorni, quella mancanza di simmetria era segno che stava attraversando un periodo particolarmente stressante.

Per la situazione dei genitori, pensò, non certo a causa sua.

Tina guardò i tavoli. «Appena tutti hanno iniziato, devo tornare nel mio ufficio. Potete venire lì o chiamarmi sul cellulare se avete dubbi».

Con un'ultima occhiata ai due Tina attraversò la stanza, mentre il capo della sezione bambini prendeva posto.

Angie sfogliò la dispensa dando un'occhiata alle dieci attività della lista. Quando alzò lo sguardo vide che Grant la stava osservando.

«Di nuovo gli occhiali?»

«Sono rimasta alzata fino a tardi a leggere, ho gli occhi un po' stanchi».

«Mi piace la montatura». Per qualche ragione, però, gli occhi di Grant erano puntati sulla fronte. «Solo che non mi piace vederti così... tesa».

La maschera che aveva indossato si incrinò, sbatté i fogli sul tavolo e lo guardò. «Pensavo che tu e l'amministrazione voleste una versione più cauta della sottoscritta», disse puntandosi l'indice al petto. «Eccola, Grant. La volevi e ora ce l'hai».

La coppia del tavolo vicino le lanciò un'occhiata allarmata, e Angie si rese conto di aver alzato troppo la voce. Ma chi poteva biasimarla? Stava cercando con tutte le sue forze di tenersi a distanza fisica e morale da quell'uomo, per il bene di entrambi. Quindi perché cavolo le stava addosso? Che reazione pensava di ottenere?

«Non si tratta di quello che voglio io», le disse a bassa voce lui. «Si tratta di lavoro».

«Appunto», rispose Angie, guardando con smania la porta della sala. «Allora mettiamoci al lavoro, okay?».

«Davvero? Il tuo cibo preferito è la pizza e detesti i broccoli? Cos'hai, cinque anni?», gli chiese Angie.

«Be', finché non stabiliscono una dose giornaliera raccomandata di glassa al formaggio...», fece notare Grant.

«Niente latticini».

Lui alzò gli occhi al cielo e ribatté: «Ma come fa a non piacerti il formaggio americano? Sei comunista?»

«Ha una consistenza strana. Si scioglie bene, sì, ma sa di... non lo so, qualcosa di schifoso. È un abominio dei formaggi. E comunque non cercare di distrarmi: hai le abitudini alimentari di un bambino dell'asilo. Che fai, tagli anche il bordo dei tramezzini e piangi se due cibi diversi vengono a contatto nello stesso piatto?».

Angie trattenne un sorriso vedendo che lui non riusciva più a guardarla negli occhi.

«Be', se il bordo è troppo duro...», disse titubante.

Lei non ce la fece più e scoppiò a ridere così tanto che le fece male la pancia. Dopo un po' Grant si unì a lei, anche se la sua faccia era ancora un po' rossa.

Nessuno in quella sala sembrava averli notati. La coppia più vicina a loro se n'era andata via dopo averli guardati male, e tutti gli altri erano troppo lontani o troppo presi dai loro esercizi per prestare attenzione.

Erano lì da quasi due ore, ma sembravano passati solo pochi minuti. Avevano discusso su quali attori li avrebbero interpretati in un film, su quali personaggi storici avrebbero voluto conoscere, sull'ora del giorno che preferivano e tante altre informazioni personali. Winona aveva suggerito dozzine di argomenti, e loro avevano chiacchierato e riso dall'inizio alla fine.

Da una parte, quell'incontro che aveva temuto con tutto il cuore – e anche con tutti gli altri organi, a dirla tutta – si era rivelato molto più gradevole di quanto credesse. Nonostante tutto non aveva potuto fare a meno di rilassarsi davanti a una dose concentrata del fascino unico di Grant. L'uomo davanti a lei aveva tante qualità: timidezza, intelligenza, purezza, prudenza, disciplina e un calore gentile che le arrivava fino alle ossa. Era affascinata, divertita e attratta da lui.

Ma dall'altra parte non le servivano altri motivi per ricordarsi cosa si stava perdendo. Le risate le avevano alleviato il dolore al petto solo per un attimo. Sapeva che, appena si fossero separati a fine giornata, si sarebbe pentita del tempo che aveva passato con lui perché lo desiderava ancora di più.

Inoltre non aveva neanche bisogno di sentirsi più in colpa di quanto già non si sentisse: a ogni risposta sincera di lui, il suo inganno la agitava sempre di più.

"Ho fatto la scelta migliore per me. Se non voglio essere licenziata, non posso dirgli del concorso con la scena di sesso di San Valentino, fine della storia. Dimentica e vai avanti".

«Il questionario è finito», disse Angie. «Prossima attività… e spero che questa volta non ti umilierai completamente».

Grant girò la pagina e lesse ad alta voce: «"Due verità e una bugia. Scrivete tre cose che vi riguardano, due vere e una falsa, e il vostro compagno dovrà indovinare qual è l'una e quali le altre"».

«Sono molto più brava di te a mentire», gli ricordò. «Preparati a perdere».

Si batté la penna sul mento prima di scrivere le frasi, poi girò il foglio; alzò lo sguardo e vide che Grant la stava studiando anche mentre scriveva. La penna scorreva fluida, e naturalmente non c'era da sorprendersi, almeno pensando a come si muoveva la sua. Dire che Angie scriveva a zampe di gallina era già un complimento, e nei momenti migliori si poteva dire che la sua calligrafia era di stile medico.

«Prima tu», gli disse.

Grant si schiarì la gola. «All'università mi sono specializzato in matematica, faccio tabelle praticamente per qualsiasi cosa e alle elementari sono stato bocciato un anno».

«Facile. Sei esperto di analisi dei dati e statistica, quindi la specializzazione in matematica e le tabelle hanno senso. È la terza frase che è falsa».

«Sbagliato».

Il sorriso sparì e al suo posto comparve un'espressione sorpresa. «Che vuol dire *sbagliato*?»

«Ho rifatto la quinta elementare. Durante l'anno mi è venuta la polmonite e mi ci sono voluti un paio di mesi per guarire. A quel punto ero talmente indietro che i miei hanno deciso di farmi ripetere l'anno».

«Polmonite? Poverino».

«Mi ammalavo molto da piccolo. Carenza di globuli bianchi, finivo all'ospedale ogni volta che avevo un'infezione. Dovevo stare attento a cosa mangiavo, a quanto dormivo e ai bambini con cui stavo».

«I bambini?», chiese Angie, incuriosita.

«Dovevo evitare chiunque potesse essere malato, in modo che non mi contagiasse. Gli altri bambini guarivano in una settimana, ma per me ci voleva un mese».

«È un po' triste». In realtà avrebbe voluto dire *terribile*. Ma ecco che si spiegavano un bel po' di cose dell'uomo che aveva davanti: la prudenza, la timidezza, la modestia... tutto era chiaro.

Lui scrollò le spalle. «Non ero sempre da solo. Mia madre lasciò il lavoro all'università popolare per prendersi cura di me, mio padre rifiutò diverse promozioni che l'avrebbero portato a viaggiare parecchio e mio fratello giocava sempre con me dopo la scuola e nei fine settimana, a meno che non fosse malato. Io comunque mi tenevo occupato: se ero in ospedale avevo i miei libri, e a casa costruivo modellini. La vita dei miei è stata sicuramente più incasinata della mia».

«Ti ammali spesso anche ora?».

Non le sarebbe dovuto interessare così tanto, ma il pensiero di Grant in ospedale, stremato da febbre e infezioni, le chiudeva lo stomaco.

«No, la cosa si è risolta quand'ero adolescente».

«Meno male», rispose Angie tirando un sospiro di sollievo.

Grant sorrise forzatamente e continuò: «Eravamo tutti contenti, ma ormai i miei avevano perso tantissime occasioni. Occasioni che avrebbero migliorato il loro tenore di vita, sia allora sia oggi. Avrebbero fatto comodo dei soldi in più, soprattutto ora che papà è malato. Però non si sono mai lamentati».

Il senso di colpa che traspariva dalle sue parole le strinse il cuore. Avrebbe voluto dirgli che a dei genitori affettuosi come i suoi un sacrificio così non avrebbe mai pesato, perché sarebbero semplicemente stati contenti che il loro tempo e i loro sforzi fossero serviti per farlo migliorare. Ma lui questo lo sapeva già, naturalmente. E da dipendente, piuttosto che da amante, non aveva nessun diritto di dirgli una cosa tanto personale.

Angie tornò a concentrarsi sull'attività. «Visto che sei davvero stato bocciato, qual è la bugia?»

«Mi sono specializzato in latino, non in matematica».

«Che secchione».

Sentendola, Grant sorrise. «Proprio così. Tocca a te».

«Okay», disse sistemandosi gli occhiali. «Sono laureata in amministrazione aziendale, mia sorella ha chiamato la figlia come me e ho avuto sei lavori». Sorrise. Non avrebbe mai indovinato, aveva scelto una verità inverosimile e una bugia plausibile.

«Credo che l'ultima sia la bugia».

Angie spalancò la bocca dalla sorpresa. «Ma come cavolo hai fatto? Nessuno, a parte la mia famiglia, l'avrebbe indovinato!».

«Ho già giocato a questo gioco, e quasi sempre la gente dice la frase falsa per ultima. Le cose vere sono quelle che vengono in mente prima, quindi la bugia finisce alla fine».

«Così è barare».

«Probabilmente avrei indovinato comunque. Sei una persona affettuosa e generosa, ovvio che tua sorella abbia dato il tuo nome alla figlia».

«Grazie», mormorò in risposta. Sentiva che stava arrossendo, ma non poteva farci niente.

«E per quanto riguarda il lavoro… secondo te penso che tu sia incostante?»

«Lo pensi?»

«No. Penso che adori il tuo lavoro e che sia il tuo orgoglio. E credo che, prima di cambiare, tu abbia fatto per diversi anni un lavoro che ti piaceva».

"Spiegami di nuovo perché non possiamo avere una relazione clandestina. No, perché quest'uomo ti capisce dopo solo una notte insieme…", le disse il suo cervello.

"Per due motivi: pane e tetto sopra la testa. Senza lavoro te li puoi scordare entrambi. Quindi datti una calmata", rispose.

«Ho avuto solo due lavori», ammise. «In una libreria per quasi tutti gli anni di scuola superiore, università e master, poi in biblioteca. Una volta finito il master in biblioteconomia ho iniziato a lavorare qui a tempo pieno».

«Non mi sorprende. La laurea in amministrazione aziendale sì, però. Non fraintendere, si vede che hai quella formazione da come gestisci la tua sede. Ieri ho dato un'occhiata ai bilanci che hai scritto e li ho trovati molto precisi. Sono sicuro che ti sei laureata col massimo dei voti. Ma anche se eri brava, ho come l'impressione che non fossi felice di farlo».

«Infatti non lo ero», rispose Angie. Quella poteva essere una storia da raccontare a un amante, non certo al suo supervisore.

«E allora perché l'hai fatto?», le chiese, poggiando i gomiti sul tavolo e sporgendosi verso di lei. «Non mi sembri una che farebbe qualcosa che non le piace».

«Quella volta non ho seguito il mio istinto, e ne ho pagato le conseguenze».

Un solco gli si formò sulla fronte. «Cosa vuoi dire?»

«Non ha più importanza», rispose lei, e poi guardò l'orologio. «Abbiamo ancora tempo per un'attività prima che mi venga fame. Cosa c'è sulla lista?».

Grant lesse velocemente il foglio. «Sul serio?», borbottò. Poi sospirò e abbassò la testa.

Strana reazione. Ma quando lesse anche lei, capì subito. «Merda. E dobbiamo farlo per un minuto?»

«Così pare. E tu devi toglierti gli occhiali».

Angie obbedì e li posò sul tavolo. Quel gesto sembrò dare sicurezza a Grant, che si sentì inaspettatamente sicuro, come se stesse di nuovo giocando in casa. Sollevò la testa e raddrizzò la schiena.

«Ora guardami negli occhi per un minuto, poi dimmi come ti senti», le disse, poi la fissò a sua volta. L'intensità di quello sguardo le fece girare la testa.

"Oh, cazzo. Posso già dirti come mi sento: voglio salire sul tavolo, strapparti la camicia e sbatterti per terra. Non oso immaginare cosa succederà dopo un minuto, anche se so di sicuro che sarebbe una cosa illegale da fare in pubblico. Ci farebbe licenziare entrambi, ma sarebbe magnifico".

«Andiamo a mangiare», disse in un soffio.

E così, come una miserabile codarda, si rimise gli occhiali e si allontanò, prima che Grant potesse dire qualcosa.

Capitolo 13

Quando Angie tornò dalla pausa pranzo sembrava essere tornata normale. Poco incline a incrociare lo sguardo di Grant e attenta a evitare il contatto fisico, ma comunque energica e vivace.

Lui non aveva capito esattamente cosa l'aveva fatta scappare dalla stanza, prima, o perché adesso sembrasse tranquilla. Sapeva solo come si sentì vedendola rientrare e sedersi vicino a lui: euforico nonostante il dolore che provava guardandola. La osservò e si stupì di quanto quel viso gli fosse diventato familiare in così poco tempo. Le onde chiare dei capelli che le cadevano sulle spalle, la bocca carnosa, il naso sottile, il verde brillante dei suoi occhi… ormai conosceva tutto a memoria, poteva vedere il suo viso anche a occhi chiusi. Non era un'esagerazione, ma un dato di fatto. Aveva trascorso la maggior parte della notte precedente a farlo, oltre a immaginare altre parti del suo corpo un po' più al di sotto del mento.

"Lascia stare. Ricordati, Grant: tu sei il supervisore, Angie è la dipendente. Niente cavolate".

«Iniziamo?», le chiese con un tono che gli sembrò tranquillo.

Le ore successive passarono in fretta tra svariate attività, battute e divergenze di opinione, soprattutto quando discussero dei rispettivi modi di prendere le decisioni.

«Con la logica, è così che si prende una buona decisione. L'istinto guida male e fa fare cose sbagliate», sostenne Grant.

Lei gli sorrise con malinconia. «Io sono per l'istinto. La maggior parte delle decisioni le prendo così, d'impulso e col cuore. Niente logica». Si batté il dito sul mento e continuò: «Dovrebbe esserci un termine che combini le due parole».

«Eh?»

«Un termine che metta insieme impulso e cuore. *Impore*? No, mi fa pensare alle spore e ai batteri. *Cuolso*?»

«Sembra più la fusione di culo e polso».

Glielo concesse con un gesto della mano, poi passarono all'esercizio successivo: scegliere quindici oggetti da portare su un'isola deserta. Tra le cose scelte da Grant c'erano pannelli solari, medicine e l'attrezzatura per depurare l'acqua. Quando lei aggiunse libri e musica alla lista, lui la guardò incredulo.

«Che gusto c'è a sopravvivere se poi non ti diverti?»

«Sempre *se* sopravvivi», sottolineò lui. «Il divertimento arriva dopo».

«E se quel giorno non arrivasse? Se finissi per passare tutta la vita a sgobbare per una felicità futura che non arriverà mai?».

Lui si zittì. Se la metteva così, era difficile controbattere. Però…

«La felicità non potrà mai arrivare se muori disidratato o per un'infezione», dichiarò esasperato.

«Siamo d'accordo sull'essere in disaccordo. Di nuovo».

«Bene», borbottò Grant. «Bastian contrario».

Era sollevato che quella particolare attività stesse finendo. Se avesse discusso con Angie ancora un po', o gli sarebbe scoppiata la testa per la frustrazione o avrebbe iniziato a pensarla come lei. Per carità. Si passò le mani sul viso cercando di rilassarsi.

Angie emise un verso strozzato e lui sollevò lo sguardo.

«Stai be…», iniziò a chiederle, ma poi notò la sua espressione e si interruppe. Stava ridendo?

Sì, non c'erano dubbi. La sua esasperante collega stava disperatamente cercando di trattenere le risate. Il suo petto generoso – non che l'occhio gli fosse caduto istintivamente in quella zona, assolutamente no – andava su e giù nel tentativo di controllarsi. Anche da dietro gli occhiali, i suoi occhi brillavano maliziosamente. Si appoggiò alla sedia apparentemente rilassata: non aveva le rughette sulla fronte e le sue guance erano arrossate.

In quel momento tutta la frustrazione di Grant sparì. Dio, adorava vederla felice.

«Mi prendi in giro, Burrowes?», le chiese fingendosi offeso. «Credi a quello che hai detto o vuoi solo farmi innervosire?»

«Devo per forza scegliere? Non potrebbero essere tutte e due?».

Ecco, aveva avuto la sua risposta. Incapace di resistere a quell'allegria, rise anche lui. Senza pensarci allungò una mano sul tavolo fino a toccarla. Sentì la pelle di Angie vellutata e calda sotto le sue dita; si sentiva in paradiso. Le sfiorò il dorso della mano col pollice, trattenendo quasi il respiro a quella sensazione.

Anche il respiro di lei si bloccò, e smise di ridere. Con uno scatto, tolse la mano… e anche lui smise di sorridere.

"Cristo, ma che sto facendo? Siamo in pubblico ed è una mia dipendente".

Si guardò velocemente intorno per assicurarsi che nessuno avesse visto quel contatto inappropriato, ma sembrava che i presenti non se ne fossero accorti. Però era stato un colpo di fortuna. Se fosse capitato di nuovo chissà quali sarebbero state le conseguenze. Un corso sulle molestie sessuali? Il licenziamento?

Angie si chinò per prendere qualcosa da terra e lui ne approfittò per ricomporsi.

"È solo una collega, nient'altro. Non importa quello che vorresti", si disse.

«Serve aiuto? Cosa stai cercando?», le chiese.

«No! Non c'è bisogno. Credevo mi fosse caduto qualcosa, ma evidentemente non è così. Possiamo continuare a lavorare».

Quando si rialzò non c'era più traccia di allegria sul suo viso. Ora la sua espressione era di cortesia, ma niente di più. La scomparsa di quel sorriso, della vera Angie, gli strinse il cuore, proprio come quando, poco prima, aveva allontanato la mano dalle sue. Ma cosa poteva dire? Non aveva il diritto di chiederle di tornare a essere affettuosa e rilassata come quando l'aveva conosciuta e com'era stata solo qualche secondo prima. Proprio come lei non aveva il diritto di chiedergli di tradire la sua condotta professionale.

«Qual è la prossima attività in programma?», gli chiese. «Si sta facendo tardi, facciamo questa e basta per oggi».

"Ha altri programmi per la serata? Deve andare a cena con le amiche… o con un altro uomo? Magari il tizio biondo che era alla riunione ieri?".

Dopo aver cercato di non pensare a quella possibilità, lesse il foglio che aveva davanti. «Campo minato. Dobbiamo costruire un percorso a ostacoli nella stanza delle fiabe e, stando alle istruzioni, dobbiamo fare il percorso bendati seguendo le istruzioni che ci dà l'altra persona».

«Bendati? Davvero? Non è una cosa un po' troppo stravagante per la biblioteca?», disse con un'espressione serena, gli angoli della bocca piegati all'insù.

Grant indicò la dispensa: «Così c'è scritto».

«E nella stanza delle fiabe, nientemeno. Che pervertiti. Magari sono stati ispirati da Penny».

«Cosa?»

«Niente», gli rispose lei sventolando una mano.

Grant decise di non indagare ed entrambi si avviarono alla porta, che lui richiuse alle loro spalle. Si diressero al secondo piano passando davanti al banco informazioni e Angie salutò con la mano una donna con i capelli rossi, che rimase a bocca aperta appena vide Grant.

«Lui?», mimò con la bocca ad Angie, credendo evidentemente di essere discreta. «Stai facendo gli esercizi con *lui*?».

Angie sorrise e proseguì.

«A cosa si riferiva?», le chiese Grant mentre scendevano le scale.

«Non saprei. Era la mia amica Helen, probabilmente era sorpresa che dovessi già fare esercizi per la fiducia col mio nuovo capo», rispose tenendo gli occhi fissi sui gradini.

L'aveva detto con un tono innocente, troppo innocente. Ma se non voleva darle della bugiarda, cosa che non voleva assolutamente fare, doveva lasciar perdere.

Arrivarono nella stanza delle fiabe e Grant l'aprì con il *passe-partout*.

«Ma guardalo, con la sua chiave figa. Scommetto che non te la tirerai così tanto, quando ti farò cadere dritto sull'orango di peluche».

«Strano fosse chiusa», disse lui, facendola entrare. «Dobbiamo essere la prima coppia che fa quest'esercizio. Forse tutti gli altri aspettano domani».

Accese la luce e si guardò intorno: c'erano diversi animali di peluche posti ordinatamente intorno a un ampio spazio, le pareti erano coperte di poster raffiguranti i personaggi di libri per bambini e il pavimento era stranamente morbido. Le finestre colorate che davano sul marciapiede di fronte alla biblioteca illuminavano la stanza senza il bisogno di lampadine. Decise di chiudere le tende: non c'era bisogno che il pubblico li vedesse girare alla cieca per la stanza. A tal proposito, sulla sedia c'era un pezzo di stoffa nero da usare come benda. Erano da soli, in una stanza chiusa e con poca luce. Quando guardò per terra vide che c'era una specie di materassino: ecco perché il pavimento era così morbido. Pensò che sarebbe stato morbido anche sulla pelle, e la porta si poteva tranquillamente chiudere a chiave.

Evitò di guardare Angie mentre il cuore iniziava a martellargli nel petto. Quel semplice pezzo di stoffa gli sembrò improvvisamente... be', provocante, addirittura osceno.

«Ma come, niente frustini? Questa biblioteca dovrebbe fare rifornimento di attrezzi sadomaso. A proposito, qual è la tua parola di sicurezza?».

Grant quasi soffocò. «Ehm...».

«Scherzo. Non ci serviranno parole di sicurezza almeno fino al secondo giorno di attività, per quell'esercizio in cui bisogna strizzarsi i capezzoli».

Dopo quell'uscita Angie smise di parlare per un po', grazie a Dio. Sistemarono gli animali di peluche come ostacoli, secondo un tacito accordo per cui le mine sarebbero dovute essere morbide, in caso l'esperimento fosse fallito. Quando ebbero finito si guardarono.

«Chi inizia?», chiese Grant, anche se non era sicuro della risposta che avrebbe voluto sentire.

«Oh, ma che cavolo. Inizio io. Passami la benda».

Angie posò gli occhiali sul tavolo, si mise la benda sugli occhi e se la legò dietro la testa. «Ahia! Cacchio, mi sono tirata i capelli!», esclamò. Il secondo tentativo finì allo stesso modo. Al terzo, quando cominciò a borbottare parolacce, Grant si fece avanti.

«Girati». Le sue dita le sfiorarono le guance e la fronte mentre le metteva la benda sugli occhi. Portò i lembi dietro la testa e poi fece un nodo stretto. Sentì i suoi capelli setosi sotto le dita; era quasi un invito a esplorare, a passare una mano in quella chioma, a tirarne le ciocche. Non forte da farle male, ma abbastanza per ricordarle che erano stati insieme. Non che non avesse mai tirato i capelli di una donna, preso dalla passione del momento, ma non ci aveva mai pensato con le altre, nemmeno una volta. Sembrava che Angie gli ispirasse sempre nuovi impulsi, senza contare il numero preoccupante di erezioni.

Quando finì di bendarla le mise le mani sulle spalle e la girò verso di sé.

"Cazzo". Vederla con quel pezzo di stoffa sugli occhi l'aveva quasi messo in ginocchio, risvegliandogli istinti profondi. Così profondi che neanche la sua logica poteva frenarli. Non aveva mai usato nessun oggetto a letto, ma con Angie... Dio, pensare a lei bendata e stesa sotto di lui gli faceva ringraziare il cielo che non potesse vedergli la faccia. O i pantaloni. E quando poi immaginò di tenerle le braccia sopra la testa mentre la penetrava, riuscì a malapena a soffocare un gemito.

«Grant, va tutto bene?», gli chiese lei, rossa in viso.

«Sì», rispose a denti stretti. «Ti giro verso gli ostacoli e ti guido nel percorso».

Si sforzò di lasciarla andare, anche se le sue dita restarono ferme un po' più a lungo del necessario.

«Pronto?», gli chiese.

«Pronto».

Angie si allontanò di un passo con un'andatura incerta che non le era abituale. Teneva le braccia tese di lato per mantenere l'equilibrio e, sopra la benda nera, Grant vedeva la sua fronte aggrottata.

«Fidati, non ti faccio cadere».

E non lo fece. Le diede istruzioni con un tono di voce pacato, guidandola tra gli ostacoli. Quando raggiunse l'altro lato della stanza, la fece fermare prima che finisse contro il muro e le disse che poteva togliersi la benda.

Angie sciolse il nodo e se la tolse. Si girò verso di lui, cercandolo nella stanza. Quando i suoi occhi finalmente riconobbero la sagoma, lo abbagliò con un sorriso.

Grant le porse subito gli occhiali per evitare che inciampasse e le loro dita si sfiorarono. Lui si irrigidì per fermare il tremito provocato da quel tocco.

Angie si rimise gli occhiali viola sul naso. «Grazie. Cadere senza questa cavolo di benda sugli occhi sarebbe stato imbarazzante. Ora tocca a te».

Grant si legò la benda e non fece caso ai capelli impigliati. Se avesse sentito il contatto delle dita di Angie non avrebbe resistito ancora: l'avrebbe toccata, tenuta stretta fra le braccia...

Ma per favore, chi voleva prendere in giro? L'avrebbe scopata finché non avesse iniziato a gemere come la prima notte che erano stati insieme, come quando era affondato dentro di lei, le aveva morso la spalla e le aveva stuzzicato il clitoride con le dita. Cristo, era così calda mentre fremeva e si inarcava contro di lui, e così *stretta* mentre veniva... non poteva dimenticare. Non *voleva* dimenticare.

Per fortuna non poteva vederlo, perché se l'avesse guardato negli occhi avrebbe sicuramente capito a cosa stava pensando. Non poteva nasconderlo, e non era più così sicuro di volerlo fare.

Cercò di essere professionale mentre lei lo indirizzava verso gli ostacoli, ma neanche pensare ai motivi per cui gli serviva quel lavoro smorzava il suo desiderio. E quando si fece strada nel campo minato, l'oscurità rese la voce di lei simile a una carezza. Seguire le sue indicazioni diventò un'esperienza intensa, erotica. Tanto che si chiese come sarebbe stato lasciarle il completo controllo sul suo corpo: sentire le sue mani tirargli i capelli, fino a sottometterlo. Affrontò il percorso in posizione leggermente incurvata, lasciandosi il più possibile la voce Angie alle spalle. Quando toccò il muro, vi si appoggiò con le braccia e abbassò la testa. Aveva il respiro pesante, come se avesse corso e non camminato piano.

Lei gli toccò la spalla e lui quasi gemette.

«Grant?».

Ma lui non rispose, non poteva. Lei sembrò capire e si allontanò senza dire altro.

Piano piano Grant si ricompose, tornò a pensare razionalmente e si rese conto di una cosa: nonostante le loro divergenze nessuno dei due aveva lasciato che l'altro fallisse l'esercizio. Anzi, nessuno dei due si era anche solo avvicinato a un ostacolo. Lei aveva seguito le sue indicazioni senza esitare, e lui aveva fatto lo stesso. Come se si fidassero incondizionatamente l'uno dell'altra, come se si appartenessero.

Quel pensiero lo scaldò, ma contemporaneamente sentì una fitta al cuore. Tutto quello che avrebbero potuto costruire insieme… messo da parte. Per un lavoro.

"Un lavoro che ti serve, che serve alla tua famiglia", ricordò a se stesso.

Quando tornarono nella sala riunioni e raccolsero le loro cose, Grant si rese conto che non avevano più fatto l'esercizio del contatto visivo, ma decise di lasciar perdere. Per quanto volesse una scusa valida per guardarla senza interruzioni e senza essere accusato di comportamenti inappropriati, non sapeva se sarebbe stato in grado di trattenersi. Dopo un minuto passato a fissarla la tentazione di scavalcare il tavolo e sbatterla sul pavimento avrebbe preso il sopravvento. Angie lo attirava oltre l'immaginabile. Quella era l'unica spiegazione che aveva trovato per aver fatto l'amore con una sconosciuta e per continuare a desiderarla anche dopo aver scoperto che era una sua dipendente.

Una persona ragionevole non sarebbe rimasta nel parcheggio della biblioteca a fissare i fanali della macchina di Angie finché non fossero spariti. Una persona ragionevole non avrebbe contato i minuti che lo separavano da lei e che gli avrebbero fatto provare lo stesso dolore l'indomani. Che Dio li aiutasse entrambi.

I fari della macchina illuminarono la strada che portava a casa dei suoi genitori. Per sicurezza stava andando piano, facendo particolare attenzione alle curve. Anzi, stava cercando di ignorare quel particolare tratto di strada: due giorni prima aveva incontrato Angie proprio lì e non aveva bisogno di altri elementi che gli ricordassero quello a cui aveva rinunciato in nome del lavoro e della famiglia. Doveva concentrarsi sulle varie cose che avrebbe dovuto fare quella sera: sostituire le lampadine fulminate in casa, intonacare e dipingere una parte del muro della cucina che il padre, cercando di non cadere, aveva inavvertitamente intaccato con un cucchiaio la settimana prima, cercare di capire perché il microonde dei suoi facesse quel rumore strano. Per l'ultimo compito, valutò, le sue doti non sarebbero bastate: avrebbe dovuto chiamare il produttore e farsi mandare un addetto, assicurandosi di usare la sua carta di credito per il pagamento.

"Visto? Ci sono un sacco di cose a cui pensare a parte Angie. Non devi rimuginare su quell'unica notte insieme o su quanto l'hai desiderata oggi. Non hai certo bisogno di sentire quello strano dolore al petto ogni volta che ti viene in mente il suo viso".

Ci aveva quasi creduto, almeno fino a quando i suoi pensieri non tornarono su di lei, all'incirca due secondi dopo. A quel punto dovette togliere una mano dal volante e strofinarsi il petto, dove aveva sentito di nuovo quel dolore.

Il cellulare squillò e lui sobbalzò sul sedile. Quando prese il telefono e guardò velocemente lo schermo, vide che era il numero del fisso dei genitori e sospirò. Non avrebbe voluto ignorare la chiamata, ma stava guidando al buio e non voleva farsi distrarre. Inoltre sarebbe arrivato a casa loro in meno di cinque minuti. Non accostò. Non era una chiamata urgente, vero?

Non appena arrivò a destinazione sentì la madre piangere

e si rese conto di aver commesso un altro errore. Non bussò ma cercò le sue chiavi, aprì e corse in casa. Non gli ci volle molto per capire il motivo dello stato d'animo della donna: suo padre era per terra a circa tre metri dalla porta, davanti alla sua poltrona reclinabile preferita. Edward era sveglio e si muoveva, ma non sembrava in grado di rialzarsi. Patricia, sua moglie da quasi quarant'anni, si inginocchiò accanto a lui piangendo.

Anche Grant si inginocchiò vicino alla poltrona. «Papà, stai bene?»

«Figliolo». La voce di Edward era flebile, come spesso succedeva quando aveva avuto una brutta giornata. Guardò Grant. «Sto bene. Pensa a tua madre».

L'afflizione che si leggeva sul volto della donna e l'assenza del deambulatore spiegarono tutto, anche prima che Patricia parlasse. Suo padre, impaziente per il lento recupero, aveva di nuovo provato a girare per casa senza supporti ed era caduto, come tutte le volte che ci aveva provato. E come sempre non era riuscito a rialzarsi, e per quanto la moglie fosse forte non era riuscita a tirarlo su. Come Grant, Edward era alto, e anche se non era più forte come prima rimaneva comunque pesante.

Sembrava non voler accettare la propria debolezza. Grant lo capiva, dal momento che faceva ancora fatica ad associare l'uomo che stava per terra di fronte a lui al padre forte che era fino a poco tempo prima. Ma per il bene di tutti Edward doveva iniziare a usare il deambulatore finché non fosse di nuovo riuscito a muoversi bene, che gli piacesse o no, perché altrimenti uno di quei giorni si sarebbe fatto male seriamente. O forse era già successo.

Grant mise un braccio sulle spalle della madre e posò una mano sul braccio del padre. «Hai male da qualche parte? Ti sei rotto qualcosa?»

«No. Solo che a quanto pare non riesco a tirarmi su», rispose storcendo la bocca. «Ho detto a tua madre di non chiamarti, contavo di starmene così finché non fossi arrivato».

Patricia iniziò a calmarsi. «Sei la persona più testarda di questo mondo», gli disse tra i singhiozzi.

«Lo sapevi già quando mi hai sposato», le rispose Edward con un ghigno. «E ormai è troppo tardi per riportarmi al negozio degli scapoli... hanno una politica di reso molto severa per quanto riguarda i vecchi musoni come me».

Grant strinse la spalla della madre e la lasciò. «Va bene, papà, ora ti tiro su».

Dieci minuti dopo l'uomo stava riposando sulla sua poltrona preferita e aveva il deambulatore accanto: aveva promesso di usarlo finché il dottore non gli avesse detto di smettere, con sollievo di tutti. Patricia invece guardava suo figlio prepararle un po' di tè. I suoi capelli mossi e neri, ora con qualche filo bianco, le ricadevano sulle spalle, e gli occhiali erano appoggiati sul naso, leggermente storti.

«Mi dispiace, non avrei voluto che mi vedessi in questo stato», gli disse mentre si asciugava gli occhi con un fazzoletto.

Lui lasciò quello che stava facendo e l'abbracciò. «Non ti devi scusare. Mi dispiace solo non essere arrivato prima per aiutarti».

Diede un'occhiata veloce alla cucina, e si rese conto che avrebbe dovuto fare più lavoretti di quanti credeva: togliere le ragnatele dagli angoli del soffitto, pulire i ripiani e lavare i piatti sporchi. Tutte cose che i suoi genitori avevano sempre fatto senza problemi, ma che ora passavano in secondo piano perché il padre doveva guarire e la madre si occupava costantemente di lui. Era per questo che Grant non poteva rischiare di perdere il lavoro per stare con Angie, non importava quanto la volesse.

Sua madre sembrò leggergli nel pensiero: «Ieri mattina hai

detto che hai conosciuto una donna speciale... Angie. L'hai rivista oggi?».

Grant sentiva sempre i suoi prima di andare al lavoro per assicurarsi che non avessero bisogno di aiuto, e di solito non raccontava molto della sua vita. Il giorno prima però aveva parlato di Angie, e per la precisione ne aveva parlato in modo parecchio entusiasta. Aveva confidato alla madre che forse aveva trovato la donna perfetta per lui; le aveva parlato della sua intelligenza, del suo umorismo e del suo calore. Naturalmente non aveva raccontato proprio *tutto* quello che avevano fatto insieme, non c'era bisogno che sapesse che Angie aveva passato la notte da lui, ma aveva detto abbastanza per rivelare quant'era felice di averla incontrata. Troppo, a quanto pareva.

«Non importa». Sperò che sua madre non si accorgesse che si era irrigidito. «A quanto pare non era la persona giusta».

Era una bugia, ma sarebbe riuscito a ignorare il fastidio che provava nel mentire. Così come poteva ignorare il groppo in gola e il dolore al petto che sentiva.

Capitolo 14

Quando la sveglia suonò con le note di Rachmaninov, la mattina successiva, Grant si mise il cuscino sopra la testa e grugnì. Dopo una notte in bianco si aspettava un altro giorno di tortura, un altro giorno seduto a un piccolo tavolo vicino ad Angie, un altro giorno in cui lei sarebbe stata vicinissima ma allo stesso tempo distante. Pensò che non sarebbe sopravvissuto, o che comunque sarebbe impazzito.

Aveva passato quasi tutta la notte a pensare a lei, cercando di risolvere quell'enigma che era Angela Burrowes. A un osservatore poco attento sarebbe risultata diretta, semplice; ma lui sospettava che non dicesse la maggior parte delle cose che pensava o che sentiva. Se l'avesse capita meglio, forse avrebbe previsto quella fuga precipitosa dalla sala riunioni per l'esercizio di contatto visivo, forse avrebbe potuto trovare un modo per difendersi dal magnetismo che lo attirava a lei, forse sarebbe sparita dalla sua mente e lui sarebbe riuscito a farsi una cazzo di dormita.

Anche masturbarsi durante la notte non l'aveva aiutato a dormire. Certo, gli era piaciuto, soprattutto quando l'aveva di nuovo immaginata bendata e stesa davanti a lui mentre gridava per il piacere. A quell'immagine era venuto copiosamente, molto di più rispetto a qualsiasi rapporto vero e proprio che avesse mai avuto con una donna, esclusa Angie.

Quella ragazza lo stava uccidendo, Cristo.

La vista di lei seduta da sola nella sala riunioni non gli fece cambiare idea. Si era sistemata al loro tavolo nell'angolo e aveva gli occhi puntati sulla dispensa. Quando lo vide, però, il viso le si illuminò e gli rivolse un sorriso irresistibile. Le diede un'occhiata e notò che il maglione verde che indossava le metteva in risalto le curve e che l'orlo della gonna di jeans, di qualche centimetro sopra il ginocchio, esponeva una buona porzione di quelle gambe magnifiche. Aveva raccolto i capelli sopra la testa e qualche ciocca le ricadeva sul collo accarezzandole le guance, mentre gli orecchini d'oro pendevano sopra la spalla. Le brillavano gli occhi e aveva un sorriso radioso, sembrava totalmente felice e spensierata. Era evidente che aveva dormito molto più di lui. Ragazza fortunata.

Grant si sedette dall'altra parte del tavolo. «Buongiorno, Angie».

«Buongiorno, Grant. Stavo dando un'occhiata al programma. A quanto pare avremo una giornata impegnativa. Credo che l'intento di Winona sia farci diventare un'ottima squadra o farci morire nel tentativo».

«Già immagino il necrologio», replicò lui ridendo.

«Morti a causa di un esercizio per la fiducia: il partner non l'ha presa mentre facevano le cadute», disse Angie con un tono profondo e solenne. «Che serva da lezione per tutti i giovani del mondo: mai fidarsi di nessuno».

«Credo che la maggior parte degli adolescenti lo sappia già».

Angie gli sorrise. «Con cosa iniziamo oggi?».

Lui diede un'occhiata al programma. «Porca vacca, non scherzavi quando parlavi delle cadute».

«Sappi che quando mi lascerò cadere ti schiaccerò. E non ti prometto niente sulla mia capacità di prenderti quando sarà il tuo turno. No, scherzo. Sicuramente non sarò in grado di prenderti. Come sei messo con l'assicurazione sanitaria? Perché oggi ne avrai bisogno».

«Ma non dovrebbero esserci più persone che ci devono prendere?», chiese incredulo. «Ci dev'essere un errore».

«Ma dài, cosa vuoi che succeda?»

«Commozione cerebrale, paralisi, morte».

Angie alzò gli occhi al cielo. «Lo dobbiamo fare nella stanza delle fiabe. Il pavimento è morbido e possiamo comunque piazzare i peluche sotto di noi per sicurezza. Da quanto ha detto Tina quando sono passata da lei in ufficio, tutti gli altri hanno fatto il campo minato e le cadute come primi esercizi».

Una persona intelligente avrebbe suggerito di raggiungere il gruppo: resistere ad Angie sarebbe stato molto più facile se c'erano anche i nuovi colleghi. Ma quante altre occasioni avrebbe avuto di stare solo con lei in futuro? Non avrebbe dovuto approfittare dell'ultimo giorno insieme?

«Devo prepararmi all'eventuale trauma cranico. Iniziamo con qualcos'altro, che non richieda di lanciarsi da qualche parte».

«Allora l'esercizio dei "Momenti migliori". Dobbiamo chiudere gli occhi e pensare per un minuto ai momenti migliori della nostra vita, poi ci prendiamo un altro minuto per decidere quale momento vorremmo rivivere nei nostri ultimi sessanta secondi sulla terra».

«Che allegria».

«Altroché. Sono sicura che dopo questo non vedremo l'ora di fare le cadute. L'oblio dell'incoscienza allevierà l'effetto di questa cagata deprimente».

Grant trafficò con l'orologio e mise il cronometro. «Forza. Due minuti per pensare ai momenti più belli della nostra vita. E... via».

Si sedette e chiuse gli occhi. Non ci avrebbe messo molto a trovare i momenti migliori... gli piaceva la sua vita. Gli era sempre piaciuta, anche quando era obbligato a stare in casa o all'ospedale. Aveva una famiglia affettuosa, una buona situazione finanziaria e aveva avuto abbastanza fortuna da trovarsi un posto nel mondo. Ma...

Si accigliò. L'appagamento e una vita tranquilla facevano davvero la felicità? Ce l'aveva un momento che avrebbe voluto rivivere alla fine della sua vita, o aveva fatto esattamente quello di cui Angie aveva parlato il giorno prima? Nella sua ricerca di sicurezza, aveva davvero rimandato la vera felicità a un tempo indefinito aspettando un momento che sarebbe potuto non arrivare mai?

"Cazzo. Se morissi domani, quali sarebbero i momenti di assoluta felicità che rivedrei? Nessuno, assolutamente nessuno".

Aprì gli occhi e vide che quelli di Angie erano ancora chiusi. Aveva un'espressione tranquilla, il sorriso sulle labbra piene e il viso sereno. Proprio come quando, tre giorni prima, stava per addormentarsi nel suo letto. Ancora una volta il ricordo del breve tempo trascorso insieme lo colpì come una frustata, stringendogli il cuore in un misto di tristezza e allegria.

Poi capì: eccolo. Era *lei*. I migliori trenta secondi della sua vita erano quelli in cui si era svegliata a casa sua ed erano rimasti accoccolati prima che lei se ne andasse per prepararsi per il lavoro. La sensazione di assoluta meraviglia che aveva provato trovandosi una donna come Angie tra le braccia... l'avrebbe rivissuta ogni giorno, se avesse potuto. Ogni minuto. L'ultimo minuto della sua vita.

Il cronometro suonò e lei aprì gli occhi.

«Non credevo, ma non mi ha neanche lontanamente depressa».

«Allora inizia tu».

«È stata una scelta difficile. Ho pensato a quando mia sorella mi ha detto di aver chiamato sua figlia come me, alla prima volta in cui ho capito che Penny era la mia migliore amica e... ad altre cose», disse con un'ombra sul viso.

«Altre cose?».

Lei scosse la testa. «Niente di che. Alla fine, però, credo che il momento migliore della mia vita sia stato quando ho ricevuto la lettera dell'Università del Maryland in cui c'era scritto che ero stata accettata per il master in biblioteconomia. È stato lì che ho capito che si era finalmente mosso qualcosa e che la mia vita stava andando per il verso giusto. Mi sono sentita orgogliosa, emozionata e felicissima».

E si vedeva… si era illuminata al solo ricordo.

«E tu?», gli chiese.

Eccola la domanda che si aspettava e che temeva. Cos'avrebbe potuto rispondere per non metterla a disagio o mandare all'aria la sua condotta professionale? Però non voleva mentire né ammettere che nella sua vita non c'erano stati momenti di pura gioia. Poteva dirle la verità? L'avrebbe fatto?

Al diavolo. Tanto Angie non teneva in gran considerazione il distacco professionale.

Incrociò il suo sguardo, anche se non fu semplice. Ma aveva una dignità. E anche una faccia tutta rossa, che si rifiutò di nasconderle.

«Rivivrei quei sessanta secondi in cui eri nel mio letto martedì mattina, subito dopo aver spento la sveglia. Finora è stato quello il momento migliore della mia vita», le disse soffocando una risata amara. «Posso solo sperare di vivere momenti altrettanto felici, altrimenti hai davanti un uomo con un futuro triste».

Sentendo quelle parole, Angie sbiancò. «Non dire così, Grant».

«È vero. È inutile negarlo, anche se non cambia niente».

Lei lo fissò. «Non posso credere che tu l'abbia ammesso».

«Lo so, è patetico, ve…».

«Perché io non avevo intenzione di ammetterlo», lo interruppe lei, con una voce stranamente calma. «Anche se negli ultimi attimi della mia vita rivivrei quel minuto con te. È a pari merito con il momento in cui mi hanno accettata al master. Forse è anche meglio».

Fu il turno di Grant di fissarla. Nei suoi occhi vide sincerità, ma anche tristezza. Aveva le mani intrecciate sul tavolo, e le stringeva così forte che le nocche le erano diventate bianche.

«Bene», disse infine Grant.

«Bene».

«Naturalmente questo non cambia niente».

«No».

Ma era un bugia e lo sapeva. Cambiava tutto, e in peggio. Ora avrebbe vissuto non solo con il rimpianto di aver sprecato l'occasione di costruire qualcosa con Angie, ma avrebbe saputo che anche lei percepiva quel forte legame, che provava le stesse cose.

Ma l'avrebbe superato. Una donna così forte e piena di vita non avrebbe sofferto per sempre, avrebbe trovato l'amore con qualcun altro. Il futuro di Grant, però, sembrava meno roseo: per lui non era facile legare con le persone, soprattutto con le donne, e non credeva avrebbe avuto un altro colpo di fortuna come quello di conoscere Angie. Di sicuro non molto presto, forse mai più.

E di nuovo si ritrovò a essere d'accordo con lei: l'oblio dell'incoscienza dopo un esercizio di caduta fallito non sembrava male in quel momento.

Appena sentì voci e risate, staccò lo sguardo da lei e lo posò sulla porta. Il resto del gruppo doveva aver finito gli esercizi fisici, perché rientrando sembravano tutti distrutti ma felici.

Grant si alzò: «Andiamo nella stanza delle fiabe a vedere come possiamo farci del male. Tanto che abbiamo da perdere?»

«Niente», rispose lei. «Assolutamente niente».

«Non importa quello che dici, non ti voglio cadere addosso», dichiarò Grant.

Tutti gli altri avevano finito gli esercizi fisici, e lui e Angie erano soli nella stanza delle fiabe, proprio come sperava. Ma iniziava a pensare che quell'isolamento fosse stato un errore, e anche grosso, perché l'intimità lo induceva a comportarsi in modi che non sapeva spiegare e che l'avrebbero fatto licenziare. Cavolo, avrebbero fatto licenziare entrambi. E questo senza neanche considerare la questione dei danni fisici: cadendo l'avrebbe sicuramente schiacciata, lo sapeva già.

«Se seguiamo le istruzioni andrà tutto bene. Allora, la vittima del trauma cranico, alias il partecipante...», disse lanciandogli uno sguardo malizioso, «deve tenere i piedi uniti e gli occhi chiusi, mentre la persona che finisce spiaccicata, alias quella che deve prendere l'altra al volo, deve tenere una gamba davanti all'altra, braccia tese, gomiti chiusi e mani sciolte». Angie aggrottò le sopracciglia e si batté un dito sul mento. «Detto ad alta voce *mani sciolte* sembra una cosa oscena. Tipo, libere di andare ad acchiappare tutti i peni senza protezione della città, o di darti una palpata mentre ti prendo... sono proprio *tanto* promiscue».

"Magari", pensò lui. «Come hai detto tu stessa ti farei male, quindi non se ne parla».

«Ma dài, Grant, vivi, ogni tanto. Dopo tutta questa pappardella voglio vedere se ci riesco», disse, poi iniziò a fare stretching, attività che lui osservò con particolare interesse. «Vedi? Scaldo i muscoli per prendere un metro e ottanta d'uomo di prima categoria».

Lui non poté fare a meno di sentirsi lusingato da quel commento. «Di prima categoria?».

Angie sbuffò. «Piantala di cercare complimenti e preparati alla caduta».

Lui guardò attentamente il mucchio di animali di peluche che avevano sistemato al centro della stanza, vi si diresse con passo deciso e si voltò.

«Costa stai...», iniziò Angie, per poi strillare quando lui si lasciò cadere all'indietro.

Atterrò con un tonfo e si sentì un fruscio quando scivolò sui peluche. L'impatto lo disorientò per un attimo, ma non si fece male. Mosse con calma le gambe, le braccia e il collo: niente dolore. Bene. I peluche avevano fatto da materasso con buoni risultati, escluso l'ornitorinco. Ma perché cavolo aveva il becco di plastica dura? Era ovviamente il lavoro di un sadico. Va bene, non era stato progettato come cuscino su cui cadere, ma era comunque una cosa da incoscienti.

Angie si inginocchiò accanto a lui e lo guardò preoccupata. «Stai bene? Ma che cazzo di problemi hai? Non ero pronta per prenderti!». Gli passò le dita su una guancia e quel tocco gli bruciò sulla pelle. «Vuoi che chiami qualcuno?»

«Sto bene». Si alzò e sistemò l'ornitorinco. «Volevo solo assicurarmi che non ti saresti fatta male una volta atterrata sugli animali. A quanto pare dobbiamo mettere a muso in sotto quel cavolo di ornitorinco, ha un becco durissimo».

«È quello che ha detto...», ma si interruppe. «Scusa, mi ero dimenticata che siamo in un contesto lavorativo».

Grant guardò il mucchio di pupazzi sotto di lui. «Be', in questo caso il contesto lavorativo va preso con le pinze, a meno che si tratti di un circo di pagliacci e non di una biblioteca».

Con Angie in ginocchio e lui seduto erano praticamente alla stessa altezza, e il viso di lei era a pochi centimetri dal suo. Si leccò le labbra e Grant sentì le palpebre pesanti. Era vicinissima, se si fosse mosso un pochino verso di lei...

«Okay, basta perdere tempo. Dobbiamo fare l'esercizio», gli disse. Poi si alzò e gli tese una mano per aiutarlo a tirarsi su. Lui la afferrò, desiderando profondamente un contatto, e si alzò. Le lasciò la mano riluttante, ma passò furtivamente il pollice sul palmo.

Angie si spostò rivolgendosi al mucchio di peluche, come c'era scritto sul foglio. Grant si fermò a qualche passo da lei e si girò dandole le spalle.

«Sei sicura di volerlo fare? Possiamo dire a Tina che mi hai preso. Non ho bisogno di uno stupido esercizio per fidarmi di te, mi fido già».

Angie restò in silenzio per un attimo. «Zitto, piedi uniti e occhi chiusi», disse infine. «Poi lasciati cadere».

Con un sospiro fece quello che gli era stato detto. Dopo un'ultima preghiera – "Fa' che non la schiacci" – serrò gli occhi e si lasciò andare all'indietro, aspettandosi il peggio. Ma poi sentì due mani forti sulla schiena che lo sostenevano. L'aveva davvero preso? Ma come cavolo…

Piano piano lei lo rimise in posizione verticale, emettendo un verso per lo sforzo. Appena fu di nuovo in equilibrio sulle sue gambe si girò di scatto. «Porca vacca, Angie, ma ti dopi?»

«Non è niente di che, il segreto è la tecnica», disse compiaciuta. «E non sono neanche un fiorellino delicato. Guarda qua che cannoni». Fletté i bicipiti sotto il maglione verde e li baciò. Per quanto potesse sembrare strano, bastò quello per farlo eccitare. Quella dimostrazione di forza… Dio, stava funzionando. Ecco un'altra strana prima volta per Grant Andrew Peterson.

Scosse la testa per allontanare i pensieri peccaminosi e cercò di concentrarsi sull'esercizio. La posta in gioco si era alzata: lei aveva sostenuto il suo peso con poco sforzo e se lui non l'avesse presa avrebbe fatto la figura del cretino. C'era in gioco il suo orgoglio maschile.

Non vedeva l'ora e si sarebbe aggrappato a qualsiasi scusa per averla di nuovo tra le braccia. Se avesse potuto, avrebbe fatto quell'esercizio cinquanta volte, anche cento.

Fece alcune torsioni e scaldò i muscoli. Quando si piegò in avanti per toccarsi le punte dei piedi, sentì Angie emettere un verso strano.

«Tutto bene?», le chiese interrompendosi.

«Sì», rispose lei con voce soffocata. «Mai stata meglio».

Stirarsi schiena e gambe fu così piacevole che restò piegato ancora qualche istante. Una volta finito il riscaldamento, si tirò su e si girò verso di lei: «Pronta?».

Angie aveva gli occhi che le brillavano e uno sguardo quasi languido. «Oh, sì, prontissima».

«Stando alle istruzioni dovrei fare in modo che tu non abbia paura della caduta».

«La paura è l'ultimo dei miei pensieri, al momento».

«Bene», le disse sorridendo. «Mi fa piacere che ti fidi di me».

Lei si fece aria con la mano. «Non fa caldo qui dentro?»

«Sì, un po'. Il che mi ricorda che dovrei mettermi un po' più comodo prima di prenderti, non vorrei strapparmi la camicia facendo movimenti bruschi».

Con pochi e rapidi gesti si tolse la cravatta e l'appoggiò su una sedia, poi si slacciò i primi due bottoni della camicia e allentò un po' il colletto, e infine arrotolò le maniche fino ai gomiti. Ecco, così poteva andare.

La guardò e vide che i suoi occhi erano fermi sulle porzioni di pelle scoperta: collo, parte alta del torace, avambracci. Quello sguardo era come una scia di fuoco liquido e la sua mente iniziò ad annebbiarsi. Non aveva intenzione di togliersi niente, ma se lei reagiva così solo per due bottoni… Fanculo. Finì di sbottonarsi la camicia e l'appoggiò sullo schienale della sedia, mostrando la maglietta bianca aderente che aveva sotto. Con le dita intorpidite tirò fuori la maglietta dai pantaloni, esponendo per un attimo gli addominali.

Il viso di Angie si tinse di rosso, e senza distogliere lo sguardo dal corpo di lui tirò su lentamente il bordo del suo maglione. Centimetro dopo centimetro, mise in mostra la canotta blu che aveva sotto e che aderiva perfettamente al ventre tondo e al seno generoso. Da sotto il cotone Grant vide ogni respiro che lei faceva e ogni movimento dei muscoli che si muovevano sotto la pelle morbida.

Quando si tolse del tutto il maglione, Grant non poté fare a meno di fissarla: con quel movimento il seno si era sollevato, come se fosse un'offerta per lui. Lei era sua.

Lanciò il capo sul pavimento e gli rivolse uno sguardo sensuale.

«Pronto?», gli chiese.

Lui trattenne un gemito. «Vai».

Capitolo 15

Angie tremò sentendo quel tono roco nella voce di Grant. Non lo sentiva da tre giorni, ed era il verso di un uomo che stava per perdere il controllo: i suoi desideri più profondi stavano prendendo il sopravvento sulla sua cautela innata e sul suo buonsenso.

Lo voleva. Dio, se lo voleva. Che fosse cauto, selvaggio, serio, scombinato… in qualsiasi modo. E se doveva provocarlo nella stanza delle fiabe, sotto lo sguardo accusatore del gufo di peluche, allora l'avrebbe fatto.

Certo, la cosa logica da fare sarebbe stata correre via: un collega sarebbe potuto arrivare in qualsiasi momento, trovandoli mezzi nudi ed eccitati. Doveva scappare da quella stanza e non tornare finché il battito del suo cuore non si fosse calmato e avesse recuperato la sua capacità di giudizio, ma l'istinto impulsivo e il cuore – l'*impore*? – le gridavano che se ne sarebbe pentita e la spingevano a un soffio da lui, così vicina da poter sentire il suo petto contro il seno quando respirava profondamente. Grant aveva i pugni stretti lungo i fianchi, e lei immaginò di poter vedere il suo cuore battere sotto la maglietta sottile. Maglietta che stava sicuramente trattenendo il calore del suo corpo. Quell'uomo emanava calore come una fornace, e stargli di fronte era come essere davanti al fuoco vivo. Certo, c'era il rischio di bruciarsi, ma quel calore… cazzo, era inebriante.

Si avvicinò al mucchio di pupazzi e si girò, guardandolo negli occhi da sopra la spalla. «Vieni dietro, Grant».

Le passò vicino e si posizionò dietro di lei, con le braccia tese e le dita che sfioravano il cotone leggero della canotta. Evidentemente non aveva intenzione di farla cadere standole troppo lontano. Sentiva il suo respiro sulla nuca e le venne la pelle d'oca.

Il calore del suo corpo le fece chiudere gli occhi e le mandò una scarica elettrica all'inguine. Il fuoco vivo scoppiettò dietro di lei, che sentì la necessità di lasciarsi bruciare. Subito. E, senza avvisarlo, si lasciò cadere tra le sue braccia.

Ma si rese subito conto che avrebbe dovuto avvertirlo.

«Merda!», esclamò lui. Aveva sbattuto la testa contro la spalla di Grant, che vacillò sotto il suo peso. Sentì le sue mani afferrarla meglio mentre tentava di non farla cadere. Angie provò ad aiutarlo cercando di mantenere l'equilibrio, ma i piedi le scivolavano sul pavimento. «Aspetta che...», soffiò.

«Non... muoverti», le ordinò in tono autoritario. Lei restò immobile e, per un momento, sembrò aver riacquistato l'equilibrio: non stava quasi più vacillando, e subito tirò un sospiro di sollievo. Poi, cambiando posizione per l'ultima volta, Grant toccò qualcosa col piede: uno scatto e il suo corpo iniziò a cadere.

«Ornitorinco di merda!», gridò, ed entrambi finirono per terra in un intreccio di gambe e animali di peluche.

Per qualche istante Angie rimase immobile sopra di lui. Quella situazione era talmente surreale da averla bloccata. Stava davvero fissando il soffitto della stanza delle fiabe? Aveva davvero un formichiere sulla spalla che la guardava con curiosità? Ed era davvero l'erezione di Grant quella che sentiva contro la natica, nonostante la caduta e il contesto decisamente bizzarro? Mosse il sedere e lui gemette. Sì. Sì a tutte le domande.

Grant le aveva afferrato le braccia e gliele frizionava lentamente su e giù. Non dava segno di volerla spostare, e lei continuò a fissare senza interesse il condotto dell'aria mentre le dita di lui scivolavano sulle spalle per poi accarezzarle le clavicole.

«Stai bene?», le sussurrò. Le sue labbra le sfiorarono il lobo e tremò.

«Sì», rispose in un soffio. «Ti ho fatto male?»

«Sto decisamente male per colpa tua», disse con un velo di ironia. Ma quando lei cercò di spostarsi, le sue mani le afferrarono di nuovo le braccia. «Ma la caduta non c'entra niente».

Angie ritornò immobile, lasciando che le mani dell'uomo continuassero a muoversi. Questa volta, quando arrivarono alla parte alta delle braccia, non si fermarono alle clavicole. Con calma studiata, dandole tutto il tempo di protestare se avesse voluto, fece scivolare le sue dita sul petto. Le tirò giù la canotta e infilò le mani sotto il reggiseno di seta, stringendo entrambi i seni.

I capezzoli le si inturgidirono subito sentendo il calore del palmo e il respirò accelerò. Le mani di lui si mossero, tornando alle clavicole, e lei quasi emise un gemito di protesta; ma quando gli indici di Grant tornarono ad accarezzarle i capezzoli capì che non si voleva fermare: si stava solo sistemando meglio per capire dove toccare, cosa sentire.

Quando, con pollici e indici, andò a pizzicarla leggermente, lei gemette e spostò le gambe.

Come se Grant stesse aspettando quell'invito, allontanò una mano dal reggiseno e scese giù, sullo stomaco e poi sui fianchi, fino all'orlo della gonna. Piano piano lo tirò su, accarezzandole le cosce e facendolo scivolare fino in vita, esponendo così gli slip all'aria fresca della biblioteca. Non per molto, però: una delle mani calde di Grant andò a posarsi su quella stoffa, tra le sue cosce.

«Apri le gambe, così posso sentire quanto sei bagnata».

Sentendo quella frase, lei quasi gemette. Avrebbe tranquillamente avuto la risposta che voleva se avesse spostato le dita un po' più in basso.

«Angelo, fallo».

E lei obbedì, chiudendo gli occhi mentre allargava le gambe.

«Meravigliosa», le disse. «Non la posso vedere, ma mi ricordo quant'è rosa e bella, che sapore ha, com'è quando vieni sulla mia lingua o quando ti scopo».

«Cazzo», ansimò Angie. Aprì ancora di più le gambe, invitandolo a toccarla ancora.

Senza preavviso, il corpo di lui si irrigidì. «Cristo, quello che ho detto… non mi riconosco più», mormorò.

Lei girò la testa, cercando inutilmente di guardarlo in faccia. «Grant?».

Lui restò in silenzio per un attimo, e Angie si preparò alla ritirata. Le lacrime iniziarono a pizzicarle gli occhi, e fece violenza su se stessa per evitare di protestare. Sapeva che Grant aveva ragione a volersi fermare, non potevano farlo lì: non sul pavimento della stanza delle fiabe, non con la porta che non era chiusa a chiave, con gli utenti che passavano e gli altri membri del gruppo che potevano entrare da un momento all'altro… non quando rischiavano di perdere il lavoro.

Restò quindi in silenzio, assaporando gli ultimi momenti con la mano di Grant tra le gambe, il corpo sotto il suo, la bocca vicino al suo orecchio. Si sentiva completa.

Poi la mano riprese a muoversi: non per abbandonarla, ma per infilarsi sotto la stoffa degli slip. Quasi pianse dal sollievo.

«Adesso non importa. Quello che importa sei tu. Siamo tu e io».

Fece scivolare la mano sull'inguine e poi sulla peluria tra le gambe. Per un lungo istante rimase lì, giocandoci, passandoci le dita. «Mi piace che tu non sia depilata. Non voglio scopare con una ragazzina, ma con una donna».

Di solito era lei quella chiacchierona in camera da letto – o, in questo caso, nella stanza delle fiabe – ma qualcosa le aveva bloccato la lingua. Aveva paura che lui avrebbe cambiato idea se avesse parlato? Che sarebbe tornato in sé, si sarebbe scusato e avrebbe fatto in modo di non ritrovarsi più da solo con lei? O era così presa da quello che lui le stava facendo da non riuscire a parlare?

Non lo sapeva e, come aveva detto lui, in quel momento non importava. Quello che contava erano loro due insieme e quel contatto, nient'altro.

Le dita di Grant esplorarono più in basso. «Proprio come mi ricordavo. Morbida e bagnata per me. Entrare dentro di te è stato come… cazzo, non lo so. Non mi era mai successa una cosa del genere, ma mi sarò masturbato pensandoci almeno una decina di volte, da lunedì notte. Ci penso così tanto che non riesco a dormire».

Le stuzzicò il clitoride e lei cercò qualcosa da afferrare. Trovò i suoi fianchi e vi affondò le unghie. La risata roca la fece vibrare. «Tieniti forte, è solo l'inizio».

Continuò a toccare la sua intimità umida, sentendo la reattività di ogni centimetro di pelle. Le sue dita sfiorarono le grandi labbra ma non entrarono.

Quando tornò a concentrarsi sul clitoride con una leggera frizione, quasi tenendo il dito fermo, lei represse un gemito di piacere misto a protesta. Quella calma studiata nei movimenti le fece agognare una maggiore pressione e sollevò i fianchi, ma durò poco: l'altra mano di Grant le si posò sulla pancia, tenendola ferma.

«Non devi fare niente», le disse, «abbi pazienza e vedrai».

«Non sono paziente», gli ricordò a denti stretti.

Il dito sul clitoride si fermò. «Ah, no?»

«Questo è giocare sporco», protestò lei, ma riabbassò i fianchi dimostrandogli la sua volontà di collaborare.

Lui rise, battendole le dita sulla pancia. «Le famose mani sciolte di cui abbiamo parlato».

Angie non poté fare a meno di ridere, ma quando Grant disegnò dei cerchi sul suo clitoride, il sorriso le morì sulle labbra e girò la testa per cercare il calore della spalla di lui sulla guancia. Il suo profumo la inebriava e la sensazione del suo corpo contro di lei la stordiva. Lui continuò a giocare con la sua intimità, con la bocca sul suo collo e la lingua che vibrava a ogni pulsazione.

Lei gli afferrò più forte i fianchi, e lentamente le dita di lui iniziarono premere di più e a muoversi più velocemente. Mosse le gambe come a supplicarlo e non riuscì a trattenere un verso mentre il piacere cresceva. Grant affondò le dita dentro di lei, poi ritornò a occuparsi del clitoride e a ogni cerchio che disegnava lei sentiva il suono di quel tocco umido.

«Ti sento fremere sulle dita», le sussurrò mordicchiandole l'orecchio. Quel piacevole dolore le mandò una scarica all'inguine e fremette di nuovo.

«Sei sempre più tesa. Stai per venire?».

Non ce la faceva più, ansimava e si contorceva contro le mani di lui; allargò ancora le gambe, invitandolo a colmarla.

«Allora?», insistette Grant, passandole i denti sul collo.

«Oddio, sì».

La mano che le teneva sulla pancia salì fino al petto e poi sotto il reggiseno. Mentre continuava a disegnarle cerchi sul clitoride, le afferrò un capezzolo tra il pollice e l'indice e tirò leggermente. Lei trattenne il respiro.

«Bene. Ora...», le disse pizzicandole il capezzolo.

Una scarica di calore l'attraversò arrivando fino alla sua intimità, e Angie riuscì a malapena a soffocare un grido mentre veniva. Le dita spietate di Grant continuarono a stuzzicarle il clitoride a ogni contrazione, prolungando a dismisura il suo piacere.

Tese le gambe in cerca di qualcosa da stringere. I fianchi di un uomo, quelli di Grant, mentre entrava dentro di lei. Reclinò la testa sulla sua spalla, boccheggiando e muovendo i fianchi contro la sua mano.

«Grant», ansimò, «Cazzo, Grant».

Venne copiosamente e a lungo, ma alla fine il piacere si affievolì. Le dita di lui rallentarono mentre i fremiti cessavano, poi Angie abbandonò le gambe vicino a quelle di Grant. Infine si fermò, ma tenne la mano appoggiata marcando il territorio. Quando il ronzio nella tua testa si affievolì, Angie poté sentire i loro respiri affannati e la pressione dell'erezione di lui sul sedere. Quando poi aprì gli occhi vide che la porta era chiusa, ma non a chiave. Per quanto le costasse, rotolò da un lato sciogliendosi dalla stretta di Grant, si alzò sulle gambe leggermente tremanti e si mise a posto la gonna. Poi si avviò alla porta e girò la chiave, e il rumore sembrò rimbombare nella stanza. Si girò e guardò Grant, che era ancora steso per terra con la maglietta alzata che metteva in mostra i muscoli dell'addome e la striscia di peli scuri che spariva più in basso, all'altezza del rigonfiamento nei pantaloni.

La stava guardando con gli occhi socchiusi. «Vieni qui e togliti le mutandine. Voglio assaggiarti prima di scoparti».

Angie quasi crollò sul pavimento. «Okay», riuscì a rispondere andando verso di lui.

Poi, da qualche parte nella stanza, il suo cellulare iniziò a suonare.

«Ignora la chiamata».

Avrebbe voluto farlo, con tutto il cuore – e anche con altre parti del corpo – però…

«È la suoneria di mia sorella, devo rispondere», gli disse scusandosi con lo sguardo.

Grant chiuse gli occhi e si passò una mano sul viso. «Sì, capisco. Fai pure».

Quando rispose al telefono, la prima cosa che sentì fu sua sorella piangere e tutti i pensieri erotici svanirono immediatamente.

«Cos'è successo, tesoro?».

Poteva essere qualunque cosa ma, a dirla tutta, poteva anche non essere niente: Vicky soffriva di depressione post-parto, ed era così grave da impedirle di vivere tranquillamente la quotidianità, anche quando in realtà non succedeva niente di brutto.

«Ho bisogno di te», le disse tra i singhiozzi.

«Tutto quello che vuoi, Vix, ma non piangere». Si sistemò la canotta e iniziò a cercare il maglione. Eccolo lì, buttato per terra. Dopo aver infilato la testa, chiese: «Tu e la bambina vi siete fatte male? Devi andare all'ospedale?»

«Stiamo bene», le rispose la sorella. «Ma stasera ho bisogno di te. Per la cena da mamma e papà».

Angie si bloccò col braccio sinistro a metà dentro la manica. «Cosa?»

«François non può venire, la galleria gli ha dato un altro giorno per la mostra e deve stare lì. E io non posso andare in quella casa da sola con Angela, non posso», ripeté Vicky riprendendo a piangere.

«No, tesoro, non piangere. Adesso sistemiamo tutto», cercò di calmarla Angie. «Magari li chiamo e dico che stasera non puoi. Non è il caso di farsi venire l'ansia per una cena con loro».

«Non posso disdire! Continuano a chiamare per lamentarsi che non hanno ancora visto Angela. E se non rispondo al telefono chiamano ogni ora. Se dovessi evitare un'altra chiamata... non so cosa fare, Angie. Ti prego, vieni con me. Ti prego».

«Se avessero alzato il culo e si fossero fatti quella mezz'oretta di strada in macchina, avrebbero visto Angela quand'è nata», affermò Angie irritata.

«Lo so», rispose la sorella in tono più calmo… grazie al cielo. «Ma loro non la vedono così. E ho bisogno che tu sia con me mentre criticheranno tutte le decisioni che ho preso negli ultimi dieci anni. Lo so che avranno da ridire su come mi occupo di Angela, e da sola non ce la faccio. Per favore».

«Vorrei, tesoro», le disse con il tono più dolce possibile. «Ma stasera lavoro fino a tardi. Corso obbligatorio con il nuovo supervisore».

«Quello con cui sei andata a letto? Porta anche lui».

Angie tossì per un minuto intero prima di riuscire a rispondere. «Come, scusa?»

«Porta anche lui. Una persona in più fa comodo per distrarre mamma e papà, tipo barriera».

Vicky sembrava elettrizzata da quella prospettiva, e Angie odiava deluderla, ma…

«Non posso portarlo a cena da loro, neanche se serve come barriera. È il mio capo ora, non il mio fidanzato». Nonostante quello che avevano appena fatto. «E se non finisco il corso mi licenziano».

«Non potete farlo in macchina? Dovete per forza lavorare in biblioteca?».

Angie esitò. «Immagino possiamo parlare in macchina, ma comunque non è molto appropriato portare il mio capo a casa di mamma e papà».

«Ci hai fatto sesso, ormai è un po' tardi per parlare di cos'è appropriato, no?».

"Non sai quanto. Soprattutto considerando che eravamo impegnati in attività analoghe fino a cinque minuti fa. Ed è stato fantastico".

«Potresti comunque caricarlo in macchina e portarlo a cena. Per la tua povera sorellina disperata e per la tua piccola omonima».

«Non posso farlo», rispose Angie. Ma se non avesse aiutato

la sorella non se lo sarebbe mai perdonato. «Va bene, Vix, vedrò di trovare un modo per venire. A che ora?»

«Alle sei».

Angie guardò l'orologio. «Vedo se riesco a uscire prima, ma potrei comunque arrivare un po' in ritardo. Però vengo, stai tranquilla».

«Grazie, sorella», rispose Vicky più calma. «Angela non vede l'ora di vedere la sua zia preferita».

«Sono la sua *unica* zia».

Vicky rise. «Speravo che te ne dimenticassi».

«Impossibile. Vix, hai chiesto al medico di cambiare le dosi delle medicine? O cambiare le medicine punto e basta? È passato un mese e mi sembri ancora parecchio giù».

«Lo so che sono una rompipalle», rispose Vicky con voce tremante.

«Non è quello che intendevo, lo sai. Sarò sempre con te, come hai fatto tu quando ero io ad averne bisogno. Anche se sarai triste per tutto il resto della tua vita. Ma vorrei vederti di nuovo stare bene».

«Chiamo oggi pomeriggio».

«Adesso, appena metti giù con me».

«Va bene, adesso. Ma quando starò meglio tornerò a essere io la sorella maggiore, okay?»

«Ci sto. Ti voglio tanto bene, Vix».

«Anch'io, Angie», rispose prima di riattaccare.

Angie si girò e trovò Grant seduto in mezzo al mucchio di animali di peluche. «La chiamata ha rovinato l'atmosfera, mi dispiace», si scusò abbassando le spalle.

Grant si alzò e si infilò la maglietta dentro i pantaloni. «Forse è stato meglio così», disse con un sorriso tirato. «Anche se una parte di me fa fatica a crederci».

«Una parte di me invece sta benissimo, anche se non avrebbe disdegnato altre avventure».

«Buono a sapersi», le rispose lui ridendo.

Angie gli passò la camicia e tenne la cravatta finché non finì di abbottonarsi, poi gliela porse. «Mi offrirei di farti il nodo, ma non ho mai imparato».

«Troppo difficile? O non hai mai frequentato nessuno che la usasse?»

«Rimetterla è noioso. È molto più divertente toglierla e trovare altri modi per usarla».

Lui si fermò di colpo. «Merda, non so se essere geloso o eccitato».

Angie sorrise, sollevando la punta della cravatta con l'indice.

«Ehi, comportati bene», le disse Grant scostandole la mano.

Lei lo guardò mentre tornava la persona composta di sempre: in due minuti si era trasformato da amante appassionato e scompigliato a uomo riservato – sebbene sempre affascinante – che sembrava più interessato a una tabella che a una donna.

Grant si passò una mano tra i capelli ricci, che tornarono in ordine. Sulla camicia non c'erano pieghe, il nodo della cravatta era impeccabile e i pantaloni erano leggermente spiegazzati, ma niente di sospetto.

Nel complesso non era rimasto niente dell'uomo che l'aveva fatta godere solo dieci minuti prima. Sospirò e si preparò: anche senza che le avesse detto niente, sapeva che il divertimento era finito. Grant non era certo il tipo che si scopava le sue dipendenti in segreto. Quello che era successo nella stanza delle fiabe non sarebbe successo di nuovo. Non finché fosse stato il suo capo.

Quei pensieri trovarono conferma quasi subito.

«Angie...», iniziò, «mi dispiace per quello che è successo. Non perché non ti voglio, anzi. Solo che non posso rischiare di perdere il lavoro, e non voglio fare quello che approfitta della sua posizione per andare al letto con una collega».

«Non hai approfittato di me, ero consenziente al cento percento».
«Mi ricordo», le disse, rosso in viso. «Ma vista la situazione, può venire il dubbio».
Lei concordò. «Credo di sì. E neanche a me piacerebbero le conclusioni a cui la gente potrebbe arrivare».
«Sarebbe a dire?»
«Che vado a letto col mio capo per tenermi il lavoro. Che, come ben sai, è ancora in pericolo».
«Non lo faresti mai», disse lui con convinzione, i muscoli delle spalle visibilmente contratti sotto la camicia.
«Io lo so, tu lo sai, ma altri potrebbero non pensarla così».
Grant guardò male la porta chiusa come se avesse appena accusato Angie di scambiare prestazioni sessuali in cambio di favori, e sembrava pronto a spaccare quel culo di legno. Lo sguardo irritato che aveva la fece quasi ridere, ma la sensazione di calore al petto smorzò il divertimento trasformandolo in affetto.
Era quello il suo Grant, sempre un gentiluomo pronto a difendere l'onore di una donna.
Poi sorrise: be', *quasi* sempre un gentiluomo. Era un po' sboccato durante il sesso, come aveva avuto il piacere di scoprire. Cristo, che piacere.
«Magari vengo a cena con te, stasera».
Lei lo fissò incredula. Ma che cazzo…
«Mi è parso di capire che tu e tua sorella abbiate bisogno di rinforzi. E anche se non dovremmo più fare questo», disse indicando il mucchio di pupazzi, «voglio comunque esserti amico. Il sesso con una dipendente è contro le regole, ma l'amicizia no».
Angie lo guardò attentamente, valutando la sincerità di quelle parole. Gli occhi azzurri di lui incrociarono subito il suo sguardo.

«Che ne dici?», le chiese.
«Perché no?», rispose alla fine. «Grant Peterson, mi accompagni a cena dai miei genitori?»
«Sarà un piacere».
«Ne dubito», mormorò lei in risposta.

Capitolo 16

Grant e Angie scesero dalla macchina e si diressero verso lo stretto vialetto della casa dei genitori di lei. C'era una piccola auto di fronte alla porta del garage con un seggiolino sul sedile posteriore: la macchina di Vicky, suppose. Non era una sorpresa che fosse arrivata prima, il traffico che avevano trovato nelle zone periferiche del distretto di Columbia li aveva fatti arrivare con qualche minuto di ritardo.

Iniziarono ad avviarsi sul marciapiedi che portava alla casa che, a parte l'apparenza impeccabile, sembrava un edificio normale. Non era grandissimo, i muri erano di un grigio anonimo, le persiane nere erano aperte e il numero sulla porta sembrava essere stato dipinto da poco.

Grant guardò la casa e poi Angie, e non riuscì ad associare l'una all'altra.

Era come paragonare un film in technicolor a uno in bianco e nero: non c'era niente di sbagliato in nessuno dei due, ma si trattava di esperienze completamente diverse.

Angie gli passò davanti con un'andatura tesa. Man mano che si avvicinavano alla casa dei genitori diventava sempre più nervosa, più silenziosa, in qualche modo era meno se stessa. E man mano che si avvicinavano lui si convinceva sempre di più che aveva fatto bene ad accompagnarla. Non sapeva perché era così riluttante a visitare quella casa, ma si sarebbe assicurato che ne uscisse indenne.

«Come sono i tuoi genitori?», le chiese fermandosi e prendendole la mano, in modo da far fermare anche lei.

«Intelligenti, gran lavoratori, credono molto nell'importanza di una buona educazione».

«Quindi hai preso da loro».

Lei rise senza entusiasmo. «No. Ricordati che sono attuari, quindi prendono praticamente tutte le decisioni basandosi su dati e probabilità. Non sono tanto diversi da te, in realtà. Sono molto controllati e hanno una mente logica».

Lui borbottò qualcosa sottovoce.

«Eh? Hai detto qualcosa su un ornitorinco?»

«No. Mi chiedevo solo se vi somigliate».

«Lo scoprirai fra trenta secondi. Non vorrei rovinarti la sorpresa». Gli strinse le dita, si staccò dalla sua presa e riprese a camminare davanti a lui.

Mentre si avvicinavano alla porta, lui le osservò la pelle della nuca: sembrava non avesse mai visto il sole, era immacolata. Durante la notte che avevano passato insieme non ci aveva fatto caso, perché credeva che avrebbero avuto giorni, settimane e forse addirittura anni per esplorarsi, non solo poche ore.

L'interludio di quella mattina aveva solo acuito il dolore che sentiva dentro. Stupido, era stato uno stupido a toccarla di nuovo così intimamente. Certo, avrebbe potuto perdere il lavoro, ma avrebbe potuto perdere anche il cuore. E, considerando l'esperienza degli ultimi tre giorni, forse anche la sanità mentale.

Quando arrivò davanti alla porta, Angie inspirò profondamente. «Eccoci qui», sussurrò avvicinando la mano al campanello.

«Aspetta».

Bloccò la mano e gli lanciò uno sguardo interrogativo.

«Com'è la situazione? I tuoi sono violenti? Alcolizzati? Semplicemente cattivi?»

«Nessuna delle tre. Ti piaceranno», gli disse lei con un sorriso amaro.

Angie suonò il campanello e si sentirono dei passi avvicinarsi alla porta, che si aprì subito dopo rivelando un uomo basso e magro con gli occhiali accanto a una donna ancora più bassa e più magra. Entrambi avevano i capelli neri e corti, ben pettinati, indossavano vestiti sobri, scuri ed eleganti e guardavano gli ospiti con un'espressione affabile.

Ma che cazzo…? Un gruppo di amazzoni l'aveva lasciata sulla porta dei genitori? L'avevano adottata? Oppure avevano sbagliato casa?

«Ciao, mamma. Ciao, papà», disse Angie, prima di entrare e salutarli con un abbraccio. Loro ricambiarono dandole qualche pacca leggera sulla schiena. Grant entrò e attese che finissero di salutarsi, poi la signora si girò verso di lui. «Tu devi essere Grant».

Lui rivolse ad Angie uno sguardo interrogativo.

«Oggi, quando sono ritornata all'Antietam, li ho chiamati per avvisarli che ci saresti stato anche tu. Mamma e papà non amano le sorprese», gli spiegò.

Appena dieci minuti dopo la chiamata di Vicky, Tina era entrata nella stanza delle fiabe. Per fortuna li aveva trovati completamente vestiti e con la porta socchiusa, perché se fosse arrivata solo un quarto d'ora prima probabilmente avrebbero entrambi passato la giornata a cercarsi un altro lavoro e, essendo freschi di licenziamento, a scopare. Tantissimo.

Tina aveva detto che Mary si era ammalata, quindi la sessione mattutina del corso era finita improvvisamente per entrambi. Si erano salutati e lei era tornata all'Antietam nel pomeriggio. Una separazione necessaria, si era detta. Tutti e due avevano bisogno di calmarsi e ricordarsi perché una relazione sarebbe stata una cattiva idea, anche se in quel momento – o ogni volta che era vicino a lei – non lo sembrava affatto. Quella donna gli stava mandando in pappa il cervello.

E allora perché si era offerto di accompagnarla? Per passare una bella serata con lei? Perché era un imbecille?

Guardò di nuovo il volto teso di Angie. No, non del tutto. Non poteva sopportare di vederla chiudersi in se stessa in quel modo, doveva sapere perché succedeva e fare in modo che non capitasse più, se possibile.

Tese una mano verso la madre di Angie. «Grant Peterson, direttore dei servizi del circuito bibliotecario in cui lavora Angie. Piacere di conoscerla».

«Marlene Burrowes. Siamo felici che sia venuto anche tu stasera, Grant», gli disse stringendogli la mano con le dita fredde e facendo un cenno verso il marito. «Kenneth Burrowes».

Strinse anche la mano dell'uomo. Fino a quel momento stava andando tutto bene: niente urla, niente pianti e nessun segno di tumulti dentro casa.

Una donna minuta con in braccio una bambina arrivò all'ingresso da una stanza in fondo al corridoio. Vicky. Andò dritta dalla sorella e l'abbracciò forte, e il viso di Angie si illuminò.

«E dov'è la mia bella nipotina?», tubò, prendendo la bambina dalle braccia di Vicky. «È la mia piccola Angela, questa qui?», continuò, strofinando il naso sulla guancia della bimba.

«No, ho rapito una bambina mentre venivo qui. Non te ne saresti dovuta accorgere».

Angie piegò la testa all'indietro e rise; la bimba le sorrise mostrando le gengive e agitando una manina. A quella vista Grant sentì un tuffo al cuore: la dolcezza con cui Angie guardava la sorella e la nipotina faceva quasi male.

Marlene guardò Vicky e scosse la testa. «Se sapessi quanti bambini sono spariti negli anni non faresti certe battute, tesoro».

«Scusa, mamma».

Kenneth si rivolse a Grant: «Prego, accomodati. Angela ha

detto a Marlene che ti occupi di analisi statistiche in biblioteca. Ci ha incuriositi».

Il padre di Angie lo condusse in un salotto disadorno invitandolo a sedersi su un divano con alcuni cuscini. Kenneth prese posto all'altra estremità e Marlene si accomodò su una sedia lì vicino. Angie e Vicky erano ancora nell'ingresso, parlavano a bassa voce e ammiravano la bambina.

«Cerco di raccogliere dati che possiamo usare per valutare il successo delle diverse iniziative e delle sedi», spiegò Grant. «Dalle statistiche di diffusione al numero dei prestiti al pubblico che partecipa agli eventi. Inoltre creo sondaggi sia per gli utenti sia per il personale in modo da migliorare il servizio bibliotecario per tutti».

«Però non tutte le cose importanti si possono misurare», disse Angie, che nel frattempo si era appoggiata allo stipite della porta guardando lui e i genitori con un'espressione neutra.

«Vero», le concesse Grant, «ma spesso scopriamo quelle cose proprio tramite altre che invece si possono misurare. Se, per esempio, gli utenti sono entusiasti di una sezione, prenderanno i libri da lì, parteciperanno agli eventi, useranno i computer della biblioteca».

«Ben detto», disse Marlene. «Io e Kenneth siamo completamente d'accordo con te. Ma temo che le nostre ragazze non apprezzino i numeri e le statistiche quanto noi».

«Angie è laureata in amministrazione aziendale, vorrà pur dire qualcosa», fece notare Grant con un sorriso.

«Ma non ha continuato in quel campo», disse Marlene scuotendo la testa. «Che talento sprecato».

«Un vero peccato», continuò Kenneth. «Angela è sempre stata bravissima in matematica».

«Un peccato? Davvero?». Vicky oltrepassò la sorella ed entrò nel salotto. «Vi ricordate come stava quando si è laureata?».

Grant si chiese il perché di quel tono aggressivo ma non ebbe tempo di riflettere, perché il padre stava già rispondendo con un'espressione calma.

«Mi ricordo che ha passato altri due anni all'università per prendere il master in biblioteconomia, accumulando debiti inutili», rispose Kenneth. «Ma è stata una sua scelta. Siamo molto orgogliosi della sua posizione nella biblioteca».

«Siamo fieri di Angela», gli fece eco Marlene. «Di entrambe le nostre figlie. Ci piacerebbe solo vederle più spesso».

«Potete venirci a trovare», fece notare Angie. «Vi ho invitati a stare da me quando volete».

Kenneth si rivolse a Grant: «Non ci piace guidare quando c'è traffico o sull'interstatale. La percentuale di incidenti mortali...», disse schioccando la lingua, «...spaventosa. Si rischia la vita ogni volta che si esce di casa».

«Scusate se mi permetto, ma avete mai preso in considerazione l'idea di trasferirvi da un'altra parte, magari in una zona più rurale?», chiese Grant. «Le zone periferiche del distretto di Columbia sono sempre trafficate, soprattutto nei raccordi. Se non vi piace, potreste trovare un altro posto in cui vivere».

«Ci siamo sistemati qui quasi quarant'anni fa», gli spiegò Marlene, «poco dopo esserci sposati. All'epoca la zona non era com'è adesso. Non ci piacciono i nuovi edifici e il traffico, ma la casa è vicino a dove lavoriamo. Abbiamo finito di pagare il mutuo e le case come la nostra qui intorno si vendono a prezzi sempre più alti».

«Non ha senso liberarsi di una risorsa del genere, soprattutto se si pensa che la cifra che ne ricaveremmo potrebbe ancora salire», aggiunse Kenneth.

«È spiacevole, certo, ma non credo che ci muoveremo tanto presto. Magari tra qualche anno», concluse Marlene.

Grant guardò Kenneth e Marlene, valutando quello che fino a quel momento aveva visto e sentito. Sembravano molto affezionati alle figlie. Certo, erano una coppia prudente e seria, forse senza senso dell'umorismo, ma non sembravano cattivi.

E poi c'erano Angie e Vicky: stavano vicino all'ingresso, l'una accanto all'altra come se stessero fronteggiando un uragano. Avevano un aspetto ribelle, ma anche triste e stanco. Non la stavano facendo un po' troppo drammatica? O era lui che non capiva quello che c'era dietro?

Marlene si alzò. «La cena è quasi pronta, andiamo in sala da pranzo».

Le due sorelle si avviarono per prime lasciando indietro i genitori e Grant, che le seguì pensieroso. Cos'era che non afferrava? E perché una conversazione così innocua sembrava essere un campo minato?

"Okay", pensò più tardi, "adesso capisco un po' meglio".

Angie finì il suo secondo bicchiere di vino rosso – scelto, come spiegarono i padroni di casa, per le sue proprietà antiossidanti – tutto d'un fiato, sbattendolo poi sul tavolo. Non la biasimava: se non avesse dovuto guidare, avrebbe fatto la stessa cosa.

Circa un'ora prima avevano iniziato una delle cene più imbarazzanti della storia. Grant aveva ragionevolmente escluso dal calcolo quelle che si erano concluse con avvelenamenti o morti violente, ma forse non avrebbe dovuto. Al punto in cui erano, un omicidio avrebbe rallegrato la serata.

Le tensioni erano iniziate appena si erano seduti. Vicky aveva tirato fuori una bottiglia con del latte in polvere e ci aveva aggiunto l'acqua che aveva trovato sul tavolo, poi con movimenti esperti l'aveva chiusa con una tettarella e l'aveva passata ad Angie che aveva in braccio la bambina, la quale nel frattempo aveva iniziato a piangere e a mettersi le dita in bocca.

«Hai fame?», sussurrò Angie alla nipotina. «Hai il pancino vuoto? Zia Angie adesso ti dà da mangiare, patatina, non ti preoccupare».

«Usi il latte in polvere?», chiese Marlene a Vicky. «Sai bene che il latte migliore per i bambini è quello materno, Victoria. Aiuta il sistema immunitario e favorisce il legame tra madre e figlio. Gli studi hanno dimostrato che...».

Vicky si alzò di scatto trascinando all'indietro la sedia e, senza dire una parola, uscì dalla sala da pranzo. Prima che girasse l'angolo, però, Grant notò che aveva gli occhi lucidi e il mento le tremava.

Angie si sporse sul tavolo e iniziò a cullare la nipote.

«Mamma», sibilò, «Vix ha problemi ad allattare. Vorrebbe, ma la bambina non si attacca... e lei non riesce neanche a produrre molto latte. Si sente già in colpa così, quindi per favore non farle la paternale sui benefici dell'allattamento».

«Ha cercato studi sulle cause della bassa produzione di latte?», chiese Kenneth. «Potrei cercare informazioni sui motivi per cui fallisce l'attaccamento e mandargliele».

Angie aggrottò le sopracciglia e strinse la labbra. «Qualsiasi cosa farai, non – ripeto: *non* – usare la parola *fallimento*. Anzi, fai una cosa: lascia stare, non ha bisogno di consigli. Ha solo bisogno del vostro sostegno».

I genitori si guardarono, feriti e perplessi, ma lasciarono cadere l'argomento, almeno per il momento.

Qualche imbarazzante minuto dopo, Vicky tornò nella sala da pranzo con gli occhi rossi. Grant vide la mano di Angie muoversi sotto il tavolo e dare una pacca sul ginocchio alla sorella quando si sedette, e in risposta ricevette un sorriso triste. Poi riprese in braccio la figlia e le diede delle pacche leggere sulla schiena finché non fece il ruttino.

«Peccato che François non sia potuto venire», disse Kenneth. «Ha pensato alla mia offerta di prepararlo per un lavoro in azienda da noi? Con una neonata sono sicuro che un'entrata fissa vi farebbe comodo».

«È un artista, papà, un lavoro in una compagnia di assicurazioni sarebbe una tortura».

Marlene si accigliò. «Avere un bambino lo farà sicuramente riflettere sulla questione. La tua piccolina si merita tutti i vantaggi che può ottenere dalla vita».

Prima che la donna potesse dire altro, Angie riuscì in qualche modo a rovesciarsi il vino sul maglione.

«Oh, cavolo», disse in un tono fintamente preoccupato, «mi sono rovesciata il vino sulla maglia. Come faccio a far andar via la macchia, mamma?»

«Di che tessuto è? Angora?».

Per la prima volta in tutta la serata, Angie fece un sorriso sincero. «No, ma mi fa piacere che tu l'abbia chiesto. Con mio sommo divertimento, sull'etichetta c'è scritto 100% ANFORA. Il che mi fa riflettere sui materiali che sono stati usati e su come siano riusciti a farci un maglione».

Vicky rise piano.

«Cara, se pensassi a quanto durano i capi in angora, se tenuti bene, ti convinceresti a spendere di più per la qualità. Pensa ai costi: una cosa a buon mercato si rovina dopo pochi lavaggi e alla fine costa di più di un'altra più cara ma che ti dura degli anni».

«Non posso comprare vestiti costosi, con il lavoro che faccio sarebbero comunque pieni di macchie indelebili», replicò Angie. Poi tirò su il bordo del maglione e indicò una chiazza enorme. «Vedi questo segno viola scuro? Succo d'uva, cortesemente offerto da Freddie, un marmocchietto particolarmente fissato con la fase orale. Per quanto cerchi di schivarlo, mi finisce sempre con la bocca addosso». Sorrise e continuò: «Spero che la madre gli trovi una cintura di castità per la lingua o qualcosa del genere, prima che raggiunga la pubertà».

Marlene e Kenneth inorridirono a quell'immagine, e contemporaneamente Vicky strinse il braccio della sorella... come ringraziamento per la distrazione, suppose Grant.

La trovata di Angie servì solo come intermezzo nell'imbarazzo della serata, perché altri piacevoli argomenti vennero fuori durante il corso di quella cena interminabile: perché la coppia si rifiutava di tenere della birra, bevanda preferita di Angie, in frigo (gli studi avevano dimostrato che il vino aveva benefici migliori, se consumato con moderazione), perché avevano smesso di comprare i biscotti preferiti delle ragazze (avevano da poco scoperto che contenevano grassi idrogenati), perché Vicky avrebbe dovuto farsi assistere da un medico e non da una levatrice durante la nascita della piccola Angela (diverse statistiche, alcune discordanti), quante pieghe c'erano sulla gonna di Angie (e Grant tenne lo sguardo fisso sul piatto durante quella specifica conversazione), altri commenti sull'instabilità del lavoro di François (con un'economia così debole la gente spendeva meno per l'arte), e perché Angie avrebbe dovuto cercare lavoro in un circuito bibliotecario più grande anche se aveva detto che amava il suo attuale lavoro (compensi e promozioni migliori, nonostante ora avesse Grant come capo).

Durante tutta la cena Marlene e Kenneth non avevano mai mosso obiezioni false o insensate, e si erano dimostrati dei genitori affettuosi. Avevano solo espresso le loro preoccupazioni, suggerito soluzioni migliori, scosso la testa sbigottiti dalle decisioni assurde delle figlie. Il peso della loro disapprovazione era cresciuto sempre di più, accumulandosi senza pietà. Perfino a Grant, che era un estraneo e quindi fuori dalla linea di tiro, era venuta l'ansia.

E la cosa ironica era che Angie aveva di nuovo avuto ragione: i suoi genitori lo adoravano. Avevano decantato il suo lavoro e lodato le sue decisioni, gli avevano fatto moltissime domande su come utilizzava i dati nelle politiche della biblioteca, facendo notare alle figlie come il suo lavoro fosse razionale ed encomiabile. Si era sentito in imbarazzo, ma non sapeva come farli smettere senza sembrare maleducato. Allo stesso modo non aveva saputo difendere Angie senza rischiare di metterla in imbarazzo a sua volta o peggiorare la situazione.

Man mano che la cena andava avanti, il viso di Angie diventava più pallido. Non c'era più stato contatto visivo tra loro, e lei sorseggiava il suo vino sempre più spesso. Le rughette sulla fronte diventavano via via più profonde, anche quanto rideva forte e provocava i genitori con frasi irriverenti. Al momento del dessert – una macedonia – stava raccontando a Marlene e Kenneth della sua sezione di romanzi erotici e dei problemi che ne erano conseguiti. Fissò i genitori con uno sguardo di sfida, cercando di far emergere la loro delusione e traendone un piacere quasi perverso.

Kenneth la fissò sbalordito. «Ti avrebbero potuto licenziare, e avrebbero avuto ragione», disse. «Io e tua madre ti abbiamo cresciuta più giudiziosa di così».

Marlene emise un lamento. «Oh, Angela. Ma a cosa pensavi?».

Un sorriso soddisfatto le spuntò sul viso. Grant lo guardò ma notò anche che i suoi occhi erano assenti e aveva le mani strette in grembo, e qualcosa dentro di lui si spezzò.

«Marlene, Kenneth, avete idea di quando i colleghi e gli utenti adorino Angie? Di quanto apprezzino il suo lavoro e il suo entusiasmo? Avete cresciuto una figlia gentile, affettuosa e intelligente e dovreste esserne orgogliosi. Che cavolo, io sono orgoglioso di lei e non sono neanche suo padre. Non deve cambiare, è meravigliosa così com'è. E da quel poco che ho visto, la stessa cosa vale per Vicky».

I genitori delle due donne lo guardarono confusi.

«Ma è ovvio che siamo fieri di loro», replicò Marlene. «L'abbiamo anche detto, prima. Cosa ti ha fatto pensare che non lo fossimo?».

Basta. *Basta.*

«Mi dispiace», rispose alzandosi dalla sedia, «dobbiamo iniziare ad avviarci. Grazie per la cena, è stato un piacere conoscervi».

Da un certo punto di vista aveva detto la verità: dopo averli conosciuti aveva capito molte cose su Angela Burrowes, e per questo era felice. Per il resto… non tanto.

Prese il gomito di Angie e la fece alzare. L'aveva solo guardata di sfuggita, ma poté notare che il suo sguardo non era più assente, aveva di nuovo una piccola scintilla negli occhi. Bene, ma non era abbastanza. Lui rivoleva la sua Angie, quella vera. Quella che non reagiva alla disapprovazione dei genitori ribellandosi anche se la faceva stare male.

Si fermò vicino alla sedia di Vicky. «Non avevi detto che dovevi andar via anche tu?»

«Sì… sì, è vero. Grazie per avermelo ricordato».

Prese la borsa da neonato e diede un bacio sulla guancia ai genitori, che fecero una carezza incerta sulla testa della bambina. Vicky sussurrò un "Vi voglio bene" prima di girarsi verso la sorella e abbracciarla forte. Grant lasciò il braccio di Angie, permettendo alle due donne di trovare conforto l'una nell'altra.

«Grazie, sorellina. Ti devo un favore. Ti voglio bene», le disse a bassa voce.

Dopo un ultimo saluto, Vicky se ne andò con la bambina stretta al petto. Grant afferrò il braccio di Angie e iniziò a guidarla nella stessa direzione in cui la sorella era uscita.

La donna si liberò dalla presa e andò dai genitori. «Vi voglio bene», disse stancamente abbracciandoli entrambi. «Grazie per la cena. Vi serve aiuto per pulire?»

«No, cara», rispose Marlene. «Siamo a posto. Abbiamo preparato in anticipo e stasera abbiamo solo riscaldato, quindi non ci sono molti piatti da lavare».

«Che efficienza», disse Angie con un sorriso.

«Vogliamo bene a te e a tua sorella, lo sai», disse poi Kenneth. «Venite a trovarci più spesso».

«Controllerò l'agenda».

«Ci manca la tua risata», disse Marlene, che poi si voltò verso Grant. «Non ha la risata più allegra che tu abbia mai sentito?»

«Eccome», rispose lui.

Poi strinse nuovamente il braccio di Angie, prese i cappotti e la sua borsa all'entrata e la condusse verso la porta. Una volta fuori le aprì la portiera della macchina, lei entrò e fece scivolare le lunghe gambe nell'abitacolo. Non lo guardò, non gli mostrò riconoscenza.

Invece di chiuderle subito la porta aspettò qualche istante, e finalmente Angie lo guardò. Aveva le occhiaie, le mani le tremavano. Sembrava esausta, abbattuta. Tutto quello che avrebbe voluto fare era tenerla tra le braccia finché non si fosse addormentata con un sorriso. Però non aveva quella possibilità, quindi doveva fare qualcos'altro subito. Prima che lei si rimettesse la solita maschera.

«Allaccia la cintura», le disse, «e mettiti comoda. Devi spiegarmi un po' di cose».

Capitolo 17

«Qual è problema? I miei genitori non ti hanno ammirato abbastanza a cena? Se vuoi posso lodarti un altro po'», disse Angie sgarbata. Sapeva che sarebbe andata così, ma non gliene fregava un cazzo.

Si immisero sull'interstatale e gli occhi di Grant rimasero fissi sulla strada, attenti al traffico. Teneva le mani sul volante in una presa salda ma rilassata e, assicurandosi di mantenere una distanza di sicurezza abbondante tra sé e le altre macchine, accelerò e poi rallentò fluidamente.

Il controllo perfetto che aveva della macchina, così diverso dalla prima volta che l'aveva visto, irritò Angie ancora di più. Era chiaro che le valigie legate precariamente sul portabagagli avevano influenzato il suo modo di guidare, perché ora non riusciva a scorgere alcun segno dell'automobilista lento e incline alle frenate che aveva conosciuto pochi giorni prima. Le mancava quell'uomo, lo rivoleva. Era molto più adatto a lei rispetto a quello vestito di tutto punto seduto alla sua sinistra.

Quell'uomo era perfetto, come se fosse appena uscito dalla doccia e si fosse messo camicia e pantaloni stirati pochi secondi prima. Lei, al contrario, sembrava una che aveva passato la serata a rotolarsi in una pozzanghera di vino. Certo, era una pozzanghera fantastica, ma comunque… Il contrasto tra quei due uomini la stava uccidendo.

«Angie…», disse Grant con un sospiro. «Dimmi una cosa: da quello che hanno detto, i tuoi adorano tua nipote, ma allora perché l'hanno tenuta per un minuto scarso durante tutta la cena?»

«Adorano Angela, ma i bambini li mettono a disagio. Preferiscono goderseli a distanza finché non raggiungono l'età della ragione».

«Sarebbe?».

Lei non poté fare a meno di sorridere: «Nel mio caso stanno ancora aspettando».

Calò un lungo silenzio.

«Quand'eri al telefono con Vicky hai detto qualcosa sul fatto che lei c'è stata per te quando ne hai avuto bisogno, e a cena ha fatto intendere che non te la passavi bene quand'eri all'università. Di cosa stavate parlando?», le chiese.

Era arrivato il suo turno di stare in silenzio. Voleva davvero parlarne con Grant, ora che si sentiva così vulnerabile? E dopo che lui aveva dimostrato di essere l'incarnazione del figlio ideale dei suoi?

Vederlo a quel tavolo era stato come guardare un estraneo. Un androide bellissimo, programmato per far felici mamma e papà con il suo assoluto raziocinio e la sua capacità di prendere decisioni logiche e inoppugnabili. Aveva ottenuto più approvazione lui dai suoi genitori in quella sera che lei o Vicky in tutta la vita.

Sapeva bene che non era colpa di Grant, non voleva essere meschina. In quel momento, però, sembrava non potesse farne a meno.

«Ti fidi di me?», le chiese lui.

«Be', stamattina mi hai fatta cadere», gli fece notare.

«Perché non mi hai avvisato prima di buttarti a peso morto. Anche se…».

«Cosa?», gli chiese girandosi a guardarlo.

«È possibile che fossi un po'… distratto».

«Da cosa?»

«Dalla tua gonna e dal tuo sedere. Complimenti per il lato B, cazzo».

Lei si rilassò. Eccolo, l'uomo che voleva. Magari non sempre raffinato, ma comunque sincero.

«Mi dispiace che la serata sia stata così imbarazzante. Non avrei dovuto farti venire».

«Invece a me ha fatto piacere. È stata molto… istruttiva», disse distogliendo lo sguardo.

«Mi dispiace anche di essermi innervosita quando siamo partiti. I miei genitori tirano fuori il peggio di me».

«No, così esageri. Però è ovvio che ti rendono… nervosa».

«Ma dài, l'hai notato?», gli disse fintamente sconvolta.

«So che la mia è una domanda scortese, ma te lo devo chiedere. Non somigli per niente ai tuoi… sei stata adottata?».

Angie rise. «Bella domanda. Ho passato buona parte della mia infanzia a crederlo. O quello, o mia madre ha avuto una torbida storia di sesso con un vichingo. Ho iniziato a propendere per la seconda ipotesi quando ho cominciato a lavorare in biblioteca».

«Quando hai iniziato a leggere romanzi rosa storici?», tirò a indovinare lui.

«Esatto. Alla fine però ho scoperto che somiglio a mia zia Beatrice. È alta, bionda e robusta. Quindi credo di dover accantonare la teoria dell'adulterio di mia madre con uno scandinavo».

Grant sorrise e la guardò di sfuggita. «L'ultima persona che si scoperebbe il primo scandinavo che passa sarebbe proprio tua madre».

«Sono d'accordo».

Rimasero in silenzio per un minuto prima che Grant tornasse all'attacco. «Non hai risposto alla mia domanda: di cosa stavate parlando tu e tua sorella?».

Questa volta Angie lottò contro il suo istinto di non dire

niente. Si fidava di Grant, e quella storia non poteva ferirla. Non più.

«Ti ho detto che mi sono laureata in amministrazione aziendale...», incominciò.

Lui annuì, immobile sul sedile e con lo sguardo fisso sulla strada.

«I miei genitori erano al settimo cielo. Per la prima volta in tutta la vita sapevo che approvavano sinceramente una cosa che facevo. È stato magnifico». Si fermò, lottando contro la familiare stretta al petto. «Ma è stato anche terribile, perché prima di laurearmi sono entrata in depressione. Non ero triste, ero proprio depressa. A tal punto che non volevo alzarmi dal letto la mattina, non volevo lavarmi, non volevo parlare con nessuno. Non ridevo, pensavo sempre di scappare e lasciarmi alle spalle l'università e le persone che conoscevo».

Grant sospirò, ma non disse niente.

«È un miracolo che sia riuscita a laurearmi. Vicky venne a trovarmi improvvisamente un fine settimana e mi vide prima che avessi l'opportunità di far finta che andasse tutto bene. Lo stesso pomeriggio mi portò da uno psicologo e praticamente si trasferì da me. Ha dormito per terra nella mia stanza finché non mi sono laureata, per assicurarsi che stessi bene».

«I...», iniziò Grant schiarendosi la gola. «I tuoi genitori non se n'erano accorti?». La voce era roca e le mani strinsero più forte il volante.

«I miei genitori hanno difficoltà a capire e a gestire le emozioni», rispose appoggiando la testa al sedile. «Le loro e quelle degli altri. A livello intellettuale sono sicura che avessero riconosciuto la mia infelicità, ma per loro non aveva senso e non sapevano cosa fare, quindi è stato più facile ignorarla».

Si ricordava di aver pianto davanti ai genitori in quegli anni, affliggendosi per un'esistenza pragmatica che non le apparteneva. Era come se una macchina la stesse macinando fino a farla diventare polvere. Quando l'aveva detto ai suoi loro l'avevano guardata confusi, le avevano dato qualche pacca sulla schiena e avevano tentato di incoraggiarla dicendole di tenere bene a mente i benefici del percorso di vita che stava imboccando.

Dopo aver sentito diverse volte quella risposta, aveva smesso di dare spiegazioni. Quando andava a casa loro ricacciava indietro le lacrime e indossava la maschera. D'altronde... che altro poteva fare?

«La depressione ti è venuta per l'amministrazione aziendale?»

«Mi è venuta perché avevo smesso di ascoltare il mio istinto. Ho ignorato quello che volevo, quello di cui avevo bisogno, quello che mi rendeva felice. Ho fatto quello che per i miei genitori era una scelta ragionevole, e la cosa mi stava uccidendo». Strinse le mani in grembo e si accorse che Grant gliele aveva guardate per un attimo prima di tornare a puntare gli occhi sulla strada.

«E come hai fatto a uscirne, angelo?».

La voce di lui era più dolce, sembrava quasi una carezza, e l'affetto che ne traspariva fu come un balsamo su quelle vecchie ferite. Rilassò di nuovo le mani e le appoggiò sulle gambe.

«Vix e un sacco di terapia», rispose. «Ho capito che i miei genitori non mi capiranno mai. Non sarò mai come vogliono loro, anche se ci vogliamo bene. Non lo fanno apposta, non capiscono l'impatto che hanno su di me le cose che dicono. Non ha senso litigarci per questo motivo, tanto non cambieranno. Posso solo cambiare il mio modo di reagire».

Grant non lo sapeva, ma Angie aveva deciso di usare sul lavoro e con lui lo stesso metodo che usava con i suoi genitori. Non tanto continuare a mandar giù vino, anche se aveva aiutato, ma riconoscere che la situazione non poteva cambiare. Nessuna bacchetta magica avrebbe potuto farla tornare indietro nel tempo e decidere di non indire il concorso di San Valentino. Poteva solamente cercare di gestire tutto quello che sarebbe successo con senso dell'umorismo, e mantenere intatti un pezzo del suo cuore e il suo spirito.

Sarebbe stato uno sforzo enorme, ma sapeva che quel giorno sarebbe arrivato e l'avrebbe ferita. Più tardi, quando si sarebbe trovata da sola nel letto, i ricordi del tempo passato con Grant e tra le sue braccia le avrebbero fatto male; avrebbero aggiunto altro dolore a quello vecchio… sapendo che non sarebbe mai stato suo.

In quel momento, però, se ne fregava. Al diavolo tutto. Se quegli istanti accanto a lui erano tutto quello che poteva avere, allora avrebbe dovuto goderseli e metterli da parte per i giorni e le notti futuri. Inoltre aveva bisogno di qualcuno, quella notte.

«Cambiare il modo di reagire… immagino sia più facile a dirsi che a farsi», le disse lui facendo attenzione a non guardarla.

«Già, ecco spiegato l'atteggiamento da adolescente ribelle. E il vino».

«Non hai idea di quanto mi sia pentito di averti accompagnata», le disse con un sorriso. «A fine pasto volevo scolarmi la bottiglia o usarla per darmi una botta in testa. Qualsiasi cosa per farla finita con quel tormento».

«Una reazione che mi suona familiare», rispose lei ridendo.

«Allora, come hanno reagito quando hai deciso di non continuare con l'amministrazione aziendale? Non molto bene, immagino».

«Erano confusi, delusi. Ma a quel punto non me ne importava».

Grant le posò una mano sul braccio. «Davvero?»

«No», ammise. «Ma ho provato a fare in modo che me ne importasse meno. Comunque non al punto da restare senza forze e da annullare il mio istinto. Quando ho iniziato a seguire il mio *impore...*», disse sorridendogli, «sono stata meglio. Invece di usare la logica dei miei genitori ho cominciato a prendere le decisioni basandomi su quello che mi avrebbe fatta sentire più felice. Ho fatto domanda per biblioteconomia invece di iniziare un lavoro di ragioneria. È stata la decisione migliore della mia vita».

Le dita di Grant sul suo braccio scivolarono sulla mano, e si intrecciarono con le sue per un momento, stringendo prima di lasciarla andare. Poi, con un sospiro, mise entrambe le mani sul volante.

«Okay, basta con i discorsi seri. Cambiamo argomento».

«Ci sto».

«Parlami del tuo lavoro in libreria. So che ti piace parlare di libri con le persone, quindi immagino che ti sia divertita». Le sorrise e, nonostante gli sforzi, il suo cuore accelerò. Ma solo un po'.

«Come ti ho già detto, ho lavorato da Brannon part time per tutti gli anni delle superiori, dell'università e del master. Ho iniziato a lavorare a tempo pieno in estate. È stato magnifico. Adoravo il mio capo e i miei colleghi, ed è lì che ho conosciuto Helen. Hai presente la rossa al bancone prestiti della Downtown?»

«Sì. Avete lavorato insieme?»

«Per qualche anno, fino a quando ho trovato lavoro in biblioteca e ho dovuto lasciare la libreria. Lei era diventata la regina della sezione di fantascienza e fantasy, io l'esperta di romanzi rosa, soprattutto quelli erotici».

«Non avevo dubbi», le disse con un sorriso ammiccante.

Lei gli diede un colpetto sul braccio. «Spiritosone. Comunque, non ne sapevo molto di quel genere di romanzi quando ho iniziato a lavorare lì. Ero ancora alle superiori e i miei non ritenevano opportuno che leggessi libri frivoli. Parole loro, non mie».

«Sì, immaginavo».

«C'erano diverse clienti che cercavano quelli che definivano *romanzi piccanti*. Io non sapevo dare i nomi degli autori così su due piedi, quindi avevo escogitato un metodo per capire il livello di erotismo di un libro. Ci volevano pochi secondi».

«Sentiamo».

«Sfogliavo velocemente il libro cercando parole chiave e frasi che identificassero le scene d'amore. Cose come *battito*, *gemito*, *umido*. Che poi mi fa pensare più alle salviette che al sesso, ma gli autori usano quel termine nelle scene piccanti più di quanto immagini».

«E poi?», le chiese Grant, stringendo le mani sul volante.

«*Mascolinità*, *membro*, *affondo*. Cose del genere. Poi sceglievo una scena per vedere quanto fosse esplicita, e col tempo ho imparato a riconoscere gli autori che mettevano più sesso nel testo. Più peni nei temi. Più ragazzoni nelle narrazioni».

Lui sospirò, rilassando la presa sul volante. «A un certo punto hai creato una sezione in biblioteca con frasi del genere, vero?»

«Può darsi. E se l'avessi fatto, cosa che non confermo e non smentisco, sarebbe stato fantastico. Forse il momento migliore dell'anno, per quanto mi riguarda».

Grant scosse la testa fingendosi esasperato, ma anche con poca luce Angie poteva vedere il suo sorriso.

«Se ti piaceva tanto la libreria perché non hai continuato a lavorare lì?»

«Non guadagnavo abbastanza per mantenermi senza difficoltà. E col cavolo che sarei tornata a casa dei miei».

«Ogni quanto li vedi?»

«Non molto spesso», sospirò. «Lo so che a te sembrerà strano, visto che hai cambiato lavoro proprio per stare vicino ai tuoi, ma la mia famiglia non è come la tua».

«Non stavo criticando, chiedevo per curiosità», le rispose, ricordandosi quello che le aveva detto quando si erano incontrati.

"Bene, sono contenta che chieda. Non importa quello che penserà alla fine della giornata, ma almeno mi capisce meglio. Quand'è stata l'ultima volta che ho permesso a un uomo di conoscermi? La vera me, non solo le parti che volevo far conoscere, non la mia maschera".

No. No, non si ricordava quand'era stato. Principalmente perché non era mai successo. Spalancò gli occhi quando se ne rese conto. Aveva continuato a discutere con i genitori – e anche con Grant durante l'esercizio del giorno prima – sul fatto che una vita il cui scopo era il raziocinio e non la felicità era una vita vuota, inutile, incompiuta. E ci credeva fermamente.

E allora perché la predicava ma non considerava i legami? perché non considerava l'amore? Una vita passata a rischiare, ma senza persone a cui aprire il cuore e a cui rivelare le proprie debolezze?

Nella fretta di scappare dal soffocante isolamento della sua infanzia, era forse caduta in un'altra trappola, che le avrebbe fatto altrettanto male?

"Merda, non lo so. Non lo so. Che Dio mi aiuti".

«Tutto bene, Angie?»

«Sì», disse automaticamente. Ma non ne era sicura, non più.

Capitolo 18

Appena Angie scese dalla macchina il venerdì sera, il suo telefono squillò: un messaggio di Penny.

"Siamo a un tavolo vicino al bancone, ti ho tenuto un posto. Quando arrivi?"

"Tra un minuto, sono nel parcheggio", rispose Angie.

Mise il telefono in borsa e cominciò a camminare verso l'edificio ridipinto da poco. BELLE BIGLIE, c'era scritto sull'insegna, proprio sopra due palle gialle da biliardo, ognuna delle quali aveva un piccolo cerchio bianco al centro e il numero 8 disegnato all'interno. Sembravano capezzoli col piercing.

"Porca vacca", pensò Angie con un sorriso. Sapeva che Tasha Manson, una delle sue utenti preferite, voleva apportare delle modifiche al locale dopo averlo comprato, ma non le aveva detto che avrebbe cambiato nome e logo. Forse aver trovato una ragazza incredibile come la sua l'aveva fatta diventare un po' impulsiva.

Angie aprì la porta e sbatté le palpebre per abituarsi alla luce soffusa. Il locale era strapieno e il volume della musica del juke-box era al massimo. Si alzò sulle punte cercando facce familiari, poi una mano che sventolava richiamò la sua attenzione e vide Penny e altre amiche intorno a un tavolo rotondo.

Attraversò la bolgia e, quando finalmente riuscì a raggiungere le ragazze, sentì che Sarah stava raccontando della sua cotta per un collega.

«...non mi ha notata. Insomma, sa come mi chiamo, ma

non ha fatto tanto caso a me», si lamentò Sarah. «E non è che io sia un timido fiorellino».

Angie rise e prese posto sullo sgabello vuoto che le avevano tenuto tra Penny e Mary. «Verissimo. Se c'è una più casinista di me nel gruppo, quella sei tu».

Appena parlò tutte si girarono verso di lei in attesa di informazioni. Sapeva quello che volevano, ovviamente: lo scoop sul succhiotto e il supervisore, in particolare su come le due cose fossero collegate.

«Allora?», incalzò Sarah, «Dicci tutto, donna. Ti aspettiamo da ore».

Angie rise quando guardò l'orologio: un quarto d'ora di ritardo. Ma per Sarah, che la faceva sempre tragica, un quarto d'ora era un'eternità.

«Datti una calmata, Regina del dramma, ve lo racconto tra un attimo. Prima fammi sistemare, prendere da bere e sentire come ve la passate voi signore», disse. «E *signore* è un termine che va preso con le pinze, qui. Tranne se si parla di te, Mary. Tu corrispondi alla descrizione».

Mary rise. «Non so se essere lusingata o delusa», rispose subito dopo.

«Essere una signora è un lavoraccio, ma qualcuno deve pur farlo, Mary. Soprattutto visto che Angie ha lasciato la carica disponibile», disse Penny.

«Così sembra», continuò Helen. «La nostra piccola Angie è sempre disponibile a essere caricata. O almeno così dicono le porte dei bagni della biblioteca».

Angie alzò il dito medio verso Helen, ma non poté trattenersi dal ridere. Ecco, era questo che le serviva dopo una lunga giornata passata senza avere alcun contatto con Grant. Nessun messaggio, chiamata né visita, neanche una e-mail collettiva ai responsabili di sezione. Da quello che aveva sentito, Grant quel giorno aveva il fatto il giro di tutte le altre sedi standoci un'oretta o due. Niente a che vedere con le cinque ore che aveva passato all'Antietam il martedì, ma era anche vero che le altre non avevano una mina vagante come responsabile.

Salutò Tasha, che quella sera stava lavorando dietro al bancone. All'inizio le sorrise automaticamente, ma quando si rese conto di chi l'aveva salutata il sorriso le si allargò sulle labbra.

Angie indicò la birra di Constance, poi si indicò e fece un due con le dita. Tasha sorrise ancora di più e alzò il pollice. Soddisfatta, Angie tornò dalle sue amiche.

«Torniamo a te, Sarah», disse. «Penny ti ha detto che abbiamo dovuto squalificare il tuo racconto dal concorso?»

«Sì, non fa niente. Mi ha detto che avete gradito come ho usato i goniometri, però».

«Sì, un uso decisamente innovativo. Ma di cosa stavi parlando quando sono arrivata? Hai una cotta per uno degli insegnanti a scuola da te?»

«Ulysses Bollinger, il nuovo insegnante di educazione fisica», rispose Sarah.

Le labbra di Penny si incurvarono. «È un generale della guerra civile o un marinaio che si rifiuta di chiedere indicazioni?»

«Ah ah ah, molto divertente. È arrivato lo scorso autunno. Ha frequentato la segretaria per un po' di tempo ma si sono lasciati qualche mese fa. È carino, simpatico e credo gli piaccia l'aria aperta, il che è un punto a sfavore. Ma sono disponibile a passarci sopra finché non mi vuole coinvolgere. La natura fa schifo. Un minuto prima stai guardando il tramonto, quello dopo un orso ti divora la testa, oppure uno scarafaggio cerca di arrivarti al cervello passando dall'orecchio, o un albero infame ti cade addosso… non si può mai sapere».

Mary si avvicinò a Constance: «È un'insegnante?», le chiese sottovoce.

«Sì, una maestra d'arte delle elementari. Ed è molto brava. È anche un'ottima amica, lavorerai con lei quando la scuola chiuderà per le vacanze estive», le risposte Constance.

Mary sembrò un po' spaventata da quella possibilità, ma prima che Angie potesse rassicurarla Tasha arrivò con le due birre. Angie le porse venti dollari, ma l'altra li rifiutò. «Offre la casa, bellezza. Come ringraziamento per avermi sistemata con Yolanda».

Angie sorrise. «Va sempre bene?»

«Sì, da quando ci siamo conosciute all'evento di Capodanno. Grazie a te», rispose Tasha e, salutando Angie e le altre, tornò dietro al bancone.

Uno dei suoi migliori successi, si disse. Anche se quell'evento avesse contribuito al suo licenziamento, non se ne sarebbe mai pentita. Vedere le coppie felici che si erano formate a quella festa, inclusi Penny e Jack, la faceva sentire più orgogliosa di quanto non fosse mai stata negli ultimi anni. Bevve un lungo sorso della sua prima birra, pensando alle relazioni iniziate quella sera: Tasha e Yolanda, Penny e Jack, Brenda e Carl. Più altre due o tre.

Forse, se avesse perso il lavoro alla biblioteca, avrebbe potuto mettere su un'agenzia d'incontri. Incoraggiata da quel pensiero, tornò a rivolgersi a Helen. «E tu? Qualche novità entusiasmante?»

«Sfortunatamente no», le rispose. «Devo fare più ore, come sempre. Ma ho sentito che potrebbe liberarsi una nuova posizione, qualcosa sulle relazioni interdipartimentali. Tengo le dita incrociate».

«Si è visto qualche utente carino, ultimamente?», le chiese Angie.

«Solo uno, ma non cercava libri. È venuto a parlare col direttore». Helen si sistemò gli occhiali e bevve un sorso del suo daiquiri alla fragola.

«Chi è?», chiese Constance.

«Non importa, tanto non è interessato. Anche se vorrei prendergli quelle belle chiappe e palpargliele come se fossero pesche mature».

«Di chi sono queste chiappe come pesche?», incalzò Angie.

Helen, sconfitta, alla fine crollò: «Quelle del sindaco».

A quella affermazione, cinque bocche si spalancarono.

«Wesley Ramirez?», farfugliò Penny. «Cacchio, Helen».

«È una vecchia conoscenza, tutto qui. Siamo cresciuti insieme».

«Non mi sento di criticarla, quell'uomo è un figo pazzesco. Anche se paragonerei le sue chiappe più a una mela», disse Constance.

«Potresti far arrossare un po' quella mela, Hel», disse Sarah dando un'eloquente pacca al tavolo.

«Sentite, non succederà. Lasciamo stare», chiuse l'argomento Helen. «E non credere che non abbia capito cosa stai facendo, Angela Burrowes: vuoi parlare delle nostre vite amorose così ci dimentichiamo della tua».

Angie si girò verso Penny con uno sguardo interrogativo, chiedendole silenziosamente se avesse detto qualcosa alle altre. L'amica scosse la testa.

«Giusto», riprese Constance, che si rivolse ad Angie. «Allora, dicci. Quand'è che il nuovo supervisore ti ha fatto il succhiotto? E che tipo di attività di *team building* avete fatto insieme?»

«È così che le vogliamo chiamare? Attività di *team building*?», chiese Sarah con un ghigno.

«Hanno cambiato un pochino le solite attività», disse Helen, «a quanto pare nelle cadute il pene le è finito nella vagina, e hanno usato le corde dei percorsi in modo… anticonvenzionale, diciamo».

Le donne risero, ma Mary si sentì un po' in colpa a farlo.

Constance si riprese subito e allungò una mano per stringere quella di Angie.

«Credi che una relazione col tuo supervisore sia una buona idea, Angie?», le chiese.

Angie posò l'altra mano su quella dell'amica, beandosi della sensazione di conforto che quel contatto le dava. «No», rispose poi. «Non lo credo, e neanche lui. E ora vi dico tutto, ma dovete giurare che la cosa resta tra noi».

«Promesso», dissero all'unisono.

«Sì, sì, promesso. Ora parla», ordinò Sarah.

E così fece. Quando finì di raccontare della serata a casa dei suoi e delle rivelazioni fatte a Grant durante il viaggio di ritorno, i suoi pensieri non erano più tanto confusi. Il semplice fatto di confidare alle amiche la situazione in cui era le aveva dato un senso di sollievo quasi incredibile.

«Capisco cosa vuoi dire, ma non credo che tu sia giusta con te stessa. Magari non confidi tutto, ma le tue amiche ti conoscono», le disse Penny.

«Magari non vuoi legami con gli uomini, ma con noi ce li hai», continuò Constance.

«Detto questo, le tue relazioni con gli uomini sono sempre state...», riprese Penny esitando.

«Superficiali», finì Angie. «Lo so. Anche se non sono sicura del perché».

«Hai paura che se ti conoscessero li deluderesti?», le chiese Penny con delicatezza.

Angie chiuse gli occhi, lottando contro le lacrime.

«Forse non ha incontrato l'uomo giusto», affermò Mary con insolita risolutezza.

«Forse l'ha incontrato ma non può frequentarlo perché è il suo capo», disse Constance.

Quando Angie riaprì gli occhi, tutte le altre la stavano guardando con un'espressione triste.

«Forse. Ma non lo saprò mai», rispose.

«Cos'è che non saprai mai?», chiese una voce maschile alle sue spalle.

Si girò e vide Blaine Markov, il coordinatore delle raccolte fondi della biblioteca. I capelli biondi erano pettinati in modo impeccabile e non gli ricadevano sul viso perfetto, e la montatura rettangolare degli occhiali faceva risaltare i suoi caldi occhi castani. Nell'insieme, capelli e occhiali riassumevano parte di quello che era: serio ed elegante. Quello che non dicevano era che caro amico fosse diventato negli anni, sia per lei che per la biblioteca.

«Sei qui per salvarmi da questo ricettacolo di estrogeni?», gli chiese. «Spero di sì. Ancora un po' e avremmo avuto il ciclo sincronizzato».

«Sono qui per invitarti a ballare», le disse con un sorriso.

Dopo aver bevuto un sorso della sua seconda birra, Angie si alzò. «Con piacere».

Le prese la mano e la trascinò sulla piccola pista che separava il bar dalla sala biliardo.

Mentre si facevano strada tra coppiette saltellanti e gruppi di donne, la canzone del jukebox cambiò: un lento. Prince iniziò a cantare *Purple Rain* e Blaine la prese tra le braccia. Ondeggiarono in silenzio per un minuto, e in quell'abbraccio sentì il sollievo e il sostegno di cui aveva tanto bisogno. Con un sospiro gli poggiò la testa sulla spalla e lui l'avvicinò a sé, una mano che stringeva la sua e l'altra poggiata sulla schiena. Infine si chinò per parlarle all'orecchio: «Ero preoccupato dopo averti visto alla riunione del personale. Non sembravi in te, e neanche adesso sei vivace come al solito. Che succede? È per il lavoro?».

Lei scosse la testa e il naso urtò il cotone della camicia dell'amico. «Problemi di uomini».

«Ah». Sollevò le mani tenendo strette quelle di lei e la fece girare velocemente su se stessa. Angie rise e lui sorrise di rimando, avvicinandola poi nuovamente.

«Qualsiasi uomo che non ti apprezza non ti merita, cara», disse Blaine. «Non devi perdere tempo con qualcuno che non capisce quanto sei speciale. Manda a stendere questo cretino».

Lei lo guardò. «Non è un cretino, è la situazione che è brutta».

«Cazzate. Non è *Romeo e Giulietta*, se tieni davvero a qualcuno allora si può risolvere tutto».

«Non credo che...», iniziò Angie.

«A meno che non sia sposato, morto o gay», la interruppe Blaine. «È sposato, morto o gay?»

«No», rispose lei ridendo.

«Appunto».

«Grazie per esserti preoccupato per me», gli sussurrò.

«Grazie a te per essere qualcuno per cui vale la pena preoccuparsi», le rispose. Poi le posò la mano più su sulla schiena e le fece fare un casqué.

Quando la tirò su gli sorrise. «Nessuno mi aveva mai fatto fare il casqué, è stato incredibile!», esclamò.

«A proposito di cose incredibili... vuoi venire da me stasera?»

«Sembra...».

Una mano si posò sulla spalla di Blaine e lo spinse indietro, a qualche centimetro da Angie. Lei alzò lo sguardo e si ritrovò davanti Grant. Ma non il Grant che conosceva, quello gentile e un po' timido, controllato e razionale. No, questo Grant sembrava pericoloso. Aveva gli occhi a fessura, i pugni stretti lungo i fianchi, le narici vibravano a ogni respiro e gli zigomi erano rossi di rabbia.

Blaine si girò e i suoi occhi si spalancarono quando riconobbe l'aggressore. «Grant? Ma che caz...».

«Toglile le mani di dosso», ordinò Grant con un tono basso

e profondamente irritato. «Non viene a casa con te, né stasera né in futuro».

Blaine non la lasciò andare, anzi le strinse ancora di più la mano. «Ma che cavolo ti prende? Può fare quello che vuole. Sei il suo capo, non la sua balia».

«No, non sono la sua balia», tuonò Grant, «Sono il suo uomo».

La bocca di Angie si spalancò e dovette lottare per non ridere istericamente. Avevano fatto di tutto per tenere segreto quello che era successo tra loro, e solo per pura fortuna Grant l'aveva spiattellato davanti ai pochi colleghi che non l'avrebbero riferito all'amministrazione. Ma che cazzo era successo all'uomo prudente che aveva incontrato pochi giorni prima? Era ubriaco? Strafatto?

Grant spostò il suo sguardo di ghiaccio su di lei e la furia che vi lesse dentro la fece quasi boccheggiare. No, non era ubriaco né fatto. A meno che il testosterone e la possessività non fossero da considerarsi droghe.

Nonostante Blaine le stesse ancora tenendo la mano, Grant l'aveva escluso. Parlò direttamente a lei, solo a lei, e quello che le disse fu allo stesso tempo la cosa più eccitante e spaventosa che avesse mai immaginato.

«Tu stasera vieni a casa con me».

Capitolo 19

Grant era abbastanza sicuro di stare vivendo un'esperienza extracorporea. Solo un minuto prima era seduto al tavolo di un locale dal nome strano con suo fratello Nathan, che era passato a trovare i loro genitori per il fine settimana. Avevano bevuto birra e parlato di lavoro, del trasferimento di Grant, della salute del padre. In pratica di tutto tranne che del pensiero fisso di Grant: Angie, come sempre.

Poi aveva alzato lo sguardo e l'aveva vista. Non stava parlando con le amiche, che erano sedute a un grande tavolo rotondo e ridevano, non stava andando al bancone a prendere da bere né stava andando in bagno o a salutarlo. No, Angie era in pista tra le braccia di un uomo. Quello stronzo alto e biondo che l'aveva abbracciata alla riunione del personale. Lei gli aveva appoggiato una guancia sulla spalla mentre lui la avvicinava, poi si era messa a ridere mentre lui le faceva fare un casqué.

Grant non aveva mai imparato a ballare. Non sapeva come si facesse il casqué, una giravolta o tutte quelle cose romantiche che si facevano su una pista da ballo. Quell'uomo – Blair? Blake? – invece sì. E dall'espressione felice e rilassata che Angie aveva sul viso, era evidente che aveva apprezzato.

Grant si era alzato di colpo facendo cadere la sedia. Non gliene fregava un cazzo di niente. Tutto quello che vedeva, tutto quello che gli importava, era sulla pista con un altro uomo. Non si era accorta di lui, quello che l'aveva fatta venire solo con le mani il giorno prima, quello che aveva conosciuto i suoi genitori, quello che le aveva detto che era sua. Sua, cazzo.

«Grant? Che succede?», gli aveva chiesto Nathan.

Non si era neanche disturbato a rispondere. Con pochi lunghi passi aveva raggiunto la coppia ignara, e poi aveva sentito quel… quell'*intruso* chiedere ad Angie di andare da lui.

Era stato a quel punto che Grant si era separato dal suo corpo. Non era stato come tutti i racconti delle persone che erano quasi morte, non si era sentito fluttuare mentre guardava se stesso dall'alto. Si era sentito come se qualcun altro avesse preso possesso di lui: qualcuno che parlava con frasi brevi, qualcuno che avrebbe usato la violenza per il bene della sua donna, qualcuno che era spinto da un unico, principale imperativo: dichiarare che Angie era sua il più in fretta e pubblicamente possibile.

«Tu stasera vieni a casa con me», aveva detto quel qualcuno ad Angie.

Evidentemente alla persona che aveva preso il controllo di Grant non importava se l'avessero licenziato per aver avuto una relazione con una dipendente. Doveva ammettere, però, che quella situazione aveva portato a dei risultati: quando l'idiota biondo si girò verso Angie per dirle che non doveva andare da nessuna parte se non voleva, lei scosse semplicemente la testa e si staccò da lui.

«Grazie, Blaine, ma è tutto a posto. Poi tenere per te questa cosa? Preferirei non perdere il lavoro, se possibile».

«Certo», le rispose l'uomo con un'espressione dubbiosa sul quel viso perfetto del cazzo. «Ma sei sicura che vuoi…».

«Sono sicura», gli rispose, poi lo abbracciò velocemente. L'uomo ricambiò l'abbraccio stringendola forte.

Chiunque stesse abitando il corpo di Grant in quel momento, evidentemente amava ringhiare. Ed era anche bravo a farlo.

Angie si girò verso di lui. «Datti una calmata», scattò. «Vengo con te, squilibrato, ma non faccio promesse su quello che succederà a casa tua».

E con la conferma che sarebbe andata a casa con lui, Grant tornò all'improvviso nel suo corpo. Il suo cervello normale, diffidente e tranquillo aveva ripreso a funzionare, il suo cuore aveva rallentato i battiti. Rilassò le mani e le spalle. Non aveva più lo stimolo di prendere a testate il nuovo collega, nonostante la sua disgustosa bravura nel ballo.

Aveva ancora, però, l'impulso di vomitare. Se Blaine avesse deciso di non mantenere la promessa, sarebbe stato licenziato. E forse anche Angie.

Una mano ferma sulla sua spalla lo fece voltare.

«Grant? Tutto bene?», gli chiese Nathan.

Chiuse gli occhi incredulo. Si era dimenticato del fratello. Proprio quel fratello con cui stava parlando letteralmente un cazzo di minuto prima. Con un sospiro riaprì gli occhi: Blaine lo stava guardando torvo, Angie stava battendo un piede per terra spazientita, Nathan era confuso e poi… un po' meno. La sua espressione si fece compiaciuta. «Ah, capisco», gli disse con un ghigno. «Io torno da mamma e papà, ma ricordati del regalo che ti ho fatto. Hai presente, quello che hai trovato nel pacco enorme», concluse ammiccando.

Angie si girò verso Nathan con un sorriso pericoloso sulle labbra. «Suppongo ti stia riferendo alla vagonata di preservativi, giusto?».

A Nathan, che non si aspettava che lei capisse il riferimento, mancò l'aria. Trattenendo un sorrisetto, Grant diede una pacca sulla schiena al fratello.

«Di' a mamma e papà che li chiamo domani», disse spingendolo verso la porta. Con il viso leggermente arrossato Nathan salutò Angie e Blaine con un cenno, poi si avviò incerto verso l'uscita. «Ci vediamo, fratello».

Angie si rivolse a Grant: «È davvero un microbiologo? Ora sono preoccupata per la salute della nazione alla prossima pandemia».

«Sì, davvero», le rispose, «So che è difficile da...».

«Senti», li interruppe Blaine, «io vado. Sei sicura che vada tutto bene, Angie? Perché sarei felice di accompagnarti a casa».

Grant sentì che un altro ringhio spingeva per uscire, ma riuscì a trattenersi.

«Sì, tutto a posto», gli rispose la donna, «credo che il cervello di Grant abbia per un attimo abdicato in favore del suo... di qualcos'altro. Ma grazie per la premura e per il ballo. Ci vediamo lunedì».

Blaine guardò a lungo Grant. «Angie sa che mi può chiamare quando vuole, giorno e notte. E se vengo a sapere che le hai fatto del male, stai sicuro che te ne pentirai».

Per la prima volta nella sua vita Grant dovette combattere l'istinto di digrignare i denti e azzuffarsi contro un altro uomo.

"Ma che cazzo sta succedendo?", pensò incredulo. "Chi sono? E perché cavolo Angie mi fa quest'effetto?".

Con un enorme sforzo gli rispose con il tono più educato che gli riuscì. «Non farei mai del male... *ad Angie*». Era abbastanza sicuro che Blaine avesse capito l'antifona: Angie era al sicuro, lui no.

Dopo un'ultima carezza al braccio della donna, Blaine se ne andò. Lei lo guardò uscire e andare verso il parcheggio, poi sospirò profondamente.

«Che cazzo ti è preso, Grant?», chiese girandosi verso di lui. «Credevo che tra noi non ci fosse nient'altro che un rapporto di lavoro e un'amicizia platonica».

«Io... non...».

«Sì, va be', ne parliamo quando arriviamo da te. Avviso le mie amiche e prendo borsa e cappotto».

Con pochi passi raggiunse il loro tavolo. Penny la guardò preoccupata, poi si girò verso Grant e riportò lo sguardo su Angie. Dopo un minuto di conversazione, però, l'amica si sporse ad abbracciarla. Fece quindi il giro del tavolo per abbracciare anche le altre e infine, con la borsa in mano e il cappotto su un braccio, tornò verso di lui.

«Okay, cavernicolo, andiamo».

Nel tragitto verso le macchine, Grant non riuscì a pensare a niente di intelligente da dire. Riuscì solo ad accompagnarla alla macchina, guardandole i capelli arruffati e il bellissimo viso che in quel momento aveva un'espressione diffidente.

«Vuoi sempre che venga da te?», gli chiese.

«Sì», rispose lui. Non sapeva cos'altro dire, ma di quello era sicuro.

«Va bene, ci vediamo lì», disse chiudendo la portiera.

Grant aspettò finché non partì, poi si avviò verso la macchina. Appena avviò il motore, le note di Beethoven riempirono l'abitacolo. Spense subito lo stereo, non doveva avere distrazioni. Aveva bisogno di pensare bene a quello che le avrebbe detto dopo, spiegarle cos'era successo, quello che voleva da lei.

Ora che il tizio che l'aveva posseduto non c'era più, il suo cervello aveva ripreso a funzionare – fin troppo bene, a dirla tutta.

"Non posso credere che voglia ancora venire da me dopo quello che ho fatto. Ho interferito nella sua vita privata senza averne il diritto, ho messo in pericolo il nostro lavoro rendendo pubblica una relazione che non esiste neanche più... nonostante quello che voglio. Nonostante quello che le ho fatto solo ieri, nonostante una relazione clandestina sembri tanto allettante".

Si rese conto che aveva accettato di andare da lui per un solo motivo: chiedergli spiegazioni in privato, dove nessun collega avrebbe potuto sentire. O forse per dargli un calcio nelle palle senza avere testimoni. Altrimenti non si spiegava perché si fosse fidata di lui, l'uomo che le aveva rovinato la serata con la sua selvaggia dimostrazione di possessività.

Vide i fari della macchina di lei seguirlo fino a casa, e anche quando entrambe le auto arrivarono, non sapeva ancora cosa dirle. Le posò una mano sulla schiena guidandola fino alla porta, poi infilò la chiave e aprì facendola entrare. La serratura scattò, Grant respirò profondamente e si voltò verso di lei. Non ebbe bisogno di cercare le parole perché Angie, come sempre, aveva preso in mano la situazione.

«Cos'è successo al locale, Grant? Hai messo in pericolo il nostro lavoro e interrotto la mia serata per… cosa?».

Era in piedi con le mani sui fianchi e il piede che batteva sul pavimento. Aveva un paio di jeans scuri che le fasciavano i fianchi morbidi e aderivano perfettamente alle sue gambe stupende, mentre la maglia nera si incrociava all'altezza del seno mostrando molta più scollatura di quanto Grant le avesse mai visto. A parte le volte in cui erano stati insieme, naturalmente.

Angie era fantastica, sexy da morire. Sembrava anche *arrabbiata* da morire, cosa che lui capiva perfettamente.

«E che problema hai con Blaine? Credi che se tu non mi puoi toccare, allora nessun altro può farlo?».

Sentì a malapena quello che gli stava dicendo. Mentre la guardava cercava di dare un nome a quello che gli faceva provare. Angie lo ammaliava, lo affascinava e lo esasperava; rallegrava ogni momento che passava con lei, lo faceva ridere, gli provocava erezioni nei momenti meno opportuni. La sera prima, a casa dei genitori, il suo cuore aveva sanguinato per lei. No, in realtà non era stato proprio così: era successo già prima che incontrasse i genitori. Quel dolore lo stava consumando da quel martedì mattina, quando Tina gli aveva comunicato che Angie era la responsabile di una delle sedi.

Poi era tornato quando si era reso conto che la loro storia non poteva continuare, e si era intensificato a ogni momento che avevano trascorso insieme e a ogni istante che passavano separati. Non credeva che quel dolore sarebbe svanito tanto presto, non finché non avessero realizzato quello che si erano promessi durante quell'unica notte insieme.

"Io sono tuo, tu sei mia. Nessun rimpianto".

Finalmente trovò le parole giuste. Ventiquattro ore prima non avrebbe mai pensato di dirle, ma in quel momento erano perfette: esprimevano quello che voleva, quello di cui aveva bisogno, il modo in cui lei l'aveva cambiato. Raddrizzò le spalle e la guardò negli occhi. Non importava quello che lei avrebbe risposto, aveva bisogno di dirglielo. E aveva bisogno di farlo senza esitare, senza nascondersi dietro i *probabilmente* e i *forse*. Quello che provava era chiaro e semplice, e le parole per esprimerlo dovevano essere altrettanto chiare e semplici.

«Mi sto innamorando di te, Angie. Ti voglio nella mia vita. Come amica e come amante, in qualsiasi modo possa averti, in *ogni* modo».

Lei spalancò la bocca e smise di battere il piede, e lui aspettò pazientemente che mettesse in ordine i pensieri.

«Ma… il lavoro…», riuscì infine a dire.

«È un problema, non lo nego. Ma dobbiamo tenere segreta la relazione solo finché non avrò trovato un altro lavoro qui vicino. Di solito non si fa una buona impressione se si lascia il posto prima di un anno, ma conosco delle persone e sono sicuro che alla fine troverò qualcosa».

Per un attimo lasciò da parte i suoi genitori. Avevano bisogno di lui, su quello non si discuteva. Se l'avessero scoperto ad avere una relazione con una dipendente l'avrebbero licenziato, e le possibilità di trovare un lavoro nelle vicinanze con una macchia così sul curriculum… be', non erano molte.

Fare affidamento sul benessere dei suoi era fuori discussione. Li adorava ed era in debito con loro. Però doveva provare a costruire qualcosa con Angie, altrimenti se ne sarebbe pentito per molto, moltissimo tempo. Forse addirittura per sempre.

Sarebbe sicuramente riuscito a nascondere i suoi sentimenti per lei abbastanza a lungo da trovare un altro lavoro in zona, e se avesse giocato bene le sue carte nessuno, a parte lui e Angie, avrebbe saputo i tempi esatti della loro relazione. E nessuno ne sarebbe stato ferito, men che meno i suoi genitori.

Lei spalancò gli occhi. «Per me?», sussurrò. «Sei disposto a rischiare il lavoro e a trovarne un altro *per me*?»

«Rischi anche tu», le ricordò. «Se qualcuno ai piani alti lo scoprisse la colpa ricadrebbe su di me, ma non ne sono sicuro al cento percento. Potrebbero licenziare anche te, soprattutto vista la tua situazione già precaria. E anche se non ti licenziassero, la gente penserebbe che sei venuta a letto con me per avere il lavoro sicuro, come avevi già detto, anche se l'insinuazione mi fa andare in bestia».

«Io sono abituata a rischiare, ma tu...».

«Lo so», le rispose con un sorriso amaro. «Sono una persona prudente, di solito. Ma sei troppo importante per lasciarti andare via. Non voglio lavorare per tutta la vita aspettando una felicità che forse non arriverà mai. La voglio adesso quella felicità, voglio te».

Lei sbatté le palpebre, aggrottò le sopracciglia e iniziò a torcersi le mani. Grant non riusciva a capire la sua espressione. Non era orripilata, il che era un bene, e non era più arrabbiata, ma... forse era spaventata, come se avesse paura di credere a quello che le stava dicendo.

«Dovresti essere orgogliosa di me, sto prendendo una decisione con l'*impore*».

«Tu e il tuo *impore* siete dei pessimi bugiardi, ci scopriranno dopo un giorno».

La guardò attentamente, col cuore che gli si stringeva nel petto. La Angie che conosceva non esitava mai quando voleva qualcosa, nonostante i rischi. Il che significava che non lo voleva, non come lui voleva lei.

«Angie...», iniziò con un sospiro, «va bene se non provi quello che provo io. Forse per te non vale la pena rischiare, forse preferisci qualcuno che sia... più di me. Più raffinato, che sappia farti fare un casqué, che prenda le decisioni importanti senza prima fare uno schema, qualcuno vivace e meraviglioso come te».

L'espressione sul viso della donna cambiò di colpo, diventando da spaventata ad arrabbiata, e gli puntò l'indice sul petto.

«Non parlare mai più in modo così sprezzante di te stesso davanti a me», gli disse. «Non devi essere *di più*, sei perfetto così. Casomai sono io a essere troppo da sopportare».

Riuscì a capire la rabbia che aveva appena provato, perché improvvisamente la sentì anche lui. «Non dire cavolate, non sei troppo...».

Angie continuò come se lui non avesse aperto bocca. «Sorvolerò sul riferimento a... cos'era? Uno schema per le decisioni? Cristo santo. Comunque, sorvolo perché il solo pensiero mi fa venire l'orticaria».

«Sono utili se ti trovi in situazioni...».

«Come ti pare. Quello che voglio dire è che non me ne frega una cazzo del casqué, non voglio che tu sia sofisticato, voglio che tu sia te stesso. Schemi strani, scomparti etichettati, collezione da record di preservativi e tutto il resto».

«Quando stasera ti ho vista con Blaine, non sono riuscito...», disse scuotendo la testa. «Non so cosa mi è successo. So solo che non potevo vederti con un altro uomo, anche se alla fine ti avrebbe resa più felice di quanto non possa fare io».

«Ne dubito».

«Sembra uno a posto comunque, a parte il fatto che ha messo le mani addosso alla mia donna e le ha chiesto di passare la notte insieme. È bello, disinvolto e di sicuro non ha mai sentito parlare di uno schema per le decisioni».

«È gay».

All'improvviso Grant si sentì molto più fiducioso.

«Come dicevo, persona magnifica. Sentiti pure libera di ballare con lui ogni volta che vuoi».

«Lo farò». Si avvicinò a lui e gli strinse un braccio. «Dicevi davvero? Ti stai innamorando di me?».

Grant si rifiutò di trattenersi e di salvaguardare il suo orgoglio nel caso lei non provasse lo stesso. «Sì».

Piano piano un sorriso comparve sulle labbra di Angie fino a illuminarle tutto il volto, come lui adorava. «Bene, perché per me è lo stesso».

Lui si avvicinò e le prese il viso tra le mani. I suoi occhi verdi brillavano di felicità. Le passò un dito sulle labbra per sentire la morbidezza e il calore del suo respiro. A quella distanza il profumo del suo shampoo gli arrivò dritto alle narici. Respirò a fondo crogiolandosi nelle sensazioni che Angie gli faceva provare, annegandovi, senza voler fuggire.

Lei chiuse gli occhi e si avvicinò sempre di più alle sue labbra. Un attimo prima che la baciasse, parlò di nuovo. «Grant?».

Lui si fermò e aspettò. Lei tenne gli occhi chiusi, respirò profondamente e il suo corpo tremò. «E se ti deludessi? Se scoprissi che non sono chi credi che io sia?», gli chiese a bassa voce.

«Non succederà», le disse strofinando il naso con il suo.

«Lo spero. Farò del mio meglio perché non succeda».

Aveva un tono tenace e determinato, ma in realtà era strano. Credeva che si aspettasse la perfezione?

«Non devi fare del tuo meglio per avere il mio amo…», iniziò, ma non riuscì a finire il discorso. Angie lo stava palpando attraverso i jeans.

«Basta parlare, è ora di agire. E con *agire* intendo *fare sesso*, naturalmente».

«Bene», disse. Lui stesso sentì la sua voce più roca, più profonda. Sconosciuta, tranne le volte in cui l'aveva sentita mentre faceva l'amore con Angie.

Affondò le dita nei suoi capelli, tirando leggermente quella chioma profumata. Lei ansimò, muovendo le gambe mentre lui le mordicchiava il lobo.

«Sì, sono posseduto», sussurrò.

Poi fece scivolare la bocca su quella di lei e, senza alcun rimorso, lasciò di nuovo il controllo allo sconosciuto dentro di lui.

Capitolo 20

In cinque minuti si ritrovarono nudi nel suo letto, l'uno tra le braccia dell'altra. Questa volta su delle lenzuola e non su una tela cerata, e Grant non poté fare a meno di notare il miglioramento, nonostante i ricordi piccanti della loro prima incredibile notte insieme.

Angie scivolò sopra di lui e i suoi capelli coprirono i loro volti.

«Non vedo l'ora di farlo», gli disse mentre faceva scendere la mano sul membro, stringendolo.

Lui ansimò. «Sì?», riuscì solo a dire.

«Gli orgasmi migliori della mia vita li ho avuti con te». Con i denti gli graffiò leggermente un capezzolo e lui lottò contro l'istinto di aprirle le gambe ed entrare dentro di lei senza altri preliminari.

«Le prestazioni passate non sono una garanzia per quelle future», le fece notare.

La mano occupata rallentò. «Hai appena citato lo slogan di una società finanziaria? A letto?»

«Forse. Spero di non aver raffreddato l'atmosfera».

«Al contrario. Sei talmente nerd che ti meriti una ricompensa», gli disse scivolando sempre più giù. Gli lasciò una scia di baci partendo dal torace e proseguendo sul ventre per andare verso…

«Aspetta». Si appoggiò sui gomiti e lei gli lanciò uno sguardo interrogativo.

«Sono un po' occupata a fare una cosa che inizia con P e

finisce con INO, e che fa rima con tombino. Non credo tu voglia davvero interrompermi».

Incapace di incrociare il suo sguardo, Grant tirò indietro la testa e guardò il soffitto. «È quello il punto. So che è strano, ma non mi fanno impazzire… quelle cose».

Lei si sedette. «Okay, fammi capire: non ti piacciono i pompini?»

«Non particolarmente, no». Si sentiva le punte delle orecchie caldissime, esattamente come le guance.

«Come mai?».

Lui scrollò le spalle. «Non lo so, non fanno per me».

«Però non ti dà fastidio fare quel lavoretto a me».

«Lo adoro», rispose lui intensamente.

Angie lo fissò. «Sei sicuro di non essere un'invenzione partorita dalla mia immaginazione? Sembra troppo bello per essere vero. Non che mi dispiaccia fare pompini», aggiunse subito, «perché non è così. Ma non direi che sono la mia attività preferita a letto. Ho un riflesso faringeo forte».

«Non dico che non mi piacerebbe, solo che ci sono altre cose che preferisco».

«Sei proprio un miracolo», sussurrò.

«Come?»

«Magari un giorno ci proveremo e vedremo se ti farò cambiare idea. Ma comunque chi sono io per discutere quello che ti piace sotto le lenzuola?». Si rimise sopra di lui, pelle contro pelle. «Cosa vuoi che faccia?»

«Non ti ho vista in faccia mentre venivi nella stanza delle fiabe, e la prima volta che siamo stati insieme ero talmente preso che non ci ho fatto caso. Stanotte voglio guardarti mentre vieni, quando sono dentro di te».

«Non lo so…», replicò Angie. Aggrottò le sopracciglia e abbassò lo sguardo. «Sono troppo timida per farti vedere la mia faccia».

«Davvero?», le chiese lui incredulo.

Lei rise e incrociò i suoi occhi. «No, scherzavo. Ottima idea».

Grant le diede un buffetto sul naso.

«Avrai modo di scoprire che sono disposta a seguire qualsiasi suggerimento che mi porti ad avere un orgasmo», gli disse.

Lui capovolse le posizioni e si ritrovò sopra d lei. «Benissimo», disse, poi unì le loro bocche affondando le mani tra i suoi capelli e prendendole la testa. Angie gli allacciò le gambe intorno ai fianchi e con le dita scese giù fino a sfiorargli i glutei. Luì sobbalzò, scostandosi dalle sue labbra.

«Mi fai il solletico».

Lei rise e continuò finché Grant non la fermò con le mani ai lati della testa.

«Basta», le disse quando riprese un po' di fiato. «Su le mani, tieniti alla testiera».

«Uh, interessante...», disse lei, e senza esitare obbedì.

Lui si sedette sulle ginocchia posizionandosi tra le sue gambe. Per un minuto la guardò e basta, stesa davanti a lui con braccia e gambe aperte. Il seno le risaltava in quella posizione, e Grant poté vederle il petto alzarsi e abbassarsi al ritmo del suo respiro. Quasi ogni curva, ogni rientranza e ogni punto segreto del suo corpo erano esposti davanti ai suoi occhi.

Se aveva visto qualcosa di più bello in vita sua, non se lo ricordava. In effetti non ricordava molto altro a parte le fantasie su Angie che aveva avuto negli ultimi quattro giorni. Finalmente era arrivato il momento di farne avverare qualcuna.

Si rese conto che le uniche parti dei loro corpi che si toccavano erano le ginocchia che le sfioravano le cosce. Bene, non voleva coprire neanche un centimetro di quella meravigliosa vista, e non voleva perdersi neanche una reazione. E, almeno per il momento, voleva avere il controllo, cosa che, stando totalmente a contatto con lei, non sarebbe riuscito ad avere.

Le passò un dito sul corpo, dal centro del petto fino alla sua intimità. Con quello stesso dito le scostò il pelo pubico in modo da avere una visuale più chiara.

«Guardati, sei stupenda. Vediamo quanto tempo ti ci vuole per venire se ti tocco qui con un dito».

«Non molto, sono già bagnata», gli disse con occhi che traboccavano di desiderio. «Non preferisci che venga quando sei dentro?»

«Una cosa non esclude l'altra».

Fece scivolare l'indice sul clitoride e sfregò piano, e a quel contatto le gambe di Angie si aprirono un po' di più. Chiuse gli occhi mentre lui entrava nel suo corpo con il dito e disegnava cerchi sull'apertura. Poi ritornò sul clitoride, questa volta facendo più pressione.

Angie staccò le mani dalla testiera del letto e si allungò verso di lui gemendo.

«No», le disse, «non toccarmi e non toccarti. Voglio solo che tu senta quello che sto facendo».

Lei obbedì e lui infilò di nuovo il dito. Scivolò dentro facilmente, e poté sentire i suoi muscoli contrarsi per l'intrusione.

«Sei caldissima, angelo. Vuoi che ti scopi col dito?».

Lei annuì, la testa piegata all'indietro e il rossore che si espandeva sul petto. Grant girò il palmo verso l'alto piegando il dito in modo che, ogni volta che lo spingeva dentro di lei, facesse più pressione. Di tanto in tanto ritornava a dedicarsi al clitoride, stuzzicandolo e tirandolo delicatamente, e dopo alcuni minuti vide quanto fosse gonfia e lucida la vagina di Angie. I suoi fianchi erano sollevati e si muovevano quasi con disperazione, ansimava a ogni affondo e quando Grant tornò a sfiorarle il clitoride emise un forte gemito.

«Ancora, più forte», gli disse con un tono eccitato, e si portò le mani ai capezzoli. A quella vista, Grant rischiò di venire.

«No», ringhiò. Le afferrò le mani e gliele riportò sulla testiera. «Mani lì e sguardo su di me».

Angie aprì gli occhi annebbiati dal piacere e lo osservò mentre si dava da fare tra le sue gambe.

«Voglio vedere il tuo viso stupendo. Vieni. Vieni e ti scopo quanto vuoi».

A sorpresa, le portò una mano sul seno e le pizzicò un capezzolo, mentre con l'altra continuò a stimolarla, il pollice a stuzzicarle il clitoride e due dita dentro.

E questa volta fece in modo di guardarla mentre si abbandonava all'orgasmo: aveva la bocca aperta mentre gridava dal piacere, i muscoli delle braccia tesi a causa della presa sulla testiera, e la sentì fremere sulle sue dita. Aveva allacciato le gambe ai suoi fianchi, tenendolo vicino.

Prima che i fremiti cessassero, Grant si abbassò tra le sue gambe e iniziò a succhiarle il clitoride. Angie cercò di spostarsi, ma le mani di lui la tenevano ferma. Leccò là dove era ancora ricettiva e la scopò anche con la lingua, mentre lei gemeva.

«Grant», implorò, «basta».

«Devo prepararti per farti venire quando sono dentro», rispose, e ritornò sul clitoride, facendo sempre più pressione mentre lei sollevava nuovamente i fianchi verso di lui.

Fece scivolare le mani sulle cosce, facendogliele aprire ancora di più, e mentre con la lingua andava sempre più in fondo, col naso le stuzzicava il clitoride. Quando Angie tese i muscoli sotto di lui e iniziò a gemere, Grant sollevò la testa e si staccò da lei. Prese un preservativo dal comodino, lo aprì e lo infilò sull'erezione pulsante.

«Posso staccare la mani? Voglio toccarti».

«Non ancora». Le mise le mani sotto le ginocchia e le allargò ancora le gambe. E poi, cazzo, finalmente entrò dentro di lei, spingendo a fondo.

«Quando veloce?», le chiese.

«Più che puoi», rispose Angie con voce roca.

E così fece, dando spinte forti e rapide. Sentiva quanto era bagnata e il suono dei loro corpi che si scontravano a ogni affondo. La sensazione della parete calda e scivolosa della sua intimità e la vista della schiena inarcata dal piacere lo portò quasi all'orgasmo, quindi rallentò boccheggiando e cercando di trattenersi.

«Adesso basta… sono *preparata* a sufficienza», disse lei.

Si staccò dalla testiera e cambiò posizione, mettendosi a cavalcioni su di lui. Quando si abbassò sul suo membro entrambi gemettero. Grant le strinse la schiena mentre lei iniziava a muoversi su di lui, facendo poi scivolare le mani sui glutei in modo da aiutarla nei movimenti. Angie si piegò in avanti, strofinando il clitoride contro di lui a ogni rotazione dei fianchi. Gli affondò le mani nei capelli, e lui sobbalzò quando glieli tirò. Quel piacevole dolore gli attraversò tutto il corpo facendolo inarcare.

«Cristo», esclamò con voce roca, spingendo sempre di più mentre lei si muoveva.

Non avrebbe resistito ancora per molto. Con una mano le prese la guancia e le voltò il viso verso di sé, mentre con l'altra scese a stuzzicarle il clitoride. A quel contatto Angie gridò e si mosse più velocemente sopra di lui. La stretta che sentiva sul suo sesso lo portò all'orgasmo, e dovette lottare per tenere gli occhi aperti mentre si abbandonava al piacere: voleva vederla godere mentre era ancora dentro di lei.

Angie aveva gli occhi serrati, la fronte umida e la bocca aperta alla ricerca d'aria.

«Oh, cazzo, Grant», ansimò, la sua vagina che ancora lo stringeva.

Grant non poteva essere più d'accordo. La prima volta insieme era stata fantastica, ma questa… questa era indescrivibile. Non avrebbe saputo dire quale fosse la differenza, se non che ora la conosceva, forse addirittura l'amava. Quel legame che era nato la prima notte ora stava crescendo fino a diventare qualcosa che avrebbe unito le loro emozioni e il loro piacere. Non credeva che avrebbe potuto lasciarla, ora, anche volendo. In quel momento era decisamente l'ultimo dei suoi pensieri.

Grant crollò sul materasso e Angie gli si buttò addosso appoggiandogli la testa nell'incavo della spalla.

«Con quell'orgasmo mi hai uccisa. Dovrai dirlo tu ai miei come sono morta. Occhio, però, probabilmente tireranno fuori qualche statistica su quante persone muoiono durante il sesso ogni anno. Poi discuteranno sugli errori che ho commesso e che hanno portato alla mia prematura dipartita».

«Chissà, magari daranno la colpa a me», rispose lui abbracciandola.

«Scherzi? Ti adotteranno».

Dopo un minuto, le diede una pacca sul sedere e la scostò, poi si alzò dal letto e le baciò la fronte. «Arrivo subito».

Quando tornò dal bagno la sentì arrivare dai servizi della stanza degli ospiti in fondo al corridoio. Allargò le braccia e lei vi si gettò senza esitazione. La sensazione del suo corpo nudo avvinghiato a lui gli fece girare la testa.

"Per questa sensazione di felicità e completezza vale la pena rischiare».

«Resti qui stanotte?», le sussurrò.

Senza dire una parola lei tornò a letto e lui la seguì immediatamente. Per un minuto si coccolarono in silenzio; Angie era al suo fianco con un braccio abbandonato sul suo petto.

«Grant?», gli chiese mentre stava iniziando ad assopirsi.

«Sì?»

«Hai detto qualcosa sull'essere posseduto, prima?», gli chiese, nascondendo uno sbadiglio.

A quella domanda Grant si risvegliò di colpo, imbarazzato. «Può essere», rispose agitandosi leggermente.

«Non avrai sul serio pensato che non avrei chiesto spiegazioni, vero?»

«Direi di no», sospirò.

«Allora?».

Grant si prese un momento per fissare il soffitto e raccogliere i pensieri.

«A volte, quando sono con te, è come se vivessi un'esperienza extracorporea. Mi comporto in un modo che non è da me. Dico cose che non avrei mai neanche pensato, uso un tono di voce che non riconosco… come prima, quando ho interrotto te e Blaine, o quando ti ho tirato i capelli, o quando ti ho detto di non toccarmi e di aggrapparti alla testiera. È come se un'altra persona si impossessasse del mio corpo mentre io guardo tutto a bordo campo. Non mi è mai successo con nessun'altra donna. O uomo, se è per quello. Solo con te».

Lei gli posò la testa sul petto. «Non è uno sconosciuto che si impossessa di te, bonazzo».

«No?», le chiese lui scostandole una ciocca di capelli dal viso.

«No, stai solo agendo d'istinto. Non ci sei abituato, quindi ti sembrerà strano. A me no, però. Mi vedo fare e dire cose inappropriate in continuazione, anche quando voglio essere una personcina rispettabile».

«È come se tutti i pensieri razionali sparissero».

«Non è una sorpresa. Per molti uomini agire d'istinto significa pensare col pene e non col cervello. E si sa che il pene non è bravo a pensare in modo razionale».

«E invece l'istinto delle donne?»

«Ottima domanda. Gli scienziati hanno studiato la questione delle donne e del loro istinto per anni. All'inizio pensavano che non ce l'avessimo, o che comunque non contasse, poi hanno ipotizzato che provenisse solo dalla vagina. Ma negli ultimi decenni il clitoride ha ottenuto il primato come origine dell'istinto femminile. Più di recente si è parlato del cosiddetto istinto G, grazie soprattutto agli scienziati dell'Istituto Cosmopolitan».

Grant alzò la testa e la guardò. «Stai parlando di istinto o di orgasmi?»

«Difficile dirlo, anche la scienza è dubbiosa».

«Sei pazza».

«Sono la *tua* pazza, abituatici».

«Ne ho tutta l'intenzione», replicò. «Non permetterò che niente ci divida, né il lavoro né altro. Sei mia».

«E tu… sei mio», farfugliò lei.

Quando la guardò, aveva gli occhi chiusi. Vide il suo corpo rilassarsi e il respiro diventare regolare. La avvicinò a sé e si addormentò con un pensiero.

"Niente mi farà pentire di aver scelto questa donna. Niente".

Capitolo 21

Quando Angie si svegliò la domenica mattina, Grant si era già alzato.

Guardò la sveglia: erano appena passate le otto. Quell'uomo doveva imparare a dormire fino a tardi, soprattutto dopo due notti e un giorno di sesso.

Fisicamente l'aveva sfinita, emotivamente l'aveva riaccesa. Sembrava non averne mai abbastanza di lei, e anche quando non erano a letto la toccava in continuazione. Le accarezzava la guancia, le baciava il naso e, se non la toccava, la guardava con un tale calore che le veniva da piangere per la gioia. Oppure le diceva quanto la adorava, quanto era bella, quanto lo rendeva felice.

Le sembrava tutto irreale, fragile, come se un passo falso avesse potuto distruggere tutto lasciandola nuda e sola, sopraffatta dal dolore.

Non riusciva a rilassarsi, non ancora, non finché tutte le bugie non fossero sparite rivelando completamente quello che sarebbero diventati insieme.

Andò in bagno e tornò sotto le coperte, la guancia appoggiata sul cuscino fresco. Considerò l'idea di tornare a dormire quando le scappò un lungo sbadiglio, ma decise di approfittare di ogni minuto insieme a Grant, visto che erano appena diventati una coppia.

Il suo cervello intorpidito si rifiutò di pensare a qualsiasi argomento spinoso, anche quelli che sapeva di dover affrontare: cosa sarebbe successo al lavoro? Per quanto avrebbero dovuto tenere segreta la loro relazione? Sarebbe riuscita a nascondere il concorso di San Valentino a Grant? Avrebbe dovuto? Quei pensieri erano troppo per la sua mente annebbiata, quindi prese a fissare con sguardo assente la camera da letto mentre cercava di riacquistare lucidità.

La stanza appariva esattamente per quello che era: la camera ancora spoglia di una persona che si era appena trasferita. C'erano scatole perfettamente impilate vicino all'entrata della cabina armadio. Un piumone a righe bianche e blu copriva il letto a due piazze e mezzo, e accanto al letto c'era un morbido tappeto blu.

Grant aveva deciso di lasciare le pareti bianche e di non coprire il pavimento in legno; i mobili in mogano sembravano robusti, eleganti ma non pretenziosi. Naturalmente tutto l'arredamento era coordinato, il padrone di casa non avrebbe gradito un miscuglio di stili. In quella camera era tutto brillante, come se togliesse la polvere ogni mattina. Il che, per quanto ne sapeva lei, era possibile. Iniziò a pensare alla vita con un uomo che faceva i lavori di casa… tutto sommato ci si sarebbe potuta abituare. Ma magari lui si aspettava che anche lei li facesse, e quello sarebbe stato uno sviluppo un po' meno positivo. Dopo un paio di minuti il suo cervello registrò finalmente una cosa strana, per cui avrebbe potuto prendere in giro Grant. Lo chiamò, con la voce ancora impastata dal sonno. Sentì i suoi passi nel corridoio e sorrise al pensiero di vederlo. Quando lui si affacciò nella stanza, il sorriso le si allargò. Aveva i capelli schiacciati sulla sinistra, il lato su cui aveva dormito per restare rivolto verso di lei. Da quanto ne sapeva, era rimasto in quella posizione per tutta la notte come se, anche durante il sonno, non riuscisse a girarsi. La mattina si era svegliata due volte per paura di aver immaginato le ultime trentasei ore. Ogni volta, però, vederlo girato verso di lei l'aveva tranquillizzata.

Appena vide che Angie aveva gli occhi aperti, Grant entrò e salì sul letto. «Buongiorno, dormigliona», le disse prendendola tra le braccia.

I pantaloni di flanella e la maglietta di cotone le accarezzarono la pelle nuda mentre la abbracciava. Profumava di dentifricio e... bacon? Ma che cavolo!

«Hai fatto il bacon, l'hai mangiato e non mi hai svegliata?», lo accusò.

«Sì, ma te ne ho tenuto da parte metà. Sapevo che sarei stato spacciato se non l'avessi fatto», disse con una risata.

«Puoi contarci», mormorò lei avvicinandosi a lui. «Ho una domanda seria da farti».

Le sue mani, che le stavano disegnando dei cerchi sulla schiena, si fermarono. «Che succede?»

«Ho notato che hai un tubetto di lozione idratante sul comodino, proprio vicino al rotolo di carta igienica».

«Sì», rispose lui, riprendendo ad accarezzarle la schiena.

«E tieni gli stessi oggetti anche in ufficio, proprio vicino al computer».

«Sì, infatti».

«Ma quanto ti masturbi? Hai una tabella oraria? Insomma, vista la quantità di lozione potresti tranquillamente farlo a tempo pieno per un decennio e averne ancora abbastanza per lubrificare i motori delle macchine di tutto il vicinato», gli disse sorridendo contro la sua spalla, facendo poi riferimento alla loro prima conversazione: «Non era una critica, era solo una domanda».

Nonostante quella rassicurazione, lui si irrigidì e si ritrasse di alcuni centimetri. «Non è per... l'autoerotismo».

«Certo», replicò Angie con un sopracciglio inarcato.

«Davvero», disse mentre si sedeva e la guardava, offeso. «Ho le mani secche».

«Nessuno ha le mani così secche. Neanche se sei nella Valle

della Morte a luglio, a mezzogiorno». Si sedette anche lei, accucciandosi sulle gambe e portandosi una ciocca dietro l'orecchio. Si sentiva meno fiacca e aveva le palpebre meno pesanti. A quanto pareva, prendere in giro Grant la rinvigoriva. Il che era un bene, dal momento che aveva intenzione di farlo spesso.

«Mi piace comprare all'ingrosso, e per i beni non deperibili è una tattica economicamente efficiente», dichiarò.

Cristo, perché sentirgli dire cose come *economicamente efficiente* e *non deperibile* la eccitava così? Forse avrebbe dovuto considerare l'idea di abbandonare i romanzi erotici e procurarsi dizionari ed enciclopedie.

«Anche ammesso che accetti la tua delucidazione, e non lo sto facendo, comunque non si spiega la carta igienica».

«Mi serve per soffiarmi il naso. Non ho ancora trovato i fazzoletti».

«Per soffiarti il naso? Adesso si dice così?».

Per un attimo sembrò che Grant la volesse strozzare. «Ho l'allergia».

«Ma per favore». Gli diede una leggera gomitata sul fianco, dove sapeva che soffriva il solletico, e lui scattò ridendo. «Non potevi comprare altri fazzoletti?»

«Piantala di farmi il solletico, donna», le disse prendendole i polsi e fermandoglieli ai lati del corpo. «Sono troppo tirchio per comprare altri fazzoletti se so che li ho già. Avevo intenzione di finire di disimballare tutto questo fine settimana, ma sono stato distratto».

Lei sorrise compiaciuta per aver sconvolto i suoi piani. «Va bene, farò finta di crederci. Ma allora dovrai confessare un'altra cosa».

«Vai, chiedimi quello che vuoi».

«Sei un patito di tabelle, giusto?».

Prima di risponderle le baciò il collo. «Sì, probabilmente perché da piccolo ero sempre malato e i miei facevano prospetti di tutto quello che facevo e mangiavo, e alla fine ho iniziato a farli da me. Speravamo di trovare uno schema ricorrente che ci facesse capire quando mi sarei potuto ammalare. Quando poi ho iniziato a usare tabelle per lavoro, ero già abbastanza esperto a organizzare i dati in quel modo».

«Torna tutto». Gli picchiettò il petto con l'indice e gli sorrise. «Allora, ecco la domanda: hai una tabella anche per la tua vita sessuale, vero?».

Grant farfugliò qualcosa e iniziò ad arrossire.

«Ammettilo, bonazzo. Ieri mi hai fatto vedere la tabella per la frutta e la verdura che mangi».

«*Il piano prodotti agricoli*».

«E quella per tenere d'occhio quanto esercizio fai e cosa fai esattamente a ogni sessione».

«*I fondamentali del fitness*».

«Ed è la stessa in cui ti segni i pesi che usi, quante ripetizioni e quante serie fai, i minuti di recupero e la stima del numero di calorie consumate».

«La precisione paga».

«E poi c'è quella dei libri che hai letto, con il numero di parole e il tempo che hai impiegato per finirli».

Era una lista incredibile, lunga e varia. Magari non leggevano gli stessi generi, ma non poteva biasimarlo perché amava la lettura.

Vedere quella tabella l'aveva anche un po' eccitata. Sul serio, non capiva come aveva fatto a non rendersene conto prima: amava gli uomini belli e nerd. O forse adorava solo Grant, che per puro caso era bello e nerd.

«*Libri letti*. Quella è la mia preferita».

«Quindi, dicevo: ammettilo, hai una tabella anche per scopare. Probabilmente l'avrai battezzata *Erotismo essenziale* o

Piacere del pene. O *La vagina viene*, visto che a quanto pare ti piacciono le allitterazioni».

«Non ho una tabella per quello», ribadì.

«Dovrei crederti? Sei fissato».

Grant sospirò. «Potrei averci pensato…».

«A-ha!».

«Ma poi ho capito che non me ne serve una».

Angie aggrottò le sopracciglia. «Perché no? La nostra vita sessuale non è importante come la quantità di cavolo verde che mangi?»

«Certo», rispose stringendole le braccia in vita e portandola sopra di lui, «molto di più. Appunto per questo non ne ho bisogno, perché è troppo importante da dimenticare. Mi ricordo ogni volta che l'abbiamo fatto, tutte le cose che ti eccitano, tutto quello che ti fa fremere…».

Le mordicchiò il labbro inferiore e lo succhiò. Nonostante si stesse sforzando, Angie non riuscì a trattenere un fremito.

«Quello che ti fa ansimare…».

Le afferrò i glutei e premette la sua erezione contro l'intimità di lei, e a quella pressione ansimò.

«Quello che ti fa venire». La voce di Grant era diventata profonda, più roca.

Senza dire altro, si distese e fece scivolare il corpo di lei fino a farsela sedere a gambe divaricate sulla faccia. A quel punto Angie si dimenticò di qualsiasi tabella.

Più tardi, la stessa mattina, Angie si sedette dall'altra parte del tavolo rispetto a Grant e pensò a quello che avrebbero passato quella settimana.

«Come ce la gestiamo al lavoro?», gli chiese.

Pulendosi la bocca con un tovagliolo, si piegò all'indietro e osservò attentamente la cucina: piani d'appoggio ovviamente puliti, molti mobiletti, utensili in acciaio inossidabile e pavimento in legno scuro. Molto spartana, come ci si aspetta da qualcuno che si è appena trasferito, ma anche da uno che adora la logica e le tabelle.

Era molto... da Grant.

Lui bevve un sorso di tisana prima di risponderle.

«Be', avevo pensato di chiamare Tina, dirle che scopiamo, mettere un video su YouTube e mandarle il link. Ma magari tu hai un'idea migliore».

Angie quasi soffocò mentre mangiava la sesta fetta di bacon. «Cristo, Grant», disse tra le risate, «ho una cattiva influenza su di te. Che linguaggio sboccato».

«L'*altro* mi ha posseduto». Bevve un sorso guardandola con una luce maliziosa negli occhi azzurri. Era abbastanza per farle venire voglia di traviarlo ancora di più, nel modo più veloce e totale possibile, magari con l'aiuto di qualche oggetto di scena. Quel pensiero la fece fremere sulla sedia. "Datti una calmata, prima dobbiamo discutere di cose importanti", si disse.

«No, dico davvero: ci evitiamo il più possibile facendo finta di essere solo colleghi, o diciamo di essere amici e nascondiamo il resto?».

Grant posò la tazza. «Che sia un bene o un male, Tina mi ha detto di tenere d'occhio l'Antietam, quindi non possiamo evitarci».

Angie non sapeva come sentirsi. Anche se era eccitata all'idea di avere Grant vicino, come cavolo avrebbe fatto a lavorare col pensiero di sbatterlo contro uno scaffale e farselo fino a svenire? Come avrebbe fatto a nascondere quello che provava se avessero lavorato a pochi metri di distanza l'uno dall'altra? E come cazzo avrebbe fatto a nascondere il concorso della scena di sesso con lui in mezzo ai piedi? Questo, se non gliene avesse parlato prima di andare al lavoro l'indomani. Non le piaceva mentirgli, era una cosa che odiava.

Aveva passato buona parte del giorno prima – quella parte che non aveva trascorso sotto o sopra di lui, almeno – a torturarsi sulla questione e su come comportarsi. Confessargli tutto avrebbe causato un bel po' di problemi, sia professionali sia personali.

Se gliel'avesse detto e lui avesse deciso di non dire niente a Tina, avrebbe messo a rischio il suo lavoro, nel caso in cui l'amministrazione avesse scoperto il concorso. E venire a conoscenza del suo inganno l'avrebbe fatto arrabbiare. Magari sarebbe stato così furioso da cambiare idea su di lei. Si erano appena messi insieme, non voleva mettere a rischio la loro relazione.

Certo, se l'avesse scoperto da solo si sarebbe sentito ancora più tradito, ma forse sarebbe riuscita a nascondergli tutto e a risolvere il casino prima di San Valentino. Era domenica, San Valentino era giovedì. In quattro giorni il pericolo sarebbe passato e lei sarebbe stata salva. A parte il fatto di dover nascondere una torbida relazione col suo capo, ma quello era un problema a lungo termine.

Poteva farcela; per un bene superiore avrebbe mentito per qualche giorno e avrebbe pregato ogni istante che nessuno la scoprisse.

Era un rischio che doveva correre, perché il pensiero di Grant deluso e con uno sguardo di disapprovazione... No, non poteva dirglielo, non se aveva un'alternativa.

«E, come hai già detto, non sono molto bravo a mentire», continuò lui.

"Al contrario di me", pensò Angie. "Io sono brava. E per arrivare alla fine di questa settimana *devo* esserlo". Il senso di colpa le attanagliò lo stomaco. O forse era la vagonata di bacon che aveva mangiato, difficile a dirsi.

Grant prese la sua tazza e la mise nell'acquaio. «Per questo ha senso la storia dell'amicizia. Se vedono che ci comportiamo un po' troppo amichevolmente per essere dei colleghi, almeno avremo la spiegazione pronta».

«Sì, logico. A proposito, Penny e Mary sanno già tutto. La parte prima di questo fine settimana, almeno. Ma non preoccuparti, non diranno niente».

«Lo sanno?», le chiese voltandosi verso di lei con un'espressione preoccupata. «Sarà una cosa saggia?»

«Gliel'avevo già raccontato prima di sapere che volevi mandare avanti la nostra relazione in segreto. Credevo fosse finita, quindi era del tutto irrilevante che fossimo stati a letto insieme».

«Però...», sospirò lui, «be', avrei preferito che non lo sapessero».

«Bonazzo, sarebbe stato difficile nasconderglielo. E ormai è troppo tardi per poter fare qualcosa. Davvero, ti puoi fidare di loro, non diranno niente né a Tina né a nessun altro. Non lo saprà nessuno». Fece una pausa e continuò: «A parte Constance, Helen e Sarah, anche loro sanno tutto».

Grant sospirò stropicciandosi il viso con le mani.

«E anche Blaine, ma quella non è stata colpa mia».

Lui sospirò di nuovo.

Angie si alzò e mise il suo piatto nell'acquaio; poi si accomodò tra le braccia di Grant e, mentre lui l'abbracciava, il suo mondo tornò in armonia. Gli baciò velocemente il collo e lo guardò.

«Credo che fingere di essere amici sia la decisione giusta, si spiegherebbero l'affetto e il fatto che conosciamo molte cose l'uno dell'altra».

Grant si chinò per baciarla e le sue mani calde le scivolarono sotto l'orlo della maglietta che le aveva prestato, fermandosi sulla schiena.

«Ma non dovremo fare niente che insospettisca gli altri», disse lui.

«Non dovrebbe essere un problema. D'altronde non è che scoperemo in biblioteca, no?», scherzò Angie. «Ti voglio, ma non ho perso completamente il controllo».

Grant rise. «Appunto. Basta non fare niente di discutibile e andrà tutto bene».

Capitolo 22

«Oh, cazzo», esclamò premendole le dita sui fianchi a ogni spinta. «Ci sono quasi».

Lei si aggrappò alla scrivania spingendosi indietro verso di lui. Il suo seno era schiacciato contro il legno freddo, in piacevole contrasto con il calore che sentiva dietro e dentro di sé.

«Mi serve una mano», ansimò.

Subito lui fece scivolare una mano tra il suo ventre e la scrivania cercando il clitoride e, una volta trovato, iniziò a stuzzicarlo con due dita. Ormai sapeva esattamente in che modo toccarla. A quella piacevole pressione lei inarcò la schiena offrendoglisi in modo ancora più provocante. Lui ne approfittò subito spingendo ancora più a fondo mentre le dita continuavano a muoversi.

Con un ultimo tocco perfetto, il piacere di Angie sfociò in un orgasmo. Soffocò a stento un urlo, sfregandosi contro la mano e il membro di Grant. In pochi secondi venne anche lui con un gemito e un'ultima spinta profonda.

Restò dentro di lei col peso sulla sua schiena, reggendosi sugli avambracci appoggiati alla scrivania. Dopo un minuto Angie guardò l'orologio: le nove e un quarto.

«Merda».

«Che c'è?», le chiese baciandole delicatamente la nuca.

«Penny sarà qui a momenti. Il martedì arriva sempre un po' prima».

Grant fece scivolare la bocca sulla sua schiena facendola rabbrividire.

«Dille che siete chiusi, ordini del capo».

Lei rise. «Non si può, *capo*. L'Antietam deve aprire, c'è una lettura di fiabe speciale per San Valentino».

Grant scivolò fuori con un lamento. «Va bene, allora».

I suoi slip erano finiti chissà come sullo schermo del computer, quindi li prese e se li infilò, poi tirò giù la gonna. Perfetto, come nuova. Tranne per il fatto che si sentiva umida tra le gambe e il suo chignon era disfatto, come se qualcuno avesse affondato le mani tra i suoi capelli e li avesse tirati in un impeto di passione. Probabilmente perché era esattamente quello che era successo. Quella lieve fitta di dolore l'aveva fatta gemere e si era stretta di più a lui.

Riuscì a resistere all'impulso di buttare Grant sulla scrivania e fargli rifare quella mossa. «Cos'è successo al mio supervisore iperprofessionale?», riuscì a chiedere in un tono in qualche modo normale. «Aspetta, lo so: dirai che sei stato posseduto dall'altro, vero?»

«Credo che tu abbia raggiunto l'obiettivo di scoparmi fino a svenire». Impacchettò il preservativo usato in un fazzoletto che mise in un piccolo scomparto della ventiquattrore e si tirò su la cerniera dei pantaloni. «Mettiamola così: ieri siamo stati professionali tutto il giorno, meritavamo una ricompensa».

«Mi hai fatto un lavoretto di bocca quando abbiamo chiuso».

«Come ho detto, siamo stati professionali tutto il *giorno*, non ho parlato della sera. Quando la biblioteca chiude è già buio».

Lei lo rimproverò con un cenno e poi andò in bagno per darsi una sistemata. La donna allo specchio non sembrava aver passato la mattina a controllare DVD e libri restituiti. Aveva le guance arrossate, i capelli scompigliati e la gonna spiegazzata. No, non sembrava per niente qualcuno che aveva rimesso a posto i libri sugli scaffali. Sembrava più qualcuno che aveva passato la mattina con un uomo tra le gambe. E, per quanto sapesse che era rischioso, in quel momento non gliene importava nulla. Si sciacquò il viso e si pettinò con una mano per darsi una parvenza d'ordine. Meglio. Ora sembrava qualcuno che avesse fatto una passeggiata prima del lavoro. Con la gonna alzata fino in vita.

«Angie?».

Una voce familiare la chiamò da fuori. Angie si tirò giù velocemente il maglione e la gonna. Penny si affacciò: «Tutto bene? Sei lì già da... lasciamo perdere».

«Controllavo di non avere cibo tra i denti», si giustificò Angie.

«Cazzate».

«Se ti dicessi che ho fatto una lunga passeggiata prima del lavoro mi crederesti?».

Penny alzò gli occhi al cielo. «No. Ti crederei se dicessi che ti sei fatta il tuo capo sul posto di lavoro, nonostante così rischiate entrambi di essere licenziati».

«Almeno non ho fatto zozzerie su dei poveri animali di peluche nell'area dei bambini».

«No, quella te la sei tenuta per i poveri animali di peluche nella stanza delle fiabe della Downtown».

«Touché».

«Non potete andare avanti così. Capisco che sia difficile non saltarvi addosso. Che cavolo, è il motivo per cui Jack non viene mai qui».

«Credevo fosse perché ha paura che lo riconoscano».

«Anche, ma principalmente perché rischiamo di trovarci nudi su una pila di romanzi rosa Amish».

Angie storse il naso. «Cavolo. Quei romanzi sono pieni di buoi... e c'è il rischio di tagliarsi con la carta».

«Tornando al discorso iniziale: se volete mantenere segreta la relazione finché Grant non trova un altro lavoro, devi darti una calmata».

«Lo so», sospirò. «Mi aspettavo che fosse lui la voce della ragione nella coppia, ma a quanto pare non è così».

Penny le diede un colpetto sul braccio. «Quell'uomo è pazzo di te, non sta pensando lucidamente. Per il bene del suo lavoro, sei tu che devi pensare lucidamente per tutti e due».

«Sai che non è il mio forte».

«Lo so, ma per lui ne vale la pena, no?».

Angie sospirò di nuovo. «Sì. Va bene, è ora di far debuttare Angela Burrowes, fonte di buonsenso e decisioni sagge».

Penny sorrise e si avviò verso il banco prestiti. «Non vedo l'ora di conoscerla».

«Anch'io», mormorò Angie seguendo l'amica fuori dal bagno.

«Grant», sibilò togliendosi la mano di lui dal sedere. «Siamo al lavoro».

«Non ci vede nessuno. La biblioteca è vuota e Penny è andata a pranzo».

Le sue dita tornarono a fare quello che stavano facendo, cioè tracciare le linee del fondoschiena e palparle i glutei. Era fantastico. Aveva voglia di togliergli la cravatta e... No, no. Fonte di buonsenso e decisioni sagge.

«Non è questo il punto», gli disse spostandosi dal computer dell'ufficio dov'era seduto. «Non possiamo farlo qui, e lo sai».

Lui si appoggiò allo schienale della sedia e sospirò. «Lo so».

«Se la situazione fosse diversa sarei elettrizzata dall'avere le tue mani dappertutto, ma non voglio che rischi il lavoro».

«Per te ne vale la pena».

Lei gli sorrise. «Mi fa piacere che lo pensi, anche se non sono d'accordo. Ma anche se lo fossi...».

«Che vuol dire che non sei...».

Lei ignorò la protesta. «...te lo devo dire: se te la senti, rischia il lavoro per me, per noi. Ma non rischiarlo per fare sesso in biblioteca. È un motivo stupido per farsi licenziare».

«Hai ragione, vedrò di evitare di fare stupidaggini», le rispose stropicciandosi il viso.

«Lo giuri?»

«Giuro». Quando si tolse le mani dal viso, poté vedergli un barlume di malizia negli occhi. «Dopo un ultimo bacio», aggiunse facendo scivolare la sedia fino a lei.

Lei si chinò e posò le labbra sulle sue, e dopo pochi secondi si staccò, riluttante. «Okay, basta così. Sei ufficialmente bloccato finché non ce ne andiamo dalla biblioteca».

«Donna crudele», le rispose tornando al computer dopo una lunga occhiata al suo seno.

Lei tornò al banco e rispose a qualche e-mail di lavoro. Quando sentì aprirsi la porta, alzò lo sguardo e si trovò davanti uno dei suoi utenti preferiti.

«Ciao, Angie», salutò Brenda. Aprì la sua grande borsa di pelle tirando fuori dei libri che posò sul banco. «Questi mi sono piaciuti tutti, in particolare *Sferruzzare con la frusta*. Chi avrebbe mai pensato di scrivere un libro su un circolo di uncinetto/club di dominatrici?»

«Io no di certo. Ho un'immaginazione fervida sulle cose sconce, ma non mi sarebbe mai venuto in mente di usare i ferretti in quel modo».

Angie prese i libri, li passò allo scanner e li mise sul carrello. «Quelli che hai prenotato per il prestito sono sul retro, te li vado a prendere».

Appena girò l'angolo Grant la guardò negli occhi.

«*Sferruzzare con la frusta*?», sussurrò. «Davvero? È il seguito di *Sculacciate per ricordare*, quello dell'album dei ricordi porno?».

Angie lo ignorò, prese i libri per Brenda e li portò al banco prestiti. «Ecco qui. Come sta Carl?»

«A casa con l'influenza, povero. Ma appena gli leggerò qualcuno di questi libri si tirerà su».

Angie inarcò le sopracciglia. Se Brenda avesse letto a Carl il libro che aveva appena preso in prestito – *Donne che urlano... di piacere: antologia* – immaginava cosa si sarebbe tirato su, e dallo sguardo diabolico della donna capì che era esattamente quello che intendeva dire.

La guardò attentamente, studiando i morbidi ricci biondi e i vestiti su misura che indossava. Doveva ricordarsi ogni dettaglio, perché voleva diventare il suo clone di lì a trent'anni. Quella donna era una forza. Se Penny avesse mai sposato Jack, si sarebbe trovata una suocera da paura.

«Quando avremo notizie del concorso?», chiese Brenda.

Angie ringraziò il cielo che la donna non avesse specificato quale, e fortunatamente la stessa risposta valeva per entrambi. «Contatteremo i vincitori la sera prima di San Valentino».

«A proposito, cos'è successo ai poster dell'evento? Quella bella carne luccicante mi ricordava i vampiri adolescenti».

Merda. Sapeva che Grant stava ascoltando tutto dall'ufficio. Come poteva sviare senza tradirsi?

«Li abbiamo tolti per mettere quelli nuovi», disse Angie indicando quelli che pubblicizzavano il concorso di Facebook. «Quelli vecchi non erano *appropriati*».

Guardò Brenda e indicò l'ufficio con un cenno del capo, sperando che la donna afferrasse. Brenda sapeva perché la sezione di romanzi erotici era stata tolta e aveva sentito che Angie era in bilico, quindi forse avrebbe capito.

«Perché quelli vecchi non sarebbero stati...», iniziò Brenda, poi spalancò gli occhi. «Ah. Sì, avete fatto bene a cambiarli».

Angie sospirò di sollievo. «Lo credo anch'io. La biblioteca deve stare al passo con i cambiamenti».

«Allora, cara, hai un visitatore, oggi? Mi farebbe piacere raccontare del tuo incredibile lavoro in questi anni».

«In effetti sì. Grant Peterson, il mio nuovo supervisore, è in ufficio».

«Immaginavo», ammiccò la donna.

Grant comparve sulla porta e si avvicinò per stringere la mano di Brenda. «Lei dev'essere Brenda Williamson. Penny mi ha parlato molto di lei e di suo figlio».

«Però», mormorò Brenda guardando Grant, «guarda che bel figliolo. Sembri scolpito nel marmo».

Grant sbatté le palpebre, non sapendo come rispondere a quella frase. Angie aveva in mente una risposta, ma non poteva dirla ad alta voce: "Già, Brenda, è proprio come il marmo, bello e duro. E l'ha ampiamente dimostrato giusto stamattina".

«Già, Brenda, il mio supervisore è uno dei pochi uomini che ammiro».

«Ha parlato di *carne luccicante* sui vecchi poster?», si incuriosì Grant. «Che cosa pubblicizzavano?».

Brenda sobbalzò, girandosi verso Angie con uno sguardo di scuse.

«Avevamo organizzato degli eventi sui buoni propositi per l'anno nuovo e nei poster c'era molta gente sudata che faceva sport», improvvisò Angie. «L'iniziativa ha avuto molto successo».

«Non ricordo di aver visto quegli eventi nei tuoi resoconti», replicò lui aggrottando le sopracciglia.

«In quei giorni non c'ero e la sostituta si è dimenticata di scrivere le cifre. Non volevo tirare a indovinare il numero di persone che ha partecipato, quindi non ho contato quegli utenti nelle statistiche».

"Lascia perdere, Grant. Per una volta nella tua vita fondata sui dati, lascia perdere".

«Allora, Grant», disse Brenda sporgendosi verso di lui, «raccontami un po' di te».

Angie colse quel palese tentativo di sviare l'argomento e le sorrise grata mentre prendeva il carrello e lo spingeva nella biblioteca. All'ingresso vide Penny che tornava dalla pausa pranzo. Ottimo, le serviva qualcuno al banco finché Grant non si fosse dimenticato della gente luccicante sui poster.

Si rintanò nella sezione adulti rimettendo i libri sugli scaffali, e piano piano i battiti del suo cuore si normalizzarono. Dio, se fosse riuscita a tenere segreto il concorso della scena di sesso fino alla fine della settimana sarebbe stato un miracolo. In realtà vi aveva già assistito, ultimamente: pensando al suo Miracolo non poteva fare a meno di sorridere. Forse, dopo tanti anni, un po' di fortuna se la meritava. Poi, come se l'avesse richiamato col pensiero, lui le comparve davanti.

«Angie, dobbiamo parlare», le disse. Sembrava una cosa seria, addirittura grave.

"Oddio, ti prego, fa' che non sia la fine di tutto". Non riuscì a dire neanche una parola, ma lanciò un'ultima lunga occhiata all'uomo che avrebbe potuto licenziarla *e* lasciarla nella stessa conversazione. Le apparì un sorriso amaro sulle labbra. Si sarebbe svolto tutto in maniera efficiente, era sicura che lui avrebbe apprezzato.

«Penny ha detto che starà al banco per un po', perché non andiamo in ufficio?».

Si sentiva come se fosse qualcun altro a muoversi. Qualcuno che non stava per scoppiare a piangere scappando nella direzione opposta. Ma continuarono a camminare senza che lei si rendesse bene conto di dove stava andando finché non arrivarono alle sedie dell'ufficio. Mentre Grant chiudeva la porta, lei si sedette su una sedia come se questa potesse rompersi sotto il suo peso, come se tutto quello che toccava avesse potuto andare in pezzi.

Lui si accomodò dall'altra parte del tavolo. «Angie...».

La sua esitazione nel continuare il discorso sembrava allungarsi all'infinito, finché non ce la fece più.

«Dài, dillo. Cristo santo, Grant, parla».

Lui sospirò ma la guardò dritta negli occhi quando iniziò a parlare: «So che non ne vuoi parlare, e io non vorrei sembrare come i tuoi genitori, ma dobbiamo discutere del tuo modo di prendere decisioni sul lavoro». La sedia cigolò mentre lui si muoveva avanti e indietro. «So che dopo il modo in cui mi sono comportato recentemente non dovrei parlare. Ma ci tengo a te, voglio che tu sia felice. Quindi spero che potremo gestire la situazione senza troppi conflitti», le disse sporgendosi verso di lei.

Aveva scoperto del concorso e l'aveva perdonata? Così?

«Non voglio che tu venga licenziata. Quando cambierò lavoro non potrò proteggerti, quindi se iniziamo a cambiare le cose ora, ti sarai abituata prima che arrivi qualcuno a sostituirmi».

Angie non ce la faceva più, doveva sapere: «Riguarda i poster e il concorso?», chiese a voce bassa.

Lui inclinò la testa. «No, perché?»

«Niente», replicò. "Un altro miracolo, chi l'avrebbe mai detto?".

«Il motivo per cui ne stiamo parlando adesso è perché ho appena ricevuto una e-mail di Winona delle risorse umane, che mi ricorda che dovrei parlarti di professionalità e poi riferirle tutto. Quindi eccoci qui», disse indicando entrambi.

Angie respirò piano. «Mi sembra giusto».

«In questi giorni ti ho osservata mentre eri con gli utenti, e sei fantastica. Avresti dovuto sentire quanto Brenda ti ammira e apprezza il lavoro che fai. Sei affettuosa, disponibile, solerte... La biblioteca non poteva avere una responsabile migliore».

Lei arrossì a quel complimento. Era doppiamente dolce, considerando che arrivava dal suo capo e dall'uomo che amava.

"Porca vacca. Lo amo davvero. Non mi sto innamorando, sono *già* innamorata".

Grant poggiò le mani sul tavolo. «Da quello che ho visto, il problema principale è che le cose che ti hanno messa nei guai in passato sono quelle che ti fanno felice. Non voglio toglierti questa felicità, ma non voglio neanche che ti licenzino. E perdere questo lavoro ti renderebbe triste, solo in maniera diversa. Quindi sono giunto alla conclusione che bisogna trovare un modo di bilanciare lavoro e felicità».

Aveva ragione, non ne voleva parlare; ma almeno, al contrario delle migliaia di conversazioni che aveva avuto con i suoi, Grant stava affrontando il problema cercando di capirla davvero e rispettandola. Non voleva solo inculcarle quello che lui considerava un comportamento appropriato, ma voleva anche che fosse felice.

Capitolo 23

Grant stava fissando le cifre sullo schermo del computer dell'ufficio dell'Antietam, ma in realtà non le vedeva. Restò invece concentrato su Angie che faceva i giri della biblioteca per accendere i computer, controllare i libri restituiti e sistemare la sala pubblica. Erano arrivati con un'ora di anticipo in modo che lei potesse prepararsi per i programmi speciali della giornata.

Penny quella mattina aveva organizzato una lettura per San Valentino, i bambini avrebbero decorato dei biglietti per i loro genitori e dipinto cuori sui salvadanai a forma di maialino. Nel pomeriggio Angie si sarebbe occupata del cineforum di film romantici nella sala pubblica. Sorprendentemente non aveva scelto film discutibili, nonostante avesse dichiarato di essere una grande fan di *Secretary* e *Cinquanta sfumature di grigio*. Gli utenti avrebbero quindi banchettato con pop-corn e biscotti a forma di cuore mentre guardavano classici come *Accadde una notte* e film più recenti come *Le pagine della nostra vita*.

Diverse sezioni mettevano in evidenza libri sull'amore, compresi saggi che esaminavano la scienza dell'attrazione.

Mary aveva abbellito magnificamente la biblioteca in vista di quel giorno: c'erano nastri bianchi e rossi appesi al soffitto e sugli scaffali, piccole immagini di Cupido appese alle pareti e cesti pieni di cuori di cioccolato posti sui vari tavoli delle zone pubbliche.

Cristo, non poteva credere che fosse già San Valentino.

Non poteva credere di avere finalmente qualcuno con cui festeggiare la ricorrenza, qualcuno che adorava oltre ogni immaginazione. Avere Angie nella sua vita aveva reso migliore ogni minuto. A quel punto non poteva immaginare una vita senza di lei, e non voleva neanche.

Ma c'era una buona dose di preoccupazione che smorzava la sua gioia. Avrebbe voluto portare fuori Angie per una cena romantica, ma non poteva rendere pubblica la loro relazione; avrebbe voluto passare tutta la giornata a dimostrarle quanto l'adorava, ma stavano lavorando entrambi ed erano d'accordo sul non saltarsi addosso in biblioteca, quindi non poteva neanche darle un bacio se entrava nell'ufficio. Certo, le aveva già dato dei fiori e un considerevole buono da spendere in romanzi erotici per riempire fino all'inverosimile il suo e-reader, e lei gli aveva regalato un bel biglietto, la versione aggiornata di Excel e un libro su come fare gli animali con i palloncini. «Nel caso non riuscissimo a usare tutti i preservativi prima che scadano», gli aveva spiegato con un sorrisetto furbo. Avevano in programma di preparare una cenetta romantica appena arrivati a casa, e lei non lo sapeva ma Grant aveva un altro regalo speciale che l'aspettava: una collana con uno smeraldo brillante come i suoi occhi; sgargiante, bello e un po' appariscente, proprio come lei.

Ma aveva comunque la sensazione che tutto fosse... incompleto. Nonostante la loro relazione fosse iniziata da meno di una settimana, era già stanco di nascondersi. Quel giorno più di ogni altro sentiva il bisogno di dichiarare con orgoglio che Angie era sua, che lei l'aveva scelto. Una donna così piena di vita e meravigliosa voleva *lui*. Sembrava un miracolo. Dal venerdì precedente avevano passato tutte le notti insieme e, nonostante andasse nelle altre succursali, iniziava e finiva la giornata sempre all'Antietam, in modo che potessero vedersi anche durante il giorno. Lei gli sorrideva, gli diceva di tenere a lui, rideva di lui e con lui e ci faceva l'amore ogni volta che erano a casa di uno dei due. Sembrava tutto magnifico e, viste le circostanze, perfetto, per quanto possibile. Ma Grant sapeva che qualcosa non andava: le rughette sulla fronte di lei non erano mai sparite, tranne quando dormiva, e a volte nemmeno in quei momenti. A volte si era svegliato e l'aveva trovata seduta sul divano al buio, con la testa appoggiata sulle ginocchia e le braccia che stringevano le gambe. Allora l'aveva riportata a letto, tra le sue braccia, e alla fine si era addormentata. Lui, però, rimaneva sveglio a pensare, a preoccuparsi.

Non sapeva esattamente cosa la tormentasse; lo sforzo di tenere segreta la loro storia di sicuro la stressava, così come stressava lui, ma non pensava che la fonte di quell'angoscia si sarebbe palesata in modo così diretto. Aveva scoperto che con Angie capitava ben poche volte.

In diverse occasioni le aveva chiesto cosa la tormentava, se era arrabbiata, se si pentiva della loro storia. E ogni volta lei si era accoccolata tra le sue braccia e gli aveva risposto che non aveva niente, che non era arrabbiata, che ci teneva a loro e che lo voleva in qualsiasi modo potesse averlo. Non aveva mai trovato segni che indicassero che stava mentendo, ma smascherare le bugie non era il suo forte.

Non aveva più ripreso la conversazione di due giorni prima sulla sua impulsività; forse aveva esagerato. Sospirò. Gli serviva una distrazione. Guardò l'orologio e notò che la biblioteca non avrebbe aperto prima di un quarto d'ora. La sua giornata lavorativa non era ancora iniziata ufficialmente.

«Angie? Ti ricordi il sito che Mary ci ha fatto vedere la scorsa settimana, con quelle foto di famiglia orribili?».

Lei arrivò nella stanza, sembrava scocciata. «Sì. Quindi?»

«Ti ricordi come si chiamava?»

«No, ma puoi cercare su Google o guardare nella cronologia. Se ti serve la password, quella predefinita della biblioteca è attaccata in altro a destra dello schermo».

«Molto sicuro», ironizzò.

Angie sorrise. «Be', abbiamo pensato che attaccare un post-it su un sasso da mettere nella CPU sarebbe stato troppo scontato, e anche molto meno comodo».

Lei si guardò intorno e poi lo baciò velocemente prima di tornare in biblioteca. Poco dopo il telefono squillò ma nessuno dei due rispose. Entrambi sapevano che, se i bibliotecari avessero risposto al telefono prima e dopo gli orari di apertura, non avrebbero più combinato niente.

La segreteria telefonica si attivò e la voce di Angie riempì la stanza. «Avete chiamato la biblioteca Antietam del circuito bibliotecario pubblico della contea di Nice. Siamo aperti dal lunedì al venerdì dalle dieci alle diciannove e il sabato dalle dieci alle quattordici. Lasciate un messaggio e vi richiameremo appena possibile, grazie».

Dopo un lungo *bip*, si sentì una voce familiare.

«Questo è un messaggio per Angie. Angie, sono Brenda. Volevo dirti quanto sono stata emozionata quando ieri ho ricevuto la tua e-mail in cui mi dicevi che ho vinto il concorso. Jack ovviamente è sconvolto, ma il talento letterario l'avrà pur preso da qualche parte».

Grant aggrottò le sopracciglia. Brenda non aveva vinto il concorso di Facebook, l'aveva vinto una giovane coppia che si era conosciuta durante un'escursione. La donna si era imbattuta nell'uomo che era ferito gravemente dopo una brutta caduta da un sentiero di montagna e l'aveva aiutato a salvare il braccio. Era una bella storia, anche se Grant la trovava un po' troppo cruenta. Troppe scene splatter. Ciò nonostante il racconto aveva ottenuto più *like* e aveva vinto. Aveva anche visto il post di Angie sulla pagina della biblioteca in cui si congratulava.

«Sapevo che la storia di un musicista rock a cui piaceva esser domina...».

Si sentì un uomo borbottare interrompendo Brenda, che smise di parlare. Dopo pochi secondi di sussurri incomprensibili, la donna continuò: «Lascia stare, mi sono confusa». Poi abbassò la voce: «Scusa, Angie».

Il messaggio terminò e Grant fissò la segreteria pensando a quello che aveva appena sentito. Brenda non sembrava certo una persona che si confondeva facilmente, e comunque non così tanto da inventarsi un'e-mail su una rockstar dal nulla.

Tornò al computer, incapace di mettere insieme i pezzi. Si era dimenticato di un concorso per San Valentino riguardante le rockstar? Va be', pace, poteva sempre chiedere ad Angie più tardi. Decise poi di cercare il sito che Mary gli aveva fatto vedere la settimana prima. Cercare su Google "foto di famiglia brutte" aveva dato milioni di risultati, e i primi non li aveva neanche riconosciuti. Controllarli tutti sarebbe stata una cosa infinita, ci avrebbe messo molto più tempo di quello che aveva prima che la biblioteca aprisse e che la sua giornata lavorativa iniziasse ufficialmente.

Considerò l'idea di cercare tra i siti che gli sembravano più pertinenti quello che Mary gli aveva fatto vedere, ma decise di evitare: guardare nella cronologia sarebbe stato più veloce. Cliccò quindi sul pulsante in alto a destra dello schermo e comparve la lista dei siti visitati durante la settimana. Erano per lo più siti per insegnanti delle elementari e pagine sull'istruzione domiciliare. Ora che ci pensava, Penny aveva passato un bel po' di tempo a cercare lavoretti da fare per San Patrizio.

Ma c'erano un po' di siti strani che risultavano essere stati visitati circa una settimana prima... *Brani erotici*? Perché qualcuno in biblioteca avrebbe dovuto cercare quella roba? E il sito *Storie spinte*?

Grant chiuse gli occhi. Per favore, non Angie. Nonostante la sua sconsideratezza non sarebbe mai andata su quei siti usando il computer della biblioteca. Ma chi altri poteva averlo fatto? Non ce la vedeva proprio Mary visitare quelle pagine, e neanche Penny. E sapeva che lui non aveva guardato niente del genere. Quindi, a meno che qualcuno fosse entrato in biblioteca con lo scopo di visitare siti discutibili sul computer dell'ufficio, andando per esclusione Angie era l'unica che poteva averlo fatto. Il che voleva dire che avrebbero dovuto farsi una chiacchierata sulla professionalità. Affrontare l'argomento era l'ultima cosa che voleva fare, soprattutto dal momento che lei sembrava così inquieta.

"Non saltare alle conclusioni, raccogli qualche altra informazione".

Seguì il consiglio di Angie e utilizzò la password per controllare la cronologia di Google. Quello che trovò... non poteva spiegarselo. "L'incantesimo che gli lanciò gli fece diventare il membro duro come il granito"? Ma che cazzo... Perché Angie, o qualcun altro – oh, ma a chi voleva darla a bere? Era sicuramente Angie – avrebbe dovuto cercare frasi erotiche? Così strane, peraltro.

Merda, non poteva lasciar perdere. Doveva chiederle perché cavolo c'era quella roba nella cronologia. «Angie!», chiamò girandosi verso la biblioteca. «Dobbiamo parlare!».

«Arrivo, un minuto!», rispose lei.

Il telefono suonò di nuovo e dopo alcuni squilli rispose la segreteria. Questa volta fu un uomo a parlare dopo il messaggio di Angie.

«Ohi, ciurma! Parla Clarence. Volevo solo ringraziarvi per aver letto il brano di questo povero lupo di mare. Corpo di mille balene, sono un po' deluso di non aver vinto il concorso della scena di sesso per San Valentino con la mia storia di saccheggi e bottini, ma sappiate che parteciperò anche l'anno prossimo. Le avventure di Fernando il bucaniere andranno avanti, niente paura! Arrr!». Clarence riattaccò e nell'ufficiò tornò il silenzio. All'improvviso tutte le informazioni discordanti che avevano confuso Grant andarono a posto: una scena di sesso per il concorso di San Valentino che quello pseudopirata evidentemente non aveva vinto, ma Brenda sì. Il che spiegava la domanda della donna sui poster con la carne luccicante, le strane conversazioni telefoniche in cui Angie era coinvolta, le pareti vuote, la quantità di strisce di carta nella spazzatura che Grant aveva notato durante la sua prima visita all'Antietam, e soprattutto le cose strane che aveva trovato nella cronologia.

Ecco perché l'idea che Angie gli stesse nascondendo qualcosa non sembrava andare via: perché gli stava effettivamente nascondendo qualcosa. Qualcosa che avrebbe potuto farli licenziare entrambi.

Notò del movimento con la coda dell'occhio, e quando si girò vide Angie ferma sulla porta, bianca in viso. Si stringeva le mani ansiosamente: era ovvio che anche lei avesse sentito il messaggio.

Si alzò dal computer e andò verso la scrivania dell'ufficio, prendendo posto su una delle sedie. Con molta calma posò le mani sul tavolo. Per la prima volta dopo più di una settimana, il suo cervello funzionava alla perfezione: l'altro tizio che lo possedeva non c'era e Grant aveva riacquistato il pieno controllo di sé. Le indicò la sedia dall'altra parte della scrivania, e Angie si sedette.

«Grant, non so come dirti…».

«Quindi c'è un altro concorso, ho capito. Un concorso in cui gli utenti devono scrivere scene di sesso per la loro biblioteca pubblica».

Lei incurvò le spalle e si fece piccola piccola sulla sedia. Grant pensò che gli occhi lucidi e il continuo sbattere le palpebre indicassero che stava lottando per non piangere, ma chissà. A quanto pareva non era in grado di capire con precisione quello che le passava per la testa, quindi quella reazione istintiva alla sua angoscia non aveva senso, non aveva senso volerla abbracciare e consolare, visto che non la conosceva neanche così bene.

«Sì», rispose col fiato corto, «l'avevo già annunciato prima di conoscerti, ma da quel momento ti giuro che non ho fatto niente di discutibile».

«Mi hai mentito. Al nostro primo incontro ti ho chiesto espressamente se ci fosse qualcosa che avrebbe potuto creare problemi, se ci fosse qualcosa che avrei dovuto sapere, e tu hai detto di no. E da quel momento mi hai mentito un sacco di volte per cercare di nascondere il concorso».

«Non è stato quello il nostro primo incontro».

Ricacciò indietro il ricordo di quando l'aveva vista sul lato della strada e si era meravigliato di quanto sembrasse viva, sfrontata e bellissima.

«Al momento è irrilevante».

Angie sospirò, ma sembrava un singhiozzo. «Mi avevi chiesto se avevo qualcosa da dirti, ma poi hai detto che eri obbligato a informare Tina delle mie azioni, che il tuo lavoro dipendeva da quello. Hai detto che con un altro incidente del genere avrei perso il lavoro. Quindi come avrei potuto dirtelo?»

«Potevi dirmelo perché era la verità, perché le persone adulte affrontano le conseguenze delle proprie azioni».

Lei sobbalzò come se le avesse dato uno schiaffo. «Quindi avrei dovuto parlarti del concorso e rassegnarmi al licenziamento? È questo che secondo te avrei dovuto fare? Nonostante tu abbia visto quanto amo il mio lavoro e quanto mi impegno per il successo della biblioteca?»

«Avrei potuto non dirlo a Tina», replicò alzando la voce. «Non mi hai dato l'opportunità di proteggerti».

«No, perché stavo proteggendo me stessa *e* te. Se avessi deciso di non riferire niente avresti messo in pericolo il tuo lavoro, ma visto che non te l'ho detto nessuno ti avrebbe ritenuto responsabile. Se l'amministrazione mi scopre io affondo, ma non ti porto giù con me». Il tono della sua voce si calmò. «Poi ho capito che non mi avresti tradita, ma non volevo che tu mentissi, Grant. Non per quello», disse con un sorriso incerto. «Sappiamo entrambi che non sei bravo a farlo».

«Al contrario di te».

Angie chiuse gli occhi per qualche secondo e lui quasi si pentì di quello che aveva detto. Quasi.

Lei strinse le labbra, poi continuò: «Questa è bella, detta da uno che si è scopato una dipendente sotto il naso del suo capo. Sul posto di lavoro, peraltro. Non fare l'ipocrita, Grant».

Un misto di vergogna e rabbia gli strinsero la gola. «Io…».

«Sì, non dicendoti niente mi sono salvata il culo», disse infine lei riaprendo gli occhi e guardandolo dritto in faccia, «ma ho anche salvato il tuo. Siccome non ti ho parlato del concorso, non possono licenziarti per quel motivo».

«Davvero? Ne sei sicura? Perché, per come la vedo io, se qualcuno lo scopre perdiamo il lavoro tutti e due: tu perché hai di nuovo esposto contenuti a sfondo sessuale, e io per semplice incompetenza. Il fatto che tu abbia organizzato il concorso sotto il mio naso, nonostante tutto il tempo che ho passato qui ogni giorno, la dice lunga sulla mia intelligenza e sulle mie capacità manageriali. La biblioteca mi ha assunto per rimetterti in riga e ho fallito».

«La conversazione di due giorni fa…», disse lei con la voce rotta. «È questo che volevi fare? Rimettermi in… in riga?».

La sua calma svanì, e Grant si rese conto che il tizio che lo possedeva non se n'era andato del tutto. Questa particolare versione di lui voleva semplicemente urlarle contro invece che farsela.

«No!», esclamò sbattendo le mani sul tavolo. «Volevo capire la donna che amavo, che stava male senza motivo! Volevo dimostrarti che ti conosco, che ci tengo alla tua felicità, che hai delle scelte! Che ero dalla tua parte!». Rise amaramente e aggiunse: «Che stupido».

«"Amavo"? Tempo passato?». Angie si fece piccola sulla sedia e si strinse forte.

Grant scelse di non rispondere. «Sono cambiato per te, Angie. Ho tradito i miei princìpi e ho messo in pericolo il mio lavoro. Lavoro che, se ben ricordi, mi serve per la mia famiglia. E tutto questo per te. Ma tu non hai cambiato niente per me, hai continuato a mentire e non hai smesso di farlo neanche dopo esserti impegnata con me. E ti stai ancora nascondendo, stai sempre facendo in modo che nessuno ti conosca davvero e nessuno ti veda vulnerabile». Respirò profondamente e si massaggiò le palpebre. «Ti tieni a distanza, ma forse è proprio quello che vuoi: stare sola. Chi lo sa».

Ripensò a tutto quello che aveva detto e fatto negli ultimi dieci giorni e provò vergogna. Come aveva potuto lasciarsi andare così velocemente e così totalmente? E per che cosa, poi?

«No, Grant...», gli disse lei, allungando una mano tremante verso di lui.

Lui si scostò. «Sono un cretino. Mi sento un idiota perché amo una donna che ha messo a rischio la mia carriera e la sua, e mi ha mentito anche dopo aver passato ogni notte nel mio letto. Dici che a me ci tieni, ma non so se posso crederti».

Angie si alzò di scatto con uno sguardo feroce e fu subito a pochi centimetri da lui.

«Magari non mi crederai, ma ti amo», gli disse. «E te lo dimostro subito».

Senza dargli la possibilità di evitarla, gli si avventò sulle labbra e, che Dio l'aiutasse, lui rispose al bacio. Si alzò dalla sedia e le affondò le mani nei capelli, stringendo e avvicinandola. Le bloccò la bocca sulla sua e, senza esitazione o delicatezza, infilò la lingua.

Le mani di lei scivolarono in basso e gli afferrarono le natiche, e lui sobbalzò come se gli avesse dato una frustata. Poi perse il controllo. Le infilò le mani sotto il maglione e le strinse i seni. Il tessuto sottile del reggiseno lo ostacolava, quindi aprì il gancio davanti ringhiando. Non perse tempo a toglierlo, ma glielo lasciò appoggiato addosso mentre con le dita stuzzicava i capezzoli. Angie boccheggiò.

La mano di lei che gli massaggiava l'erezione da sopra la stoffa dei pantaloni gli fece annebbiare la vista. Doveva entrare dentro di lei, subito. Le tirò su la gonna e mise una mano negli slip per vedere se fosse pronta. La sentì gonfia e umida, per fortuna. Quando infilò due dita, lei gemette e vi si mosse contro.

Grant le prese la mano e gliela mise tra le gambe. «Toccati».

Lei obbedì e lui la guardò, mentre si abbassava la cerniera. Tirò giù sia i pantaloni sia i boxer quel tanto che bastava ad aver libertà di movimento. Prese dalla tasca posteriore il preservativo che quella mattina aveva deciso di portare nel caso avessero infranto di nuovo la regola del "niente sesso in biblioteca".

Lo srotolò e si girò verso di lei, prendendole la mano e togliendogliela dagli slip. Afferrò il tessuto con entrambe le mani e tirò, strappandolo.

Angie lo guardò con gli occhi traboccanti di desiderio e, in quel momento, lui si sentì come un granello di polvere in mezzo a un uragano. Onnipotente, ma fuori controllo; così pronto a penetrarla che non poteva aspettare un minuto di più. La prese per i fianchi e la mise sul bordo della scrivania.

«Sì?», le chiese, portandosi le sue gambe ai fianchi e posizionandosi in mezzo.

«Sì», gli rispose lei.

Entrò con una spinta decisa e continuò a muoversi più forte e veloce che poteva, poi le afferrò i glutei tenendola ferma sul suo membro. Angie si appoggiò con le braccia sulla scrivania e gli allacciò le gambe intorno ai fianchi. A ogni affondo lei gemeva e il seno si muoveva. Grant si chinò e le succhiò i capezzoli, stuzzicandoli con i denti. Lei inarcò la schiena sollevando i fianchi per andargli incontro a ogni spinta. Nessuno dei due disse nulla: comunicavano con gemiti e ansiti man mano che si avvicinavano all'orgasmo.

Dopo un minuto Grant ebbe la certezza che non avrebbe resistito ancora per molto. Portò una mano tra i loro corpi e fece pressione sul clitoride di lei, stuzzicandolo. Angie gridò e si abbandonò sulla scrivania. Dopo un forte spasmo venne.

Lui seguì, guardando il corpo di lei andargli incontro a ogni spinta. Strinse i denti per l'intensità del piacere, che quasi lo fece crollare sulle ginocchia. Era sul punto di cadere quando le lasciò le natiche e si appoggiò, con le braccia tremanti, sulla scrivania.

Per un minuto rimase dentro di lei, con le sue gambe allacciate ai fianchi. Aveva la testa china sul petto e respirava affannosamente. Piano piano gli tornò la ragione e guardò la donna stesa sotto di lui, che però non ricambiò lo sguardo. Aveva le braccia lungo i fianchi e girò la testa verso lo stanzino alla sua destra. Lui si chinò cercando di vedere la sua espressione e, appena lo fece, Angie mise giù le gambe e lo spinse via. Non in modo violento, ma con fermezza. Dandogli le spalle, si sistemò i vestiti e mise gli slip rotti nella borsa.

Oddio, cos'aveva fatto?

«Ti ho fatto male?», le chiese, mentre il rimorso gli stringeva la gola.

«No», gli rispose lei, ma continuò a evitare il suo sguardo.

Angie si girò e andò verso il bagno. Quello che Grant vide per un attimo sul viso della donna gli fece stringere il cuore:

lacrime. Aveva lo sguardo fisso per terra, le mani tremanti attanagliate alla borsa e le spalle che sussultavano a causa dei singhiozzi trattenuti.

Grant si disfò del preservativo, si tirò su i boxer e infilò la camicia nei pantaloni.

«Angelo», la chiamò, «Mi dispiace tan...».

Poi lei si fermò di colpo fuori dalla porta dell'ufficio. Le mani di lui si immobilizzarono sulla cerniera quando vide quello che l'aveva bloccata.

«Bene», disse Tina, «a quanto pare abbiamo più cose di cui parlare di quanto mi aspettassi».

Capitolo 24

I tre erano seduti attorno alla scrivania dell'ufficio in un silenzio teso, con la porta ben chiusa. Penny e Mary erano arrivate mentre Angie si stava dando una rinfrescata nel bagno delle donne, e si erano piazzate al banco per tutta la durata di quella riunione improvvisa. Entrambe avevano stretto la spalla dell'amica in una silenziosa dimostrazione di supporto prima di uscire e chiudere la porta alle loro spalle.

Angie non aveva ancora incrociato lo sguardo di Grant, ma lui vedeva la sua espressione. In bagno si era ovviamente lavata la faccia: le tracce delle lacrime erano sparite e si era schizzata con un po' d'acqua il maglione rosa. Indossava gli occhiali, forse perché le bruciavano gli occhi per il pianto.

Se non avesse visto le lacrime e non avesse conosciuto il vero significato degli occhiali, Grant non si sarebbe mai accorto del suo dolore. Quel bel viso era come un'antica scultura: dura e fredda. In realtà la maggior parte di quelle sculture mostravano più emozioni di Angie che, in quel momento, non aveva neanche le solite rughette sulla fronte. La sua calma era impenetrabile.

Ecco cos'aveva fatto alla donna che amava; la vergogna gli attanagliava lo stomaco. A quel punto non sapeva se le aveva fatto male durante il sesso. Lei aveva detto di no, ma il bisogno istintivo che aveva di nascondere il suo dolore rendeva difficile affermarlo basandosi sulla sua espressione. Il suo unico sollievo era che aveva avuto almeno la decenza di chiederle se lo voleva fare, prima di entrare dentro di lei. Sempre se mugugnare un “Sì?” si potesse considerare una richiesta, certo.

Sapeva di averla ferita con quello che le aveva detto prima di… cosa? Fare l’amore? Scopare? Per lui quell’atto era permeato dall’amore che provava per lei, anche se in quel momento era misto alla rabbia che sentiva dentro. Ma lei ci avrebbe creduto? Cristo, non lo sapeva. Mai nella sua via, neanche una volta, aveva fatto sesso con una donna mentre era arrabbiato con lei. Come spesso gli succedeva con Angie, non aveva parametri per valutare la relazione o le sue azioni. Quello che sapeva era che il ricordo dell’espressione della donna durante il confronto e dopo che l’aveva allontanato gli sarebbe rimasto impresso. Non poteva biasimarsi per essersi arrabbiato dopo aver scoperto la bugia, ma poteva farlo per il modo in cui aveva affrontato la cosa, per come aveva lasciato che il suo dolore oscurasse quello che aveva capito della donna che amava e il bisogno che aveva di proteggere se stessa e le persone intorno a lei. Ora che aveva avuto un minuto per pensare a mente fredda, la sua reazione lo fece vergognare ma non lo sorprese. I cambiamenti nella sua vita e nel suo comportamento l’avevano confuso fin dall’inizio… aveva perfino pensato di essere posseduto. Quindi si era aggrappato alla prima vera scusa che aveva trovato per lasciarsi indietro quei cambiamenti e riprendere il controllo della propria vita. Aveva attaccato Angie mentre diceva a se stesso che quella reazione era logica e sensata, nonostante non fosse stata la razionalità che l’aveva fatto parlare. L’avevano fatto la paura, il dolore e la frustrazione.

“Per tutto questo tempo mi sono nascosto anch’io”, pensò con un sorriso amaro. “Mi sono rifugiato nella razionalità e nella logica e nel frattempo mi sono lamentato… alla fine ho condannato il bisogno di Angie di proteggere se stessa e l’ho attaccata per aver preso una decisione stupida, anche se ho incoraggiato la sua avventatezza quando c'ero io di mezzo, anche se ho messo a rischio le nostre carriere mandando avanti la relazione".

«Il motivo originario per cui sono venuta qui oggi riguarda una lamentela che ho ricevuto», disse Tina portandosi dietro l'orecchio una ciocca di capelli grigi e guardando il bloc-notes davanti a lei. «Un certo Julian Younkins ha chiamato lamentandosi che la scena di sesso che ha scritto per il concorso di San Valentino della biblioteca Antietam non ha vinto. Ha insistito dicendo che sapeva che il suo brano era da pubblicazione e che le bibliotecarie avevano pregiudizi contro di lui».

«Cravatta rossa colpisce ancora», mormorò Angie.

«Cosa?», chiese Tina.

«Julian ha ragione. Il suo brano era da pubblicazione, nel senso che era già stato pubblicato. Ha plagiato un libro della mia sezione di romanzi erotici, un volume sulle streghe. Quando abbiamo letto la storia...».

«"Abbiamo?"», disse Tina lanciandole uno sguardo indagatore. «Chi altro è coinvolto?»

«Nessuno. Sappiamo entrambe che Mary e Penny sono molto più brave di me a seguire le regole», rispose con un sorriso debole. «Riformulo. Quando *ho* letto la storia mi sono insospettita. Sembrava familiare, quindi ho cercato su Google delle frasi chiave e ho scoperto che il passaggio era stato copiato da *Carlotta e la congrega carnale*. Abb... Ho controllato anche gli altri brani che avevano ricevuto punteggi alti, comunque. Avevo coperto i nomi degli autori prima di leggere, quindi non sapevo che quello sulle streghe fosse il brano di Julian finché non gli ho mandato l'e-mail per dirgli che non aveva vinto. Non gli ho scritto il motivo, l'ho solo ringraziato per aver partecipato all'evento».

«Il che ci riporta al problema principale, Angie. Non mi importa niente della lamentela del signor Younkins, ma mi importa del fatto che hai di nuovo messo la biblioteca in una posizione potenzialmente scomoda. Hai violato le restrizioni che ti avevamo imposto».

«Lo so», rispose Angie immobile sulla sedia. «Non ti renderò le cose più difficili, Tina. Fai quello che devi».

Grant si rivolse a Tina, determinato a difendere Angie anche se lei stessa non lo stava facendo. «Tina, dovresti sapere che, da quel che so, Angie ha organizzato il concorso prima della vostra ultima riunione. Quando sono arrivato io, tutte le tracce erano sparite dalla biblioteca. Però non poteva annullarlo, non senza creare malcontento tra gli utenti».

Per la prima volta dopo tutti quei minuti, Angie rivolse un veloce sguardo nella sua direzione.

Incoraggiato, Grant continuò: «Hai detto che l'avresti licenziata se avessi ricevuto un'altra lamentela. Annullare il concorso che, ribadisco, ha indetto prima che le dessi l'ultimatum, avrebbe suscitato lamentele che l'avrebbero fatta licenziare. Che scelta aveva?»

«Avrebbe potuto dire la verità e affrontarne le conseguenze», replicò Tina.

Quasi la stessa cosa che aveva detto lui stesso.

Tina girò la sedia verso di lui. «Ma adesso parliamo del tuo ruolo in tutto questo, Grant. Quando hai scoperto del concorso?»

«Non ne sapeva niente fino a stamattina», si intromise Angie. «E aveva intenzione di dirtelo subito».

"Non è vero. Sul serio ne è convinta?", pensò Grant. L'idea che credesse una cosa del genere gli strinse il cuore. Certo, dopo la discussione che avevano avuto ne aveva tutte le ragioni.

«Posto che sia vero, allora Grant non ha direttamente violato le mie direttive per quanto riguarda te. Ma evidentemente non ha fatto bene il suo lavoro di supervisore, altrimenti avrebbe scoperto il concorso».

«Sai che sono brava a nascondere le cose», le disse Angie con un lieve sorriso. «Sono io il problema, non lui. Appena me ne sarò andata non avrà più difficoltà a controllare tutte le sedi».

«Da quello che ho visto stamattina, la sua ipotetica incompetenza è il minore dei due problemi», disse Tina, poi si rivolse a Grant. «Tuttavia è strettamente collegata all'altro. Non ti sei accorto del concorso perché hai una relazione con una tua dipendente? Quand'è che siete diventati intimi? E a che punto hai pensato che il sesso sul posto di lavoro fosse cosa lecita?».

Angie si intromise di nuovo: «È colpa mia, Tina, sono io che...».

«Grazie, ma ci penso io», la interruppe Grant. «Posso parlare per me».

Angie si risistemò sulla sedia con un'espressione recalcitrante sul viso. Tamburellò le dita sul tavolo finché Tina non le posò una mano sulle sue. Lei se le portò in grembo e iniziò a tormentarsi le dita.

«La relazione è nata poco dopo aver iniziato il lavoro in questa biblioteca, ma nessuno dei due sapeva che sarei stato il suo capo. Abbiamo chiuso appena l'abbiamo scoperto».

«E la situazione ovviamente è cambiata, a un certo punto».

«Venerdì scorso. E sono io che ho insistito per ricominciare».

«No!», esclamò Angie. «Sono stata io, Tina. Gli ho mentito e l'ho sedotto. Non è colpa sua, soprattutto il sesso sul posto di lavoro».

Perché cavolo si stava addossando tutto? Grant cercò di incrociare il suo sguardo, ma lei continuò a fissare supplice la vicedirettrice.

Tina spostò lo sguardo dall'uno all'altra. «D'accordo», disse lentamente, «per oggi ne ho abbastanza. Organizzerò due riunioni disciplinari per domani mattina, vi chiamo più tardi per farvi sapere luogo e orario. Per oggi tornate a casa separatamente, non voglio rischiare che concordiate una storia prima della riunione».

Si alzò, e Grant e Angie la imitarono. Lui aspettò che Tina uscisse dalla stanza, ma lei rimase lì mentre Angie raccoglieva le sue cose e avvisava le colleghe che se ne stava andando. Dopo aver temporeggiato per un lungo e imbarazzante minuto, Grant si rese conto che la donna non si sarebbe mossa finché non l'avesse visto andare via senza parlare con Angie.

Si mise il giaccone e si avviò verso il parcheggio. L'ultima cosa che vide prima che la porta si chiudesse alle sue spalle fu l'espressione di Angie mentre tornava nell'ufficio: aveva il viso serio, pallido… e non era rivolto verso di lui. Capì che molto probabilmente non l'avrebbe più rivista e, in quel caso, il fatto che l'ultima cosa che aveva intravisto fosse quella donna ferita, forse distrutta, per colpa sua… l'avrebbe perseguitato per sempre. Lo sapeva già, glielo diceva l'istinto, non serviva la logica.

Angie si raggomitolò sul divano, fissando l'oscurità. Era diventato buio da ore, ma non si era disturbata ad accendere la luce. Quando sentì il telefono squillare con la suoneria di Vicky, ignorò la chiamata.

Il lavoro che amava, l'uomo che amava… aveva perso tutto. Aveva rovinato tutto, come faceva sempre. E ora nell'ultimo ricordo che avrebbe avuto del corpo di Grant dentro di lei non ci sarebbero state le solite parole affettuose o i complimenti che le rivolgeva, e nemmeno un po' di dolcezza, ma lui che se la scopava come una sconosciuta che l'aveva in qualche modo ingannato per farlo cedere, senza nessuna emozione. Non lo biasimava; aveva tutto il diritto di essere arrabbiato. Era stata lei a saltargli addosso, e come sempre non poteva prendersela con nessuno se non con se stessa. Non sapeva se essere felice o vergognarsi di aver provato piacere durante quell'ultima volta, ma mentre era sdraiata sulla scrivania, dopo che avevano finito, il contrasto tra il fare l'amore e la scopata rabbiosa l'aveva distrutta. A peggiorare le cose c'era il suo ultimo atto disperato, usare il suo corpo per dimostrargli il suo amore, che aveva solo peggiorato le cose per lui una volta che Tina era arrivata. Lasciare che una sua dipendente lo manipolasse e gli mentisse? Male. Fare sesso con quella dipendente sul posto di lavoro? Peggio. Molto peggio.

Il campanello di casa suonò ma lei non si mosse, sperando che chiunque fosse alla porta se ne andasse via.

«Non ha senso nasconderti, Angie!», gridò una voce familiare. «Qua fuori si muore di freddo! Vuoi davvero una Sarah-ghiacciolo all'entrata di casa tua?»

«Tesoro, vogliamo assicurarci che tu stia bene. Facci entrare», continuò Constance.

«Abbiamo portato il vino e qualche DVD!», gridò Helen.

«Prima di farti ubriacare dobbiamo studiare una strategia per domani», aggiunse Penny. «Lavoriamoci insieme, Angie».

«Ho portato i *brownies*!», annunciò Mary.

Amiche, vino e *brownies*? Be', che cavolo, avrebbe fatto lo sforzo di interagire con altra gente.

Si trascinò fino alla porta e aprì. Le amiche si riversarono in casa e la abbracciarono una per una. Sarah accese la luce e Angie sussultò, abbagliata. Mezza accecata tornò sul divano, mentre Helen e Penny le si sedevano accanto, una da una parte e una dall'altra. Mary appoggiò i dolci su un ripiano lì vicino e andò a sedersi per terra vicino ad Angie, mentre Sarah e Constance si accomodarono su due sedie libere.

«Nessuna di voi ha niente di meglio da fare la sera di San Valentino?».

Tutte scossero la testa.

«Neanche tu, Penny?».

L'amica scrollò le spalle. «Più tardi mi farò perdonare da Jack. Un cosplay Rochester-Jane dovrebbe risolvere tutto».

«Jack lo interpreta prima o dopo essere diventato cieco?», chiese Helen interessata.

«Entrambi. Oramai è diventato un esperto a mettere e togliere bende», rispose Penny con un ghigno.

Mary abbassò lo sguardo. «Un'altra immagine di cui avrei fatto a meno», mormorò.

Nonostante il dolore le stesse facendo sanguinare il cuore, Angie non riuscì a non sorridere. «Non eri quella dolce e timida, Penny? Che ti è successo?»

«Sono timida solo con le persone che non conosco bene e non sono io quella dolce, qui. È Mary che detiene il titolo», rispose dandole un colpetto sul braccio.

Mary non alzò lo sguardo. «Grazie, Penny», disse a bassa voce, «ma sto ancora involontariamente immaginando il tuo uomo con una benda sugli occhi».

«Torniamo a noi, signore», disse Helen. «Cos'è successo con Grant e Tina oggi?».

Angie affondò nel divano e piegò indietro la testa guardando il soffitto. «La versione lunga o quella corta?»

«Inizia con quella corta», rispose Sarah prendendo un *brownie*. «Per quella lunga c'è tempo più tardi».

«Va bene», disse Angie sospirando. «Io e Grant abbiamo ricominciato ad andare a letto insieme venerdì scorso, dopo che me ne sono andata dal locale. Stamattina ha scoperto che gli ho tenuto nascosto il concorso della scena di sesso e si è sentito tradito, abbiamo litigato e poi l'abbiamo fatto. Tina è arrivata subito dopo con una lamentela di Cravatta rossa sui risultati del concorso, ed era ovvio quello che era successo tra me e Grant. Quindi adesso io perderò il lavoro per aver violato le regole della biblioteca, e lui perché è andato a letto con una sua dipendente».

«Quindi vi licenziano tutti e due, di sicuro?», chiese Mary.

Angie socchiuse gli occhi. «Tecnicamente no. Tina ha organizzato due riunioni disciplinari separate, domani mattina. Nel frattempo io e Grant non ci possiamo parlare, in modo da evitare di concordare una storia. Non che mi voglia parlare, comunque».

Per un lungo momento tutte restarono in silenzio, valutando la situazione.

«Angie… quant'è seria la relazione con Grant?», chiese infine Helen.

«Me lo stavo chiedendo anch'io. Tutto questo…», disse Constance indicando lo stato in cui era l'amica, «è per lui, il lavoro o entrambi?»

«Entrambi», rispose Angie, che dovette interrompersi per tenere sotto controllo il respiro affannoso. «Soprattutto per lui, però. Per quanto mi mancherà lavorare con voi, so che resteremo amiche anche se mi licenzieranno», disse sforzandosi di sorridere. «D'altronde ci sorbiamo Sarah anche se lavora solo quand'è in ferie».

Sarah sbuffò fingendosi offesa.

«Ma con Grant è finita, e io lo amo. Lo amo davvero», disse trattenendo un singhiozzo e mettendo una mano davanti alla bocca.

Penny si avvicinò e le mise un braccio sottile intorno alla vita. Dall'altra parte, Helen le prese una mano e gliela strinse.

«Stamattina ha detto che mi *amava*. Tempo passato».

«Ahia», disse Sarah con una smorfia.

«Quando mi amava non mi conosceva, adesso sì. Sa come sono e non vuole avere niente a che fare con me». Le lacrime spuntarono agli angoli degli occhi e non riuscì a fermarle.

«Avete litigato, tesoro», le disse Constance. «Capita anche alle persone che si amano. Aspetta di vedere cosa succede dopo le riunioni, quando si sarà calmato».

«No, Con», rispose Angie. «Grant è una persona razionale e onesta, non la vuole una come me. Gli ho mentito e ho incasinato la sua vita. Ormai non c'è niente da fare».

Penny le accarezzò una guancia e le voltò il viso verso di sé. «Non ci hai appena detto che avete fatto sesso dopo aver litigato? Non mi sembra il comportamento di uno che non vuole avere niente a che fare con te».

«Il sesso non è amore», sussurrò Angie. «Ed è stato completamente diverso rispetto alle altre volte. Non è stato dolce né affettuoso, ma veloce e arrabbiato». Incapace di trattenersi ancora, scoppiò in un pianto dirotto. «Perché da me non vuole altro», disse tra i singhiozzi.

Penny cullò l'amica come meglio poteva, sul divano. «Non piangere, va tutto bene».

«L'ho... l'ho fatto licenziare», disse con la voce rotta. «Mi... mi odia».

Helen si asciugò una lacrima e si avvicinò all'amica. «Cos'ha detto Grant durante la discussione con Tina? Ha dato a te la colpa di tutto?».

Angie si prese un istante per calmarsi un po' prima di rispondere.

«Se l'ha fatto, gli farò pentire di essere nato», dichiarò Sarah. E, per una volta, non sembrava stesse esagerando. «Nessuno conosce modi di vendicarsi creativi come un'insegnante».

«Non l'ha fatto», disse Angie tirando su col naso e prendendo il fazzoletto che Constance le aveva offerto. «Mi ha difesa e si è preso tutta la colpa per la relazione. Tipico di Grant».

«A me sembra che sia ancora innamorato», disse Penny. «Vi ho osservati per più di una settimana, ed è pazzo di te. Credi davvero che sia il tipo d'uomo che scapperebbe alla prima difficoltà?».

Angie si rannicchiò e si coricò, appoggiando la testa sulle

gambe di Penny. Helen le accarezzò la schiena e Penny i capelli, mentre Mary si inginocchiò davanti al divano e le prese le mani tra le sue.

«Quello che ha detto a Tina non vuol dire niente. È un gentiluomo. Che gli importasse o meno, avrebbe comunque cercato di difendere la donna che si era appena scopato. Se non altro per il senso di colpa».

Si sentì il corpo pesante per la stanchezza, e chiuse gli occhi.

"Ho di nuovo rovinato tutto. Angie la distruttrice, affidabile fonte di delusione. Per fortuna ho amiche che mi aiutano a raccogliere i cocci".

«Vi voglio bene, ma ora mi metto a dormire», farfugliò. «E per quando mi sveglio, sarà meglio che siano rimasti dei *brownies*. Ce l'ho con te, Regina del dramma».

Sentì il rumore metallico del coltello che veniva posato sul vassoio.

«Porca miseria, Angie, hai la vista a raggi X?». Sarah cercò di sembrare irritata, ma non riuscì a nascondere il sorriso nella sua voce. Pochi secondi dopo Angie sentì qualcuno metterle una coperta sulle gambe e con uno sforzo aprì le palpebre abbastanza da vedere che era stata Sarah. La ringraziò con un sorriso e richiuse gli occhi.

Si addormentò cullata dal sollievo fisico che le stavano dando le amiche e quello emotivo dato da un ultimo pensiero: "Domani farò tutto quello che posso per salvare Grant. Perché lo amo, anche se lui non mi ama più".

Capitolo 25

Grant stava in piedi sulla veranda di casa dei suoi, preparandosi a quello che lo aspettava. Il suo respiro formava nuvolette bianche in contrasto con l'oscurità della sera invernale; il freddo gli era già penetrato nelle ossa facendolo tremare e il naso gli sembrava congelato.

Non riusciva a muoversi. Cosa avrebbe detto ai suoi? Come avrebbe spiegato il fatto che il giorno dopo sarebbe stato licenziato e che non avrebbe potuto aiutarli come meritavano? E come cavolo avrebbe fatto a dirlo senza farsi sopraffare dal dolore? Aveva pensato di affrontare l'argomento durante la solita chiamata della mattina, ma solo un codardo avrebbe dato una notizia simile per telefono. Meritavano di sentirselo dire di persona. E sarebbe successo, se solo si fosse deciso a suonare il maledetto campanello.

La porta si aprì e la luce della veranda si accese illuminando la madre. Aveva già indosso la vestaglia, lisa e di qualche taglia più grande, e il pigiama di lana, cosa che non lo sorprese. Lei e il padre non uscivano più la sera come facevano una volta, quindi si metteva comoda subito dopo cena.

«Tesoro, perché sei lì al buio? Stai bene?», gli chiese con un'espressione preoccupata.

«Stavo solo pensando. Come facevi a sapere che ero qui?».

Sapeva di sembrare un idiota, ma non riusciva a muovere i piedi nonostante la madre si fosse fatta da parte per farlo entrare.

«Abbiamo sentito una macchina fermarsi sul vialetto, ma

poi nessuno ha bussato o ha suonato, quindi sono venuta a vedere cosa stava succedendo. Entra, prima che esca tutto il calore».

Quel trucchetto funzionava: in quel momento i suoi non potevano permettersi di spendere soldi extra per il riscaldamento.

«Spero non sia un problema se sono passato senza avvertire». Sorrise alla madre ed entrò in casa. «Magari tu e papà avevate in programma una notte brava».

La donna alzò gli occhi al cielo prima di abbracciarlo. «Lo sai che ci fa sempre piacere vederti. Anche se ho la sensazione che tu non sia qui per portare buone notizie».

Le braccia della madre lo circondarono, ed era proprio quello di cui aveva bisogno. Sapeva che era da egoisti farsi consolare, visto che la notizia che le stava per dare le avrebbe reso la vita più difficile. A causa delle decisioni che aveva preso non avrebbe potuto saldare il debito che aveva con loro, ma non poteva farci niente: quell'abbraccio e l'amore della madre gli diedero forza, e passò un minuto prima che si staccasse e le desse un bacio sulla guancia.

«Da cosa l'hai capito?», le chiese togliendosi le scarpe. «È perché stavo diventando un ghiacciolo sulla veranda?»

«Quello, ma anche il fatto che sembri uno che è appena stato abbandonato dal suo migliore amico dopo che questo l'ha preso a calci e gli ha rubato il cagnolino». Lo sguardo preoccupato della madre lo seguì fino al salotto, dove si lasciò cadere sul divano con un sospiro. «Cosa c'è che non va, tesoro?».

Prima che potesse rispondere, dal fondo del corridoio sentì un suono familiare, come di palle da tennis che scivolavano sul pavimento di legno: suo padre stava usando il deambulatore. Dopo un minuto comparve infatti Edward, muovendosi piano. Il suo braccio destro tremava leggermente e trascinava la gamba sinistra quasi a ogni passo, ma quando lo vide gli si illuminò il viso e alzò la mano per salutare.

«Non ti aspettavamo stasera. Sei venuto a farti battere di nuovo a scacchi?».

Grant si sforzò di sorridere. Prima di contrarre il virus del Nilo occidentale, Edward giocava a scacchi con una tattica talmente brillante che incuteva quasi un timore reverenziale, ma ora faceva fatica e spesso si dimenticava chi aveva mosso per ultimo. Come avrebbe fatto a tornare a lavorare come broker? E come avrebbero fatto lui e la madre senza neanche uno dei figli vicino?

"Sta migliorando", pensò Grant. "Appena uscito dall'ospedale faceva fatica a parlare, a malapena riusciva a scendere dal letto, figurarsi girare per casa. Qualche altro mese e forse il peggio sarà passato".

«Quando vuoi, papà», gli rispose, «ma prima devo parlarvi di una cosa».

Edward inarcò le sopracciglia. «Non promette niente di buono», disse dirigendosi verso la poltrona reclinabile. Con la mano sinistra frugò nella borsa di tessuto appesa al deambulatore, prese il telecomando e premette il bottone per far sollevare e inclinare la poltrona. Quando fu abbastanza in alto si sedette e premette di nuovo il pulsante per farla tornare alla posizione normale.

La madre di Grant si sedette all'altra estremità del divano e si voltò per guardare il figlio. «Ma devi dircelo comunque», disse avvicinandosi e dandogli un colpetto sul braccio. «Dopo ti sentirai meglio».

"Forse io sì, ma voi no", pensò lui.

Ciò nonostante iniziò a parlare: inutile temporeggiare ancora.

«Mamma, papà...». Fece fatica a trovare le parole giuste. «Sapete quanto vi voglio bene. Siete i genitori migliori che mi potessero capitare».

«Be', ovvio», disse il padre.

«È un dato di fatto», aggiunse la madre facendogli l'occhiolino.

Grant non riuscì a nascondere un sorriso nonostante la gravità di quello che stava per dire. «Non so come potrò mai ripagarvi per tutti i sacrifici che avete fatto per me quand'ero piccolo».

A quella frase i genitori si fecero seri e lo fissarono.

«Mamma, hai lasciato il lavoro all'università popolare per prenderti cura di me quando finivo in ospedale, e papà, tu hai rinunciato a talmente tante promozioni che ho perso il conto. Tutto perché non volevi viaggiare o lavorare più ore in modo da essere disponibile in caso di emergenza e poter tornare a casa a orari decenti per aiutare mamma a prendersi cura di me».

Deglutì, sapendo che i suoi non avrebbero voluto sentire quello che stava per dire. «Ed è per questo che avevamo problemi di soldi».

Il padre si mosse a disagio sulla poltrona, mentre la madre increspò le labbra. Grant non era sorpreso, era una questione di cui non avevano mai parlato, non apertamente. Nonostante il rapporto affettuoso che avevano e il fatto che l'avessero sempre incoraggiato a parlare con loro, alcuni argomenti erano sempre stati tabù. I suoi non erano inclini a lamentarsi, e di sicuro non amavano discutere della loro situazione finanziaria con i figli.

Nonostante questo, dopo tutti quegli anni, aveva bisogno di dirlo almeno una volta. «Abbiamo sofferto per colpa mia. Abbiamo fatto economia per quasi tutta la mia infanzia, perché avete rinunciato a delle opportunità di lavoro e perché avete dovuto affrontare le mie spese mediche. E non si tratta solo della situazione finanziaria: mamma, hai rinunciato ad avere un lavoro e papà, hai perso l'occasione di far carriera in banca». Grant scosse la testa e continuò: «E lo so che anche Nathan ha sofferto. Non ha avuto le attenzioni che meritava, anche se avete cercato di trattarci allo stesso modo. La mia malattia ci ha reso la vita difficile, e voglio che sappiate quanto mi dispiace».

«Che assurdità, Grant. Siamo i tuoi genitori, prenderci cura dei nostri figli è il nostro lavoro», disse la madre sventolando la mano.

«Comunque mi dispiace. Volevo che lo sapeste. E volevo anche che sapeste quanto vi sono grato per tutto quello che avete fatto e ancora fate».

La donna si asciugò una lacrima sotto gli occhiali. «Lo sappiamo, tesoro, l'abbiamo sempre saputo».

Il padre si tirò indietro i capelli con la mano tremante. «Perché ci dici queste cose, figliolo?».

Se quello che aveva appena detto era stato difficile, la parte successiva del discorso sarebbe stata quasi impossibile, ma respirò profondamente e parlò. «Quando ti sei ammalato volevo a tutti i costi ripagarvi in qualche modo, e credevo che trasferendomi vicino a voi e aiutandovi ci sarei riuscito. E, anche se non sono stato qui molto, è stato bello avervi così vicino. Non perché stavo adempiendo a una specie di obbligo, ma perché vi voglio bene e con voi mi diverto».

Edward alzò un sopracciglio. «Ma...?»

«Ma domani mattina ho una riunione con la vicedirettrice della biblioteca, e c'è una buona possibilità che venga licenziato», disse di fretta, cercando di tirare tutto fuori finché ci riusciva.

Il sussulto di sua madre lo fece trasalire. «Cos'è successo, tesoro? Perché dovrebbero licenziarti?».

Grant appoggiò la testa sullo schienale del divano. «Ti ricordi il primo giorno di lavoro? Quando abbiamo parlato, quella mattina, ti avevo detto che avevo conosciuto una persona. Una donna che si chiamava Angie. Ti ho detto che credevo fosse quella giusta».

«Certo che mi ricordo. È stata la prima volta che hai parlato così di qualcuna. Hai detto che vi sareste dovuti rivedere quella sera, ma poi quando ti ho chiesto di lei il giorno dopo hai detto che non era andata bene».

«Sì. Perché ho scoperto che lavoro faceva».

Edward inarcò entrambe le sopracciglia, stavolta. «È... come dire... illegale?»

«Ma no, niente del genere. Angie è la responsabile di una sede del circuito bibliotecario. Alla riunione con tutto il personale ho scoperto che era una mia dipendente».

Patricia fece una smorfia. «Devi essere rimasto deluso».

«Infatti». Cristo, ancora si ricordava l'attacco di nausea nel momento in cui si era reso conto di essere il suo supervisore. «E poi...».

«Cosa?», gli chiese la madre sporgendosi in avanti. «Cos'è successo?»

«Ho capito che non potevo lasciarla andare e abbiamo iniziato...», deglutì e continuò, «una relazione».

Un altro sussulto della madre. Avanti così e le sopracciglia del padre sarebbero schizzate in orbita.

Concluse la storia incespicando, con il viso rosso per la vergogna. «Ieri la vicedirettrice ci ha beccati in biblioteca».

«Vi ha...». La voce della madre era debole. «Vi ha beccati? In biblioteca?»

«In...». Grant si schiarì la gola e continuò: «Flagranza di reato».

La donna spalancò la bocca e arrossì, probabilmente nella stessa tonalità di rosso del figlio. Grant non riusciva a guardare il padre, spaventato dalla disapprovazione che gli avrebbe visto stampata in faccia quando si sarebbe reso conto di quanto avesse deluso i genitori, di quanto avesse deluso tutti quanti.

Sentì un rumore soffocato venire dalla poltrona. Balzò dal divano andando verso il padre, pronto ad aiutarlo. Lo vide però piegato in avanti, scosso dalle risate.

«Tu…». Edward indicò il figlio. «Tu… Oh, mio Dio. Proprio tu ti sei fatto beccare con le braghe calate sul posto di lavoro? Tu, il signor Logica? Oh, Cristo». E continuò a ridere talmente forte da farsi mancare il fiato.

Sua madre guardò il marito e scosse la testa, poi tornò a rivolgersi al figlio. «Quello che tuo padre sta sicuramente cercando di dire è che… avere rapporti con una dipendente sul posto di lavoro non è proprio da te. Il che vuol dire che devi tenerci molto a questa donna, dico bene?»

«Sì, la amo. Ma non è questo il punto». Grant non avrebbe mai voluto dirlo ai genitori, ma doveva farlo. «Dovrò trovarmi un altro lavoro. E sarà difficile, dal momento che sono stato licenziato. La possibilità di trovarne uno qui vicino, poi, è molto remota, a dire la verità». Abbassò la testa dalla vergogna. «Quindi non sarò in grado di aiutarvi come vorrei, come vi serve. Mi dispiace. Ho preso delle decisioni stupide e ne pagherete voi le conseguenze».

La risata di Edward si era ormai calmata quando Grant finì di parlare. Alzò una mano impedendo al figlio di andare avanti. «Aspetta un attimo. È per questo che sei così sconvolto? Hai paura di averci delusi perché non potrai in qualche modo ripagarci?».

Lo sguardo azzurro del padre lo penetrò, chiedendogli la verità. In quel momento Edward non sembrava confuso, ma pareva essere tornato l'uomo che Grant aveva sempre ammirato.

«Sì, quello e…». Chiuse gli occhi, il dolore l'aveva sopraffatto per un istante. «Credo di aver perso Angie per sempre. Ho detto e fatto delle cose stupide, oggi, che l'hanno ferita. Non credo vorrà avere più niente a che fare con me».

«Anche lei è nei guai?», chiese la madre.

Grant annuì, aprì gli occhi e la guardò. «Per quello che è successo oggi, ma anche per altre cose che ha fatto. Angie a volte è un po' sconsiderata. È intelligente, divertente, affettuosa e solerte, ma sconsiderata. Probabilmente verrà licenziata anche lei domani».

«E allora fai qualcosa», gli disse il padre, senza neanche una nota di debolezza nella voce.

«Come?»

«Sistema le cose. Cerca di salvarle il lavoro e riprenditela». Edward si appoggiò allo schienale della sua poltrona, considerando evidentemente risolta la questione.

«Ma... non so come. Non credo neanche sia possibile».

Suo padre sospirò impaziente. «Okay, sarò più chiaro. Ti preoccupano due cose: l'idea di averci delusi e la tua ragazza. La prima è una cazzata».

«Eddie, non c'è bisogno di usare quel linguag...».

Lui agitò una mano. «Ma è davvero una cazzata. Lo sai anche tu, Tricia, anche se lo diresti diversamente».

Quando lei non obiettò, Edward andò avanti: «Sei un adulto, Grant. Le decisioni che prendi sul lavoro sono affar tuo. Siamo orgogliosi di te, anche se ti hanno beccato...». Ridacchiò di nuovo e continuò: «Con la lampo abbassata in orario di lavoro. Sei una brava persona, e una decisione stupida non cancella il fatto che tu lo sia. E non cancella neanche un curriculum impeccabile. Troverai un altro buon lavoro. Magari non qui nella contea di Nice, ma da qualche altra parte».

«Tuo padre ha ragione», disse la madre dandogli una pacca sul ginocchio. «In un modo o nell'altro il problema del lavoro si sistemerà».

«Ma io voglio stare qui ad aiutarvi. Nathan abita troppo lontano e non può venire spesso quanto invece servirebbe», ricordò loro Grant.

«I medici dicono che tuo padre continua a migliorare.

Quando ti trasferirai probabilmente non ci servirà neanche aiuto», gli disse la madre sorridendo. «E anche se così non fosse, non siamo una tua responsabilità, tesoro».

«Infatti», ribadì Edward lanciando uno sguardo d'approvazione alla moglie.

«Sì che siete una mia responsabilità. Siete i miei genitori. Dovrei prendermi cura di voi, soprattutto visto che è colpa mia se non avete abbastanza soldi per prendere un'infermiera che vi aiuti».

«Non devi ripagarci perché ti vogliamo bene», disse Patricia scuotendo la testa e facendo muovere i boccoli sulle spalle. «E ricordati che siamo ancora sani di mente, anche se il corpo di tuo padre si sta riprendendo dal virus. Siamo in grado di badare a noi stessi».

Edward puntò un dito verso il figlio. «Quando ci siamo presi cura di te eri un bambino, ma io e tua madre siamo adulti. Verrà il giorno in cui dovrai prenderti cura di noi, ma non adesso. Possiamo gestire questa malattia, così come abbiamo fatto per tutto il resto negli ultimi quarant'anni».

Lo sguardo pieno di adorazione con cui guardò Patricia fece venire a Grant un groppo in gola. «L'affronteremo come abbiamo sempre fatto: insieme».

La moglie lo guardò con gli occhi lucidi. Poi lo sguardo penetrante di Edward immobilizzò suo figlio sul divano.

«Il che ci porta alla tua seconda preoccupazione: Angie. È su questo che dovresti concentrarti, soprattutto se la ami e pensi che perderà il lavoro».

«Sì». Si piegò in avanti appoggiando i gomiti sulle ginocchia e passandosi una mano sul viso. «Ma non credo di poter sistemare quello che ho rovinato».

«Cazzate», ripeté suo padre lanciando uno sguardo a un'esasperata Patricia. «Cosa ti abbiamo insegnato a fare quando eri in una situazione difficile e non sapevi come andare avanti?».

Lo sapeva bene, ovviamente. «Fare uno schema per le decisioni».

Il ricordo di come Angie l'aveva preso in giro quando aveva saputo di quegli schemi gli era tornato in mente togliendogli il respiro. Dio, cos'avrebbe fatto senza di lei? C'era davvero un modo per sistemare tutto, o almeno salvarle il lavoro?

«Esatto», annuì il padre. «Concentrati sul problema principale, pensa a varie soluzioni e valutale secondo i criteri che hai stabilito. Sai cosa fare, devi solo muovere le chiappe, smetterla di piangerti addosso e… farlo». Poi alzò la mano destra e indicò la porta. Il fatto che il braccio gli tremasse leggermente non aveva sminuito l'effetto di quel gesto. «La tua macchina è da quella parte, vai».

«Sissignore». Gran abbracciò il padre e baciò la madre sulla guancia prima di avviarsi alla porta e prepararsi a una lunga notte.

Suo padre aveva ragione: doveva smetterla di lamentarsi e iniziare a pianificare. E non c'era modo migliore di pianificare se non facendo una tabella per le decisioni. Al mattino avrebbe saputo cosa fare e avrebbe attuato la sua strategia. Perché, che lei lo amasse ancora o no, lui amava Angie, e se poteva risparmiarle un solo attimo di dolore l'avrebbe fatto. Anche se avrebbe significato rinunciare al suo lavoro.

Capitolo 26

«Papà è riuscito ad abbottonarsi la camicia, stamattina? Fantastico!», disse Grant tenendo il telefono all'orecchio mentre contemplava quello che aveva nell'armadio.

«Gli ci è voluto un po', ma ce l'ha fatta. Ha il testone duro», disse sua madre.

Lui sorrise. «È in buona compagnia. Tu sei l'unica persona che conosco che sia riuscita a convincerlo a cambiare idea una volta che aveva preso una decisione».

«A proposito di prendere decisioni... Hai trovato una soluzione ieri sera? Per Angie?»

«Sì. Qualunque cosa io faccia, non credo di poter sistemare le cose tra noi. Ma forse posso salvarle il lavoro. Oggi mi concentrerò su quello. Augurami buona fortuna».

«Buona fortuna, tesoro. Ma se fossi in te non perderei le speranze con lei. Le coppie a volte attraversano momenti difficili, ma se due persone si amano davvero riescono quasi sempre a superarli e a diventare più forti di prima». La donna rise. «Scusa se ho detto qualcosa che sembra uscito da un biglietto d'auguri, ma credo davvero che le cose tra voi possano funzionare».

Lui si passò una mano sugli occhi stanchi cercando di non guardare la confezione della gioielleria che aveva messo sul ripiano in alto dell'armadio. «Non credo che succederà, per quanto lo vorrei».

Aveva passato ore a cercare un modo per riconquistare Angie, aveva pensato a strategie su strategie che avrebbero potuto riportarla tra le sue braccia, ma nessuna aveva avuto un punteggio abbastanza alto nello schema delle decisioni che aveva fatto.

Doveva affrontare la realtà: aveva rovinato la loro relazione. Ormai doveva solo sperare di riuscire a salvarle la carriera. Se solo quel pacchetto non si fosse preso gioco di lui, ricordandogli quello che aveva distrutto…

«Non perdere la speranza», insistette la madre. «Ho un buon presentimento». La donna aspettò una risposta, ma lui non sapeva cosa dirle. Non voleva contraddirla, ma non voleva neanche mentirle. Con un sospiro, Patricia lasciò cadere l'argomento. «So che ora devi andare al lavoro, quindi ci risentiamo stasera. Ti voglio bene».

«Ti voglio bene anch'io. Ciao, mamma».

Chiuse la chiamata chiedendosi se la donna non avesse ragione. Forse tutto si sarebbe risolto, forse Angie l'avrebbe guardato e con quel suo meraviglioso sorriso gli avrebbe detto che lo perdonava, forse sarebbero riusciti a tenersi il lavoro e a mandare avanti in qualche modo la relazione, forse non si sarebbe dovuto trasferire.

E forse aveva le allucinazioni per la troppa stanchezza. Sbuffò. Se tutto fosse finito bene sarebbe stato un miracolo, e ne aveva già sprecato uno nelle ultime ventiquattro ore.

Entrò nella cabina armadio e si grattò la testa: scegliere cosa mettersi il giorno del suo licenziamento si era dimostrato più difficile del previsto. Sicuramente una camicia e i pantaloni del completo. Magari anche la cravatta. Ma gli serviva la giacca? Se avesse avuto freddo si sarebbe potuto mettere un maglione? Le regole su come vestirsi per farsi licenziare non erano molto chiare.

Ma forse il suo cervello non funzionava benissimo a causa delle poche ore di sonno. Dopo aver fatto i suoi schemi ed essersi preparato per la riunione, non era riuscito a dormire.

Aveva provato a leggere e a navigare su Internet, ma niente l'aveva calmato o aveva tolto Angie dai suoi pensieri.

Nello specifico, niente gli aveva fatto dimenticare la sua espressione l'ultima volta che l'aveva guardata: vuota, distrutta. Quando si erano incontrati aveva pensato di avere davanti l'incarnazione della vitalità, ma il giorno prima, quando Tina li aveva congedati, non c'era neanche l'ombra del solito brio. Tutto per colpa sua.

Ora che aveva avuto il tempo di elaborare la loro conversazione, aveva capito perché gli aveva mentito: nella sua testa stava proteggendo entrambi. Avrebbe voluto che lei avesse scelto un altro metodo, ma aveva capito. Be', sarebbe stato meglio se l'avesse capito prima di perderla.

Si era aperta completamente con pochissime persone, ma con lui l'aveva fatto. Lo sapeva, anche se poi le aveva strappato il cuore e ci aveva saltato sopra durante il loro litigio e il sesso che ne era seguito. Angie non avrebbe rifatto lo stesso errore, e lui non la biasimava.

Durante quella lunga notte senza riposo aveva cercato di convincersi che il loro allontanamento era la cosa migliore. Alla fine lei avrebbe capito che lui non era abbastanza, e forse aveva solo accelerato la fine inevitabile della loro relazione facendole quella specie di favore. Non era il caso di farle perdere tempo finché non avesse capito che aveva bisogno di un uomo audace, invece di uno prudente. Avrebbe potuto ricominciare a cercare l'amore senza doversi preoccupare dei sentimenti di un uomo che aveva calpestato i suoi.

Invece che con l'audacia, aveva creduto di poterla riconquistare con la gentilezza e la comprensione, ma il giorno prima aveva dimostrato di non poterle garantire neanche quello. Quindi era meglio che si liberasse di lui: meritava tutto il disprezzo di Angie.

Senza guardare di nuovo il maledetto pacchettino prese

una camicia, una cravatta e i pantaloni. Indossare una giacca non l'avrebbe salvato dal licenziamento, dopotutto. Considerato quello che Tina aveva visto il giorno precedente e senza contare i suoi programmi per la giornata, solo un intervento divino avrebbe potuto salvarlo.

Un'ora dopo, uscì dalla macchina e si diresse all'entrata del personale della Downtown, a passo deciso e con la schiena dritta. Conosceva alla perfezione la sua strategia, l'aveva elaborata durante la lunga notte insonne.

Angie l'avrebbe difeso e si sarebbe presa la colpa di tutto, lo sapeva. Ci aveva già provato il giorno prima, e ci avrebbe riprovato alla riunione disciplinare di quella mattina. Non perché lo amava ancora, ma perché proteggeva sempre gli altri. Angie avrebbe sempre fatto da capro espiatorio, che fosse colpa sua – come spesso capitava, doveva ammetterlo – o no.

Tina l'aveva chiamato la sera prima per dirgli luogo e ora. Era rimasto sorpreso quando aveva saputo che per dargli il benservito era stata scelta una piccola sala riunioni. Evidentemente Tina non aveva sentito il bisogno di coinvolgere la commissione, e per questo la ringraziava. Non voleva che dozzine di persone assistessero alla sua vergogna o sentissero cose potenzialmente dannose su Angie. Se voleva salvarla, la discrezione era necessaria.

Mentre ripassava mentalmente la strategia e il fascicolo che aveva preparato verso le tre di notte, attraversò la biblioteca. La maggior parte delle persone, ignare del suo imminente licenziamento, lo salutarono con allegria. Quando passò davanti al banco, però, la rossa – Helen? – lo fissò: non sembrava arrabbiata, sembrava più che altro che lo stesse valutando.

Lui scrollò le spalle. In quel momento non aveva abbastanza energie per preoccuparsi della sua quasi ex collega. Quando aprì la porta della saletta riunioni, vide che tre delle sedie attorno al tavolo erano vuote. Tina era seduta sulla quarta, e quando entrò alzò lo sguardo dai suoi appunti.

«Aspettiamo gli altri?», le chiese.

«Non c'è nessun altro», rispose Tina con la sua solita voce pacata. «Chiudi la porta, per favore».

Lui obbedì, aggrottando le sopracciglia confuso. Si aspettava di vedere il capo delle risorse umane, forse addirittura il direttore della biblioteca. Non sapeva assolutamente dire se quelle assenze fossero un buon segno o meno per lui e Angie.

Tina aveva posato davanti a sé il suo bloc-notes e una bottiglietta d'acqua, e anche questo lo stupì: credeva che quella riunione sarebbe stata una formalità, una veloce comunicazione che avrebbe accettato per il bene di Angie e del suo lavoro. Ma era ovvio che Tina aveva organizzato un'udienza più lunga. Dopo che si fu seduto, la donna prese subito il controllo della situazione.

«Sarò franca: sto cercando di capire se licenziarti o no, Grant. Sei ancora in periodo di prova, quindi non mi servono motivi particolari. Tra il concorso e la relazione, comunque, me ne hai forniti due molto validi».

Lui non poté replicare, ma soprattutto non *volle* replicare. Salvarsi le chiappe non era nella sua lista di cose da fare quel giorno.

«Ti avevo chiesto di tenere bene d'occhio l'Antietam e la sua responsabile, Angela Burrowes». Si fermò un istante, poi proseguì: «Cosa che hai fatto, solo non nel modo che speravo. Ma ora sto correndo troppo». Bevve un sorso d'acqua e si sistemò gli occhiali sul naso prima di continuare: «Durante il tuo breve periodo come direttore dei servizi, hai permesso ad Angie di indire un concorso per San Valentino in cui gli utenti hanno presentato delle scene di sesso. Una donna che si chiama Brenda Williamson ha vinto il concorso con una storia intitolata...», guardò gli appunti e sospirò, «*Fan/*

Dom. Parla di un musicista rock a cui piace essere sculacciato. La signora Williamson ha ricevuto un buono premio per un massaggio di coppia». Gli mostrò un poster che Grant non aveva mai visto prima, in cui c'era un Cupido muscoloso e cosparso d'olio. «Per di più Angie ha pubblicizzato il concorso con questo poster. Ci ha detto dove trovare il file sul suo computer e ne ho stampata una copia».

"'Far alzare la freccia di Cupido'? '*Fallo*'? Porca vacca". Be', quel poster spiegava la quantità di carta che aveva visto nella spazzatura della biblioteca la prima volta che ci era andato. Cristo. Si schiarì la gola, non sapeva se essere schifato o ridere. Quel poster era... Cristo, era proprio da Angie.

Grant diede inizio alla prima parte del suo piano. «Tina, ho iniziato a lavorare con Angie il giorno dopo che le hai detto che l'avresti licenziata se avesse fatto un altro passo falso. Posso dirti con assoluta certezza che non ha mai promosso altre attività discutibili da quel momento. Ha anche cercato di ridurre al minimo tutte le pubblicità sul concorso preesistente. Quando sono arrivato, il martedì pomeriggio, aveva già eliminato tutti i poster. L'unica volta in cui ha menzionato quel concorso è stato per rispondere alle domande degli utenti».

Unì le mani e si sporse in avanti cercando così di convincere Tina della veridicità delle sue parole. «Ha davvero seguito le regole della biblioteca. Come ho detto ieri, non poteva annullare il concorso senza scatenare il finimondo. Cosa che, aggiungerei, non l'avrebbe solo fatta licenziare, ma avrebbe fatto cattiva pubblicità alla biblioteca. Se l'avesse annullato, non credi che qualcuno si sarebbe lamentato sulla pagina Facebook? O addirittura sul giornale? Io dico che la comunità della contea di Nice è rimasta soddisfatta e la reputazione della biblioteca ne ha beneficiato proprio perché *non* l'ha annullato».

La donna gli lanciò uno sguardo tagliente. «Mi stai dicendo che Angie ha fatto bene a mentire?»

«No, sto dicendo che a quel punto non aveva molta scelta, a meno che non volesse rinunciare al lavoro che ama e in cui è bravissima».

Aprì la sua ventiquattrore e tirò fuori due copie del suo fascicolo; una la porse a Tina e lui tenne l'altra. «Il che ci porta al prossimo punto. Tutti i dati dimostrano che Angie è un'eccellente responsabile, e merita di restare per il lavoro esemplare che ha fatto per la biblioteca».

La prima pagina mostrava grafici riguardanti le statistiche delle varie sedi del circuito bibliotecario pubblico della contea di Nice. Grant indicò proprio quei grafici mentre parlava con Tina. «Guarda le cifre dell'Antietam degli ultimi sette anni, da quando Angie è diventata responsabile. Tutte le statistiche sono schizzate alle stelle: libri acquistati, prestiti, uso dei computer, presenze agli eventi, e qualsiasi altra cosa si potesse calcolare. La fruizione di quella biblioteca fa sembrare scarsa quella delle altre sedi del circuito, Downtown esclusa».

«Quella dell'Antietam è una zona a rapida crescita demografica», fece notare Tina. «È logico che la sua fruizione aumenti più velocemente rispetto alle aree statiche della contea».

«Ho controllato anche quella variabile. Guarda il secondo diagramma, per favore. Anche tenendo conto della densità della popolazione e della crescita demografica, l'Antietam supera di gran lunga le altre. Con il responsabile precedente non succedeva, è Angie che fa la differenza».

«La correlazione non implica la causalità».

«Vero», le rispose Grant prendendo atto dell'affermazione, «ma questa settimana ho chiesto ad alcuni utenti il motivo per cui vanno all'Antietam, e tutti hanno elogiato la professionalità e la gentilezza delle bibliotecarie. In molti hanno evidenziato in particolare la solerzia di Angie nel trovare bei libri e organizzare eventi divertenti».

Tina andò alla seconda pagina della dispensa, in cui c'erano i risultati preliminari di quel sondaggio. Tamburellò la penna sul foglio con un'espressione pensierosa.

«Ho trovato un'altra statistica interessante», continuò Grant. «Secondo i risultati iniziali, quasi un terzo degli utenti dell'Antietam abita più vicino a un'altra delle nostre sedi. Hanno scelto l'Antietam perché la preferiscono».

Si sedette con la schiena dritta, spostando i fogli davanti a sé con una mano. «Senti, puoi prenderti tutto il tempo che vuoi per guardare le cifre, ma in tutte le statistiche la sede di Angie è quella che ha più successo. I dati preliminari indicano che il motivo principale è proprio lei: è lei che organizza gli eventi, è lei che dirige il personale. È lei che devi tenere, non me», concluse con un profondo sospiro.

«Sei sicuro che i tuoi sentimenti non abbiano influenzato questi risultati?»

«Sono giunto a queste conclusioni esaminando dei dati, e posso mostrarti senza problemi come trovarli e classificarli. Sentiti pure libera di controllare il mio lavoro».

«Mmh…». Tina si appoggiò allo schienale della sedia e inclinò la testa mentre lo osservava.

«Mi hai voluto nel circuito bibliotecario per il mio approccio scientifico e la mia capacità di analisi. È vero che non ho avuto abbastanza tempo per avere un quadro completo, ma da quello che ho visto mi sono convinto di una cosa: non devi licenziare Angie. Non se promette che prenderà decisioni migliori in futuro».

«Aveva già fatto quella promessa».

«Lo so, ma questa volta la manterrà».

Tina continuò a fissarlo. «Credi di conoscere Angie molto bene, nonostante tu l'abbia incontrata poco tempo fa. Sei sicuro che non abbia iniziato la relazione con te per non perdere il lavoro?».

Grant strinse i pugni e abbassò le mani poggiandosele sulle gambe, in modo che Tina non le vedesse. «Ne sono sicuro. Angie non usa le persone. Sarà anche sconsiderata, ma è una persona di principio. E ho un serio problema con chiunque, e ribadisco *chiunque*», disse guardando Tina con ostilità, nonostante gli sforzi, «insinui che è andata a letto con il suo capo per salvarsi il posto».

Tina guardò il fascicolo e si coprì la bocca con una mano.

«Sapevi del concorso e me l'hai tenuto nascosto a causa della tua relazione con Angie?», gli chiese dopo un po'.

«No», rispose. Non ritenne necessario aggiungere altro.

«Quindi di chi è la colpa di questa violazione dell'etica lavorativa?», chiese la donna. «Chi bisogna condannare per la relazione?»

«Mi assumo tutta la responsabilità. Ho insistito io a riprendere la nostra relazione dopo aver scoperto che lavoravamo insieme».

«Credi di meritare il licenziamento per essere andato a letto con una tua dipendente?»

«Probabilmente sì. Non solo perché ho intrattenuto una relazione clandestina con una mia impiegata, ma perché vorrei portarla avanti. Se Angie accettasse». Chiuse gli occhi e sospirò. «Ma sono abbastanza sicuro che non è così».

«Quindi mi stai dicendo...», sollecitò Tina.

Grant aprì gli occhi e la guardò. «Preferisco lasciare la biblioteca che chiudere con Angie. La amo, e se ho qualche possibilità di riconquistarla la coglierò al volo». Sorrise amaramente. «Ma quello che voglio non conta niente, comunque. Mi aspetto di essere licenziato, me lo merito».

«Forse non conta niente, o forse sì», disse.

«La cosa importante, come ho detto, è che Angie resti».

Tina si alzò e Grant fece lo stesso. La donna prese la bottiglietta e il bloc-notes e aprì la porta della saletta.

«Questo dipende dalla mia riunione con la persona in questione».

«Quindi mi stai dicendo...», riassunse Tina più tardi quella stessa mattina, «che è tutta colpa tua e non di Grant».

Angie annuì. «Sì, esatto. Lui non sapeva del concorso perché sono molto brava a mentire».

A quell'affermazione Tina abbassò la testa e sospirò.

Angie continuò imperterrita: «Ha iniziato una relazione con me perché l'ho sedotto. Non aveva speranze contro le mie doti femminili».

"Se solo fosse vero. Avrò anche avuto un certo ascendente sul suo corpo, ma non sul suo cuore. Non più". Angie fissò il pavimento e respirò profondamente. "Inspira. Espira. Inspira. Espira. Metti la solita maschera, Angie".

«A questo punto mi sorge spontanea una domanda: per quale motivo l'avresti sedotto?», chiese Tina.

Angie si fece coraggio e ricacciò indietro le lacrime contro cui aveva lottato tutta la mattina, da quando si era svegliata sul divano con la coperta ancora sulle gambe e aveva visto le amiche sulle sedie o in camera da letto.

«Lo amo, Tina. Anche se non ho fatto altro che metterlo nei guai, lo amo. Ed è un ottimo acquisto per la biblioteca». Fece un respiro profondo e continuò: «Quello che volevo dirti in questa occasione è che amo lavorare qui, amo le mie colleghe, gli utenti e i libri. Amo lavorare per te».

«Ma?»

«Ma amo di più Grant, quindi do le dimissioni». Porse a Tina la lettera che aveva scritto e stampato due ore prima.

«Se me ne vado, non avrai più motivo di preoccuparti di Grant. Non dovrà più controllarmi e tu non dovrai più temere che io lo inganni ancora. La nostra relazione non sarà un problema se non lavoro più in biblioteca», disse. Poi sospirò. «Non che ci sia ancora una relazione».

Tina aprì la bocca, ma Angie continuò prima che la donna potesse dire qualcosa.

«Appena me ne sarò andata... *puf!* Tutti i tuoi problemi spariranno, tutto tornerà a posto. Quindi non c'è bisogno di licenziare Grant».

«Non metti in discussione le sue capacità manageriali dopo che sei riuscita a ingannarlo?». Tina chinò il capo e guardò Angie da sotto gli occhiali.

«Assolutamente no», rispose sinceramente. «Sono sicura che si dimostrerà un direttore eccellente. È intelligente, gentile ed è un gran lavoratore. Non avresti potuto trovare un candidato migliore per il lavoro».

«Angie...», iniziò Tina toccandole il braccio, «se provi queste cose per lui, perché dici che non esiste più una relazione?».

Angie si stampò un gran sorriso sulla faccia e sbatté le palpebre rapidamente. «Perché ho fatto come al solito», disse ridendo amaramente. «Ho rovinato tutto».

«Mmh...». Tina inclinò la testa, pensierosa.

"Per favore, facciamola finita", pensò Angie. "Prima me ne vado da qui, prima potrò tornare a casa, buttarmi sul letto e smettere di far finta di aver gestito bene la situazione. O, almeno, di averla gestita in qualche modo".

Tina le diede un'altra pacca sul braccio e si alzò. «Angie, posso chiederti di aspettare un attimo qui? Devo far partecipare un'altra persona a questa riunione».

«Il capo delle risorse umane, eh? Va bene. Mi darà disposizioni per le dimissioni. O per il licenziamento, o quel che è».

«Torno subito».

Appena Tina uscì, Angie crollò sul tavolo coprendosi il viso con le mani. "Respiri profondi", si disse. "Ancora un po' di agonia prima di potermi dedicare in pace al mio cuore spezzato".

Dopo pochi minuti la porta alle sue spalle si aprì e Angie si tirò su.

«Okay, che lo spettacolo continui», disse con falsa allegria fissando il tavolo. «Ora ci sono tutte le persone necessarie, no?»

«Sì», rispose Tina, «direi proprio di sì».

La porta si chiuse di nuovo e Angie sentì qualcuno parlare. Non la persona che si aspettava, però. Non era decisamente Winona delle risorse umane. Quella voce la attraversò, facendola tremare dal dolore e dalla paura.

«Tina», disse Grant a voce bassa, «che succede? Se mi devi licenziare non puoi farlo e basta?».

Capitolo 27

Mentre Angie girava la sedia per voltarsi verso di lui, il viso di Grant era diventato rosso. «Scusa», disse, «è stato inappropriato».

Vedendolo le mancò il fiato. Lottò per nascondere quella reazione mentre lo divorava con gli occhi. Sembrava stanco, addirittura esausto.

Nonostante la camicia perfettamente stirata e la cravatta annodata ad arte, dava in qualche modo l'impressione di aver appena finito un turno lavorativo lunghissimo. Forse per il suo viso, che sembrava smunto per la fatica, o forse perché la sua maschera di professionalità si era incrinata mostrando le sue emozioni. Gli occhi rossi e le labbra serrate tradivano la sua disperazione.

Ed era solo colpa sua. A meno che non fosse riuscita a convincere Tina, avrebbe fatto licenziare l'uomo che amava, l'avrebbe privato del lavoro di cui aveva disperatamente bisogno per aiutare la sua famiglia.

Quando i loro occhi si incrociarono, però, lui non sembrava più avercela con lei… era solo rassegnato. Angie non sapeva se fosse un buon segno o se dovesse considerarlo un sintomo del fatto che aveva semplicemente chiuso con lei.

«Il comportamento inappropriato ormai sta diventando una cosa normale, per te», gli disse Tina. «Dovresti cercare di risolvere».

Angie soffocò un lamento. Dopo tutto quello che aveva detto sul suo comportamento, Grant – sempre razionale e beneducato, per l'amor di Dio! – stava rischiando il licenziamento perché non era riuscito a tapparsi la bocca? No. Non poteva permettere che succedesse.

Grant aprì la bocca per rispondere a Tina. «Non...».

«Quando me ne sarò andata, non sarà più un problema», intervenne prontamente Angie. «Ho una cattiva influenza su di lui».

Lui si rivolse a lei con uno sguardo allarmato. «Quando te ne sarai andata? Che cavolo vuol dire?»

«Ho dato le...», cominciò a spiegare.

Grant si girò verso Tina guardandola in cagnesco. «L'hai licenziata? Dopo tutto quello che ho detto? Dopo che hai visto i dati e i grafici?».

Angie inarcò un sopracciglio. «Che dati? Che grafici?»

«Ho detto a Tina...», iniziò lui.

La donna alzò una mano con fare perentorio. «Basta. Fatemi parlare, per favore».

Fece il giro del tavolo e andò a sedersi, poi indicò le sedie vuote invitando Grant ad accomodarsi. Lui obbedì borbottando.

Angie gli lanciò uno sguardo eloquente: "Datti una calmata, così non perdi il lavoro".

Lui rispose allo sguardo con un'espressione triste. Probabilmente era compassione per l'imminente licenziamento di Angie... o forse si trattava soprattutto di dispiacere per il suo, di licenziamento.

Tina si schiarì la gola. «Dopo le due riunioni, credo di avere un dilemma: entrambi concordate sulla versione dei fatti, tuttavia vi siete contraddetti su chi sia il colpevole. Grant, Angie si è presa la responsabilità sia per il concorso che per la relazione, ha dato le dimissioni e ha dichiarato che dovremmo tenerti». Tina lesse i suoi appunti. «Angie, anche Grant si è preso la responsabilità per la relazione e ha giustificato il fatto che tu abbia tenuto nascosto il concorso; ha detto che dovremmo licenziare lui e tenere te».

"Ma che cazzo...?". No, Non poteva permettergli di pagare le conseguenze delle sue azioni, non doveva subire un licenziamento solo perché era troppo gentiluomo per darle la colpa, nonostante la responsabile di tutto fosse proprio lei.

«Sono io che dovrei essere...», iniziò.

«Dimissioni? Ma che cosa...», disse Grant contemporaneamente.

Tina a quel punto alzò la voce. «Basta. Entrambi lavorate ancora qui, e io sono ancora un vostro superiore. Quindi tappatevi la bocca».

Angie e Grant tacquero con riluttanza.

Tina respirò profondamente e si sistemò gli occhiali sul naso. «Bene. Come dicevo, non concordate sulla decisione che la biblioteca dovrebbe prendere. Quello che ho trovato particolarmente interessante, però, è stata la ragione che sta dietro le vostre argomentazioni. Grant si è detto convinto della tua volontà di seguire le regole della biblioteca da questo momento in poi, Angie. Ha anche tirato fuori un discorso molto convincente sul motivo per cui dovrei considerarti la responsabile di maggiore successo nella contea. Quando la riunione con lui è finita, mancava giusto la nomination per il Nobel delle bibliotecarie». Le labbra di Tina si incurvarono brevemente all'insù prima di ritornare alla loro espressione solenne. «Ha dichiarato che meriti di restare molto più di lui».

Angie spalancò la bocca. Immaginava che avrebbe detto due parole per difenderla perché si sentiva obbligato, ma questo andava decisamente al di là delle due parole. Molto, molto al di là.

Angie scosse la testa: «No, Tina, io...».

La donna continuò a parlare come se Angie non avesse detto niente. «Grant, Angie ha detto che tu saresti un direttore delle succursali esemplare, una volta andata via, e ha presentato le dimissioni in modo che tu potessi restare».

Grant si sporse per toccare una mano di Angie. «Angie, non è…».

«E questa non è neanche la parte migliore», lo interruppe Tina. «Entrambi sembrate convinti che la vostra relazione sia finita e che l'altra persona non voglia più saperne. Ma entrambi avete dichiarato il vostro amore». Si sporse in avanti con i gomiti sul tavolo e appoggiò il mento sulle mani intrecciate. «Durante le riunioni disciplinari non si sentono mai dichiarazioni d'amore. È stata una cosa piacevole».

Angie rimase seduta immobile, incapace di distogliere lo sguardo da Grant, che le strinse la mano e la guardò con gli occhi raggianti.

«Sarò franca: non posso avere un supervisore che va a letto con una sua dipendente, e non posso neanche avere una responsabile di sede disonesta. Però non mi sento di licenziare nessuno dei due, quindi ecco cosa farò».

Entrambi guardarono Tina.

«Lascerò questa stanza per mezz'ora. Quando torno, mi aspetto che abbiate preso una decisione definitiva. Se ne può andare uno, ve ne potete andare entrambi, o potete restare tutti e due».

Per la milionesima volta nelle ultime ventiquattro ore, Angie si sentì le lacrime agli occhi. «Grazie mil…».

Tina alzò un dito. «Fammi finire. Se trovate una soluzione, vi chiedo solo una cosa: dovete convincermi che il vostro piano non danneggerà ulteriormente la biblioteca e che lo seguirete».

Si alzò dalla sedia, posò entrambe le mani sul tavolo e li guardò severamente.

«Mezz'ora. E se quando torno vedo vestiti spiegazzati o

qualsiasi altro segnale della vostra incapacità di controllarvi sul posto di lavoro, siete licenziati entrambi. Sono stata chiara?»

«Chiarissima», dissero all'unisono.

«Molto bene». Tina si diresse verso la porta e se la chiuse alle spalle.

Con la coda dell'occhio Angie vide il petto di Grant alzarsi e abbassarsi. Poteva sentire il suo respiro regolare… beato lui. In quel momento lei non riusciva a muoversi, neanche a respirare. La speranza che l'aveva invasa le aveva paralizzato tutti i muscoli e le faceva bruciare i polmoni ogni secondo di più.

O forse non era la speranza… forse aveva paura che, muovendosi, avrebbe spezzato l'incantesimo o che si sarebbe svegliata dal sogno. Si sarebbe ritrovata sola e senza lavoro, distrutta dalla consapevolezza che aveva ferito e allontanato l'uomo che amava.

«Angelo…», la chiamò.

Il suono della sua voce, così incerto e affettuoso, la sbloccò dalla paralisi. Boccheggiò in cerca d'aria mentre ricordava a se stessa che forse Tina aveva male interpretato le parole di Grant, o forse era stato lui a spiegarsi male.

Guardò la mano calda che stringeva la sua. "Glielo devi chiedere. Preparati, Burrowes, potrebbe andare tutto storto come al solito".

«Mi ami ancora?», chiese in un sussurro. «Anche se ti ho mentito e ho messo in pericolo il tuo lavoro?».

Grant si portò subito accanto a lei. «Ma certo che ti amo».

Le mani le tremarono per il sollievo. Quelle poche parole avevano trasformato tutta la sofferenza delle ultime ventiquattro ore in un'ondata di gioia, lasciandola stordita.

"Per fortuna sono seduta, altrimenti le gambe avrebbero ceduto".

«Ti amerò sempre. Ma non ero sicuro che mi avresti rivoluto dopo quello che ti ho detto e quello che ho fatto». Grant le studiò attentamente il viso. «Dimmi la verità: ti ho fatto male quando ieri abbiamo fatto l'amore?»

«No», gli rispose lei, girando la mano per afferrare la sua.

«Perché non credo che potrei mai perdonarmi se l'avessi fatto».

«Non mi farai mai del male in quel modo, Grant. Ne sono assolutamente sicura».

Le sfiorò viso con la mano libera e lei vi si appoggiò con un sospiro, chiudendo gli occhi per il sollievo che quel contatto le trasmetteva.

«Allora perché dopo hai pianto?», le chiese. Le accarezzò la guancia col pollice, come ad asciugarle le lacrime che le aveva visto il giorno prima.

Lei tenne gli occhi chiusi. «Perché è stato... diverso. Come se per te fossi stata solo una da sbattersi, non una persona a cui tenevi. Eri arrabbiato e deluso e io ero sicura che fosse l'ultima volta. E pensare che sarebbe stata così e non...». La voce le si spezzò e non riuscì a impedire alle lacrime di spuntare da sotto le palpebre. «Non com'era sempre stato... mi ha spezzato il cuore».

Grant si sporse e poggiò la fronte sulla sua. «Ero arrabbiato quando l'abbiamo fatto», ammise, «non posso negarlo. Ma non ho mai smesso di amarti. Non potrei, neanche volendo. E non lo voglio». Le strinse la mano. «E non potresti mai deludermi, quindi levati quell'idea dalla testa. Per favore, non piangere. Non per colpa mia».

«Se potessi, ovviamente non lo farei», disse lei tirando su col naso.

«Giusto. Ritiro quello che ho detto. Piangi pure quanto vuoi», sussurrò, e Angie poté sentire il sorriso nella sua voce. Grant sciolse la stretta in modo da asciugarle le lacrime con entrambe le mani. Quando finì, le baciò lievemente le palpebre.

«Mi dispiace aver avuto quella reazione quando ho scoperto del concorso. Avevi ragione, sono stato un ipocrita quando ho criticato la tua avventatezza. E non mi fa piacere che tu mi abbia mentito, anche se capisco il motivo. So che cercavi di proteggere entrambi, non solo te stessa».

Angie sospirò profondamente cercando di controllare le lacrime.

«Ho odiato mentirti, ma non avevo alternativa se non lasciare il lavoro. E non ero pronta a farlo».

«Fino a oggi. Per il mio bene, in modo che io potessi restare».

«Fino a oggi», fece eco lei.

«Perché mi ami?», le chiese.

«Perché ti amo, e non smetterò mai».

Grant espirò lentamente. «Grazie a Dio». Fece per abbracciarla, ma si fermò. «Merda, non posso. Non voglio dare a Tina una scusa per licenziarci».

«Credo che un abbraccio sia accettabile, finché tieni le mani sopra la vita. E lontane dalle tette, naturalmente».

La strinse tra le braccia senza dire altro, facendola sedere in grembo e appoggiandole la testa sulla sua spalla.

«Ti ho turbata quando abbiamo parlato di cambiare il tuo modo di prendere decisioni sul lavoro? Perché dopo sembravi... preoccupata. Anche prima che litigassimo».

Gli baciò il collo. «Non ero turbata, cercavo di valutare quanto potessi cambiare senza tradire me stessa. A San Valentino avevo capito che avevi ragione: non devo trasformarmi per prendere buone decisioni, devo solo considerare altre variabili oltre al mio istinto. L'amore per il mio lavoro è una parte importante di me e devo tenerlo in considerazione. Finché le mie decisioni non renderanno il lavoro noioso, posso raggiungere un compromesso».

Strofinò il naso sul mento di Grant per sentire i peli della barba che erano sfuggiti alla rasatura.

Quella piacevole abrasione confermò che non stava sognando: Grant la amava e forse sarebbe riuscita a tenere il lavoro. Grazie al cielo.

«Nasconderti il concorso mi faceva venire l'ansia. Sei intelligente e passavi un sacco di tempo all'Antietam. Ho gradito, eh, ma ero sempre più stressata».

Le sfiorò la testa con le labbra mentre con la mano le disegnava dei cerchi sulla schiena. «Immagino che una cosa del genere sia estenuante. Angie…».

«Sì?»

«Sono… abbastanza per te?», le chiese. «Sei sicura di non volere una persona più impetuosa? Perché non so quanto posso cambiare. La maggior parte delle volte sono impacciato, prudente e propenso a prendere le decisioni facendo prima degli schemi. Come ho detto prima, una donna come te merita qualcuno più… *più*. Meriti di più».

Angie gli fece il solletico e lui si contorse. «Bonazzo, è ridicolo. Sei l'uomo migliore che conosco. Ti amo e non voglio che cambi. Non voglio di più, voglio te».

Lui rilassò la spalla sotto la sua guancia e la sua figura sembrò fondersi con lei, che resse il suo peso volentieri.

«Grazie a Dio», sussurrò tra i suoi capelli.

Dopo un minuto Angie si alzò e tornò al suo posto, asciugandosi le ultime tracce di pianto. «Basta coccole, per quelle abbiamo tutto il tempo dopo il lavoro. Ora ci serve un piano d'azione».

«Mettiamoci all'opera. Squadra Grangie verso la vittoria!».

Lei arricciò il naso. «Come combinazione dei nomi fa un po' pena, ci fa sembrare un gruppo di pecore. Perché non squadra Ang… ant? Okay, è pure peggio».

Lui rise. «Sì, decisamente».

«D'accordo, Grangie sia». Poi gli lanciò uno sguardo sospettoso: «Non mi farai mica stilare uno schema per le decisioni, vero? Perché in quel caso te la faccio pagare, Grant».

Lui si fermò mentre stava già iniziando a disegnare una tabella. «Davvero?»

«Davvero».

«Va bene», disse tirando una riga sullo schema, «basta che usiamo la testa oltre che l'*impore*».

«Ci sto».

Lui si chinò in avanti e le schioccò un ultimo bacio sulle labbra.

«Allora iniziamo, donna, abbiamo del lavoro da fare».

Mezz'ora dopo, Tina finì di ascoltare il loro piano.

«Ho capito quello che state proponendo, ma datemi qualche minuto per pensarci», disse.

Guardò i suoi appunti portandosi una ciocca ribelle di capelli grigi dietro l'orecchio.

Angie e Grant erano tesi mentre aspettavano il verdetto. Per un lungo minuto Tina restò in silenzio, e Angie riuscì a malapena a trattenersi dallo scuotere la donna per farla parlare. Come se le avesse letto nel pensiero, Grant le mise una mano sul ginocchio per calmarla e lei gli lanciò uno sguardo eloquente. "Non avevo intenzione di saltare sul tavolo e attaccarla, per l'amor di Dio".

Lui le strinse il ginocchio e inarcò un sopracciglio. "Invece sì", sembrò dirle.

Angie alzò gli occhi al cielo e si girò di nuovo verso Tina, sospirando infastidita. Tina strinse le labbra e tamburellò la penna sul bloc-notes.

«Okay», disse infine, «D'accordo. Avete un mese di prova. Ci rivediamo a metà marzo per valutare il successo del vostro piano».

Si sistemò gli occhiali sul naso e si alzò. «Convincetemi. Se ce la fate, potete restare entrambi».

«Grazie, Tina», le disse Angie. «Sul serio. La tua fiducia vuol dire tantissimo per me».

«Apprezziamo che ci abbia dato un'altra occasione», disse Grant.

«Mi aspetto l'invito al matrimonio», rispose Tina, «e dovreste seriamente considerare l'idea di chiamare vostra figlia Martina».

Angie quasi soffocò e Grant le diede qualche pacca sulla schiena mentre tossiva.

«È quello il tuo vero nome?», chiese Grant, apparentemente indifferente all'idea del matrimonio e dei figli con la donna che gli stava seduta accanto.

«Sì. Se è maschio lo potete chiamare Martin, mi va bene lo stesso».

Tina uscì dalla stanza lasciando la porta spalancata.

"Porca vacca. Sono riuscita a tenermi lavoro *e* uomo. Come cazzo è successo?".

«Non posso crederci», disse, sbalordita da tutta quella fortuna. «Diventerò l'eroina del prossimo libro di Jack, Penny me l'aveva promesso».

«Eh?»

«Mi aveva detto che fossi riuscita a superare questa situazione senza perdere il lavoro e senza impazzire, avrebbe convinto il suo fidanzato a farmi diventare la protagonista del suo prossimo libro. Farò in modo che mantenga la promessa».

«Angela Burrowes, un esempio letterario. Che Dio ce la mandi buona», disse Grant.

Tina si affacciò inaspettatamente sulla porta, facendoli sobbalzare. «La riunione è finita, gente. Tornate al lavoro».

Grant le prese la mano e si diressero insieme verso la vicedirettrice.

«Con piacere», rispose Angie. Tina strinse gli occhi a fessura e Angie specificò prontamente: «Non in quel senso».

«Un mese», ricordò Tina. «Impiegatelo in modo furbo».

"Per una volta nella mia vita lo farò", pensò Angie, "Stai a vedere".

Capitolo 28

Un mese più tardi Tina era ferma davanti alla nuova sezione della biblioteca Antietam. Le sue scarpe sembravano incollate al pavimento. «Ho paura di entrare», disse.

Angie rise. «Sei il mio supervisore. Ho avuto la tua approvazione per ogni parte del rinnovamento, non ci saranno sorprese durante questa riapertura».

«In teoria è così, ma è di te che stiamo parlando, cara. Le sorprese sono il tuo marchio di fabbrica».

Angie guardò esaltata il cartello che aveva affisso di recente. Spiccava accanto alla tenda che copriva l'entrata di quella che prima era una sala pubblica, e aveva un aspetto così ufficiale che non poteva controllarsi. SALA DI LETTURA PER ADULTI, si leggeva sul cartello. INGRESSO VIETATO AI MINORI DI 18 ANNI. AREA VIDEOSORVEGLIATA. Nella stanza piena di scaffali Angie aveva creato una sezione fantastica con tutti i suoi romanzi erotici preferiti. Nell'ultimo mese, sotto insistenza di Brenda, aveva scelto di mettere in evidenza i libri sulle dominatrici. Tutti i suoi preferiti erano esposti negli scaffali, pronti per gli utenti. *Colpo di frusta* di Deva; *Nella tenda con piacere*, una raccolta di storie ambientate in campeggio; *Sul bondage sovrumano*, che esplorava la vita sessuale di supereroi amanti delle corde.

Col permesso di Tina aveva usato i fondi ricavati dalle vendite dei libri per pagare i lavori per il rinnovo della stanza. Le due donne avevano discusso e approvato i piani per quello spazio unico nel suo genere nel circuito bibliotecario pubblico della contea di Nice. Tina si era consultata con lei sui nuovi scaffali da montare e sulla collezione di romanzi che Angie aveva sistemato. Aveva anche approvato le varie parti della sezione prima che Angie la realizzasse. Oggi Tina avrebbe visto per la prima volta il lavoro concluso, e Angie non vedeva l'ora di mostrarle il risultato.

Grant aveva dato consigli quando richiesto, ma aveva soprattutto aiutato Angie a livello personale. Ed era giusto così: a livello professionale, la sala di lettura per adulti non era più sotto la sua giurisdizione e Angie sapeva che la cosa lo rendeva felice per diversi motivi. A parte l'impossibilità di supervisionare qualcuno con cui si aveva una relazione, le altre sedi lo tenevano molto impegnato.

L'esperimento di avere Tina come supervisore per un mese, al posto del direttore dei servizi, alias il suo amante, era stato un successo inaspettato. Angie si fidava di Tina, e la donna era diventata un mentore per la sua impiegata. Lo scampato licenziamento le aveva portate a capirsi a vicenda: Tina aveva provato il più possibile ad adattare le regole della biblioteca per Angie, la quale aveva cercato di seguirle. In caso di limitazioni troppo forti, ne parlavano e cercavano di raggiungere un accordo.

Fino a quel momento Angie sentiva di non aver tradito se stessa, e Tina sentiva che Angie non aveva tradito la biblioteca. Tutti ne uscivano vincitori: il suo risultato preferito.

Prese a giocherellare distrattamente con lo smeraldo della collana che indossava tutti i giorni, godendosi la vista delle persone che stavano arrivando. C'era già molta gente per l'inaugurazione, molta più di quanto si aspettasse. Alcuni volevano assistere alla novità della stanza piena di libri erotici, ma altri erano lì solo per lei. Si sentiva amata, apprezzata e compresa, ed era così meraviglioso che si sentiva anche sopraffatta. Sentì un tocco gentile sul braccio, e quando si girò vide Grant. Con un sorriso sorpreso ma felice gli saltò al collo. Lui la strinse un istante prima di lasciarla andare, poi guardò preoccupato in direzione di Tina, che scosse la testa fingendosi disgustata.

«Ce l'hai fatta. Credevo dovessi portare tuo padre dal medico».

«Lo portiamo la prossima settimana, quindi ho chiesto a mio fratello di andare all'appuntamento di oggi. Non mi perderei questo momento per niente al mondo», le disse. «Vix è un po' in ritardo, ma lei e la piccola Angela dovrebbero arrivare a minuti».

«Non mi hai detto che sarebbe venuta», lo rimproverò. «Avrei preso un regalo alla bambina».

Grant sorrise. «Credo che tua nipote possa ritenersi soddisfatta del centinaio di libri che vanta già all'età di tre mesi». Guardò il gruppo di persone che li circondava. «Complimenti per il pienone, responsabile di sede Burrowes».

Un sacco di gente era ferma a chiacchierare vicino alla sala, compresi molti dei suoi utenti preferiti. I vassoi di cibo che aveva preparato erano già mezzi vuoti, e i bicchieri di plastica pieni di sidro stavano per finire.

Brenda apparve accanto ad Angie, trascinandosi dietro un riluttante Jack. «Angie, volevo che fossi la quinta a saperlo. Dopo me, Carl, Jack e la cara Penny».

«Non dirmi che sei incinta», rispose Angie. «Che ne è stato del discorsetto sui contraccettivi che abbiamo fatto qualche mese fa?».

La donna rise. «No, quello che devo dirti è molto meglio di un bambino».

«Non so se sentirmi sollevato oppure offeso», borbottò Jack.

«Ho scritto una versione più lunga di *Fan/Dom* e l'ho mandata a diverse case editrici. La pubblicheranno!».

Angie la strinse in un abbraccio e gridò di gioia. «Dobbiamo organizzare un incontro con l'autore. Con rinfresco a tema! E un sacco di costumi!».

Jack guardò Angie con orrore finché Penny non arrivò e si appese al suo braccio. Gli si illuminò il viso, come gli succedeva sempre quando lei era nei paraggi, e si chinò per dare un bacio sulla guancia alla futura sposa.

«Mi toccherà inserire anche questo nel prossimo libro?», le chiese.

«Già».

«Mi dovrai un grosso favore», le rispose con un sorriso malizioso.

«Sono sicura che troverò il modo più adatto per pagare il mio debito, mio caro signor Rochester», disse lei con falsa timidezza.

«Sto cercando di capire quali costumi e quali accessori serviranno», disse Angie battendosi il dito contro il mento, pensierosa. «La frusta ce l'abbiamo già dall'evento di Capodanno. Sono sicura che riuscirò a mettere insieme altro materiale».

Tina intervenne: «Ne discuteremo quando sarà il momento», disse ad Angie. Poi si girò verso Brenda e le sorrise. «Ma siamo felici che la storia che ha scritto per la biblioteca l'abbia aiutata a lanciare la sua carriera».

L'espressione di Brenda si fece seria mentre rispondeva a Tina. «Devo ringraziare Angie sia per il mio nuovo marito sia per la carriera. Come simbolo della mia gratitudine darò tutto il ricavato del libro alla biblioteca Antietam».

Angie restò senza fiato. «No, Brenda! Apprezzo il pensiero, ma te li sei guadagnati, quei soldi!».

Brenda le diede un buffetto sulla guancia. «Voglio che li abbia tu. Sei una donna magnifica, affettuosa ed esuberante. Non vedo l'ora di vedere cosa puoi fare con qualche soldo in più».

Si sentì un lamento provenire da qualche parte vicino ad Angie, che si voltò lanciando a Tina uno sguardo sospettoso. Penny si staccò da Jack e porse un paio di forbici all'amica. «Sono le due in punto, è ora».

Mentre Angie si preparava a tagliare il nastro di seta che chiudeva l'entrata della sala di lettura, notò un flash dietro di lei. Si girò e vide che Grant aveva tirato fuori una fotocamera.

«Sto documentando l'evento per i posteri. Sono orgoglioso di te».

Angie ricacciò indietro le lacrime, tagliò il nastro e si spostò di lato. Tina e la folla di utenti scostarono la tenda e iniziarono a entrare, e da fuori poté sentire risate ed esclamazioni di sorpresa.

«Caspiterina, ci sono storie di pirati!», gridò Clarence, la voce attutita dalla pesante tenda che copriva la porta.

«Grazie per i libri con le amanti donne, Angie!», urlò Yolanda.

Angie lanciò uno sguardo a Grant, che le fece un'altra foto. La testa di Tina fece capolino dalla tenda. «Bel lavoro, Burrowes», le disse con un sorriso, poi sparì di nuovo all'interno.

«Sai, mi ricorda un sacco i vecchi videonoleggi», le disse Grant mettendole un braccio sulle spalle e avvicinandola a sé. «Mettevano sempre le cose indecenti dietro una tenda».

«Grazie!», esclamò Angie ammirata a quell'intuizione. «Era proprio quella l'idea che volevo dare. Il fascino del proibito, hai presente?»

«Eccome se ce l'ho presente», le disse mentre le prendeva il viso fra le mani. «Però sono felice che tu non sia rimasta altrettanto proibita... per me».

«Non sarebbe cambiato niente, mi avresti inseguita lo stesso», gli disse con sicurezza. «*Mi hai* inseguita. Sono tua, bonazzo».

L'uomo le sorrise e il suo cuore perse un battito. L'affetto e il calore che leggeva sul suo viso e in quegli occhi azzurri la stordiva ancora. Ogni volta che si svegliava accanto a lui era felice e piangeva ancora di gioia quando ci pensava.

«Nessun rimpianto», le disse sfiorandole le labbra con le sue.

«Niente baci», li riprese Tina uscendo dalla sala di lettura. «Non in biblioteca. Che cavolo, ragazzi», aggiunse, ma la voce severa era contraddetta da un ampio sorriso. Poi si girò dall'altra parte quando l'amante prudente di Angie, il suo Miracolo, la baciò di nuovo fregandosene delle conseguenze e seguendo il suo cuore. O il suo *impore*.

Era tutto come nei libri che aveva sull'e-reader, ma meno sconcio. Almeno finché non sarebbero arrivati a casa, perché Angie aveva in mente un bel piano per ricompensare l'amore del suo uomo nel modo più piccante possibile, per ringraziarlo di essere il compagno migliore che ogni donna sconsiderata vorrebbe avere, per averla resa più felice di quanto avesse mai sognato. Per essere suo, tutto suo, finalmente.

Guardò Grant e gli sorrise. «Nessun rimpianto».

Ringraziamenti

Alla mia povera agente letteraria, Jessica Alvarez. Quando si è proposta di rappresentarmi, non aveva idea del pasticcio in cui si stava cacciando. Invece di una cliente pacata e tranquilla ha avuto me, una nerd irriverente e sboccata, troppo spaventata per mandare manoscritti completi direttamente all'editor. Ho supplicato Jessica di leggere e valutare ogni libro prima che si avvicinasse alla Kensington. Ha impiegato tempo e fatica per aiutarmi e non potrò mai ringraziarla abbastanza.

Al mio editor, Martin Biro, che mi ha dato un feedback molto preciso su questo manoscritto. Mi ha anche beccata a poltrire: sapevo che serviva un'altra scena con Grant e i suoi genitori, prima di quella finale, ma ho evitato di scriverla… finché non mi ha costretta lui. Grazie per riportarmi sempre sulla retta via, Martin.

Apprezzo anche l'impegno di tutti gli altri alla Kensington: vi sono grata per tutto il duro lavoro che fate per me.

A mio marito, mia figlia e mia madre, che sono tutto per me. Mi volete bene e io vi ringrazio.

Alla mia amica (e bibliotecaria fanatica di cose sconce) Jodi, che non sarebbe potuta essere più entusiasta di questo libro. Crede nella mia scrittura più di chiunque altro conosca, e io apprezzo la sua lealtà, il suo umorismo e il suo supporto incondizionato.

Infine, un enorme ringraziamento a tutto il resto della mia famiglia e degli amici. Considerate tutte le scene di sesso di questo libro come un simbolo del mio affetto e della mia stima!

Indice

ANNA PREMOLI

L'IMPORTANZA DI CHIAMARTI AMORE

Volume rilegato, pagine 320, euro 9,90

Giada sa bene di essere una ragazza dal carattere piuttosto difficile, quindi non si stupisce affatto di trovarsi in una fase della propria vita nella quale non va d'accordo quasi con nessuno: con il suo ragazzo storico la situazione è appesa a un filo e del rapporto con i suoi genitori… meglio non parlare. Ma Giada ha un obiettivo ben preciso: laurearsi con il massimo dei voti e il prima possibile. Il resto dei problemi può passare in secondo piano. Così credeva, almeno finché lo stage presso una prestigiosa società di consulenza di Milano non la mette di fronte a quello che per lei è sempre stato il prototipo dei ragazzi da evitare come la peste: Ariberto Castelli, fiero rappresentante del partito delle camicie su misura e dei pullover firmati. E tra loro c'è un precedente molto imbarazzante che potrebbe crearle qualche complicazione che non aveva assolutamente messo in conto…

★★★★★

«Ironico, divertente e piccante. CONSIGLIATO!»

★★★★★

«Wow! Un romanzo piccante che mi ha fatto ridere, piangere e tifare per i due protagonisti. Questa storia mi ha letteralmente rubato il cuore!»